'03年版ベスト・エッセイ集

日本エッセイスト・クラブ編

うらやましい人

文藝春秋

うらやましい人◉目次

掲載紙誌の発行年はすべて二〇〇二年です。

うらやましい人

イカの足三本

半日ラマダン

いらぬオマケ

うらやましい人

——'03年版ベスト・エッセイ集

装画・装丁　安野光雅

うらやましい人

視覚障害者との一期一会

安原《やすはら》みどり
（主婦）

朝のラッシュ時を過ぎた電車に乗ると、盲導犬を連れた女性の隣が空席だった。

こんなに近くで盲導犬を見るのは初めてなので、私はこの女性の隣に座りたいと思った。

背筋を伸ばし、まっすぐ前を見据えた女性は、私と同じ四十代と思われる。

「失礼いたします」と、女性に声をかけ、床に寝そべっていた盲導犬を踏まないよう注意して腰かけた。

女性は「大丈夫ですか？　犬が邪魔ですみません」としきりに気にして謝るので、「いいえ、とんでもない。大丈夫です。全然かまいませんよ」と私も繰り返して答えた。

相手が見えていても、本心が読めず戸惑うことがある。周囲の状況がわからない女性はなおさら気を使うのだろう。あるいは苦情を言われたつらい経験があるのかもしれない。

足元の犬は、車窓から差し込む日差しを受け、気持ちよさそうにまどろんでいる。

「かわいい！」と思わず犬に向かって出た言葉を、「……ですね」とあわてて女性に向けた。ハーネス（胴輪）を付けた盲導犬に話しかけてはいけないと、子ども向けの本で読んだのを思い出したからだ。

でも今は誘導中ではないからかまわないのかもしれない。かすかな期待を込め「盲導犬に話しかけたり撫でたりしては、いけないんですよね」と聞いてみた。女性は「はい。犬の気が散るので、駄目なんです」と心底すまなそうに答えた。意に添えず申し訳ないという思いが、気持ちよく私の胸に伝わってきた。

盲導犬は、子どもの躾に難航している私にはいささか眩しすぎる存在だ。躾には愛情と根気が必要だが、私には根気がない。だから「日光猿軍団」の猿が、机に座って授業を受けるようすをテレビで見るたびに「猿でさえこれだけ躾けられるのに」とため息をついていた。

まして盲導犬は厳しい訓練を受け、吠えることも走ることも禁止され、マーキングという匂いを残しながら歩く犬の習性すら捨て、任務を遂行するため、毎日神経を使っている。しかも猿の失敗はご愛嬌ですむが、盲導犬のミスは人命に係わる。

盲導犬だって寝ていたいときもあれば、気分のすぐれない日もあるだろう。普通の犬はたとえ無芸でも愛され、他人からも自由にかわいがられるのに、人一倍、いえ犬一倍、賢くてけなげな盲導犬に限って交流禁止とは、あまりにもかわいそうすぎる。

「つい『偉いわね』って、誉めてやりたくなりますけど」と私は未練たらたらで、犬に聞かせるように言った。

「はい。でも仕事を終えてハーネスを外されると普通の犬に戻り、思いっきり遊んだりかわいがられたりできますから。四六時中、緊張しているわけではありませんし」

女性の説明に少し安心し、相づちを打ったが、内心はまだ納得できなかった。盲導犬として活躍している場面で褒めてもらえず、給料がもらえるわけでなし、特別おいしい餌を食べられるわけでもない。それどころか、気に入った犬に出会っても擦り寄って行ってはいけない、凶暴な犬に喧嘩を売られても無視しなくてはいけないとはあまりに理不尽だ。そしてハーネスを外すと、普通の犬と同じ生活に戻るだけだなんて、私が盲導犬なら「割りに合わないワン」と反逆するだろう。「強制労働禁止」「犬権蹂躙」。次々と闘いのスローガンが浮かんだ。

女性は「最初は犬が好きというわけではなかったんですよ」と小声で言われた。盲導犬と暮らすには、犬好きなことが第一条件だろうと思っていたので意外な感じがした。だが目が見えないという運命をただ嘆くのではなく、障害を補うために不得意なことにもチャレンジしている。なんと前向きな生き方だろう。

訓練された犬でも、当然ながら個々に性格があるので、視覚障害者と盲導犬とのマッチング（相性）が大事らしい。

「この犬も私ものんびりやなので、友だちに『あなたたちはのんき過ぎて見ていられないわ』って呆れられています」と女性は柔らかに笑った。「あなたたち」という言葉は、こんなに温かくほほえましい言葉だったのか。私は改めて女性に目を移した。

意志的な面ざしに、潔いショートカットの髪型がよく似合っている。きれいに引き上がった口角には、幾多の困難を乗り越えてきた人だけが持つ自信さえ感じられる。私はこの女性に、すっかり魅せられてしまった。だが、せっかくの機会なのに、予備知識も少ないので、ありきたりの質問しか思い浮かばない自分がもどかしい。

犬は時折、垂れた耳をそばだて薄目をあけるが、(またか。ご主人様もよく面倒がらず毎回、同じ質問に答えるよ)とでも言いたげにフウーと鼻息を漏らした。

視覚障害者の中で盲導犬を持てるのはごく限られた人だから、この女性はたぶん啓蒙活動も自分の役目と心得ているのだろう。

十分ほどで、下車駅に近づいたことを女性は犬に知らせた。私と話をしながら、さりげなく車内放送に注意していたらしい。女性が頼りとする聴力への心配りが、私には欠けていた。盲導犬だけでなく、障害者自身も話しかけられれば注意力が散漫になり、本当は迷惑なはずだが、女性はそんなようすは微塵も見せなかった。

盲導犬は女性にうながされ、すっくと起き上がり、女性を誘導して降りていった。一心同体というのだろうか、強い絆で結ばれている姿は、羨ましくさえあった。笑顔の女性を見送りながら、私は最初に下車駅を聞くべきだった、次回から気をつけようと反省した。

帰宅後、盲導犬についてもっと知りたくなり、パソコンで調べてみた。

老犬になると目が悪くなるので、盲導犬が活躍できるのはせいぜい八年程度らしい。日本全体で一年間に育成できる盲導犬の数は、百三十頭が限度だそうだ。ボランティアや寄付金に頼っているが、一頭育てるのに二百万円近く必要だという。二〇〇二年現在、日本の全盲者は約十万人だが、盲導犬はたったの八百九十五頭しかいないらしい。

気の遠くなる数字になってしまった。それゆえ盲導犬の育成に情熱を捧げている方々の地道な行為に、頭の下がる思いがした。

盲導犬の代わりに、盲導ロボットも開発されているらしい。無骨なロボットを見ているうち、何か変だと思えてきた。犬やロボットに頼らなくても、視覚障害者の周りには、目の見える人間がたくさんいる。動物や機械ほど気楽には使えないだろうが、晴眼者が進んで道案内をしたり、バリヤフリーの施設が整えば、障害者も行動範囲がかなり広がる。

それから二週間ほど後のことだ。

横浜駅のホームで、白い杖をついた高齢の男性が立ち止まっていた。雰囲気からして中途失明者ではと察せられたので、「何かお役に立てますか」と聞くと、「各駅停車に乗りたいのですが」と言われる。頻繁に各停と急行、特急が止まるので、乗車位置をずらし、混乱を避ける工夫がされている。これは晴眼者にとっては便利でも、目の不自由な人には乗車位置の区別がつけられず逆に不便なのだと、初めて気づいた。

私は紳士と腕を組んで乗車位置まで進み、電車を待ち一緒に乗った。込んでいたが、紳士は両足と杖でうまくバランスを取って立っている。品格のある方で、何も話さずとも知性が漂っていた。そばにいるだけで、私の背筋もいつしかすうと伸びた。

下車駅を尋ねると、偶然にも私と同じだったので「どのようにお手伝いすればよろしいですか」といつもより丁寧な言葉遣いで聞いてしまった。人を見て態度を変える自分が、浅はかで愚かな人間に思え、首をすくめていると、上背のある紳士は、「肩を貸してください」と言われた。鋭い。どうやら乗車時に、小柄な私の体型を察知したらしい。

紳士は私の肩に、杖と反対側の手をそっと置いた。「電車を降ります」、「ここから階段になります」と、私は盲導犬きどりでエスコートした。紳士は、私の肩に重みをかけず軽く触れるだけだった。

駅にある点字ブロックに沿って杖を使えば誘導者は不要かもしれないが、紳士は私の好意を快く受けてくれた。むげに断れば、他の障害者への手伝いも躊躇される可能性があると考慮されたのかもしれない。紳士が私に全幅の信頼をおいてくれているのが、温かい手を通して伝わってきた。それは何とも心地よい喜びだった。

そうか、きっと盲導犬もこの心地よさというご褒美を得ているに違いない。私は盲導犬を不憫だと勘違いしていたが、人の役に立てること自体が嬉しいはずだ。任務を終え、ご主人に頭を撫でられ感謝されたら、それで充分なのかもしれない。嬉しい発見に、胸が高鳴った。

改札を出て、知人を待つという紳士に「ありがとう」とお礼を言われ、「どういたしまして。お気をつけて」と別れを告げた。私が犬ならシッポを振りたい気分だった。

この紳士も、前述の盲導犬を連れた女性も凜とした姿勢が印象的だった。

私は人がいないのを確かめ、大口あけてあくびをしたり、お菓子にかぶりついた途端、人に見られてあわてたりする。つまり目が見えるから、「人の目を盗む」という見苦しい行為をしてしまう。せっかく見える目に、卑しい役目を負わせてはいけない。それくらいなら、あくびもお菓子にかぶりつくのも、堂々としたほうがいい。

乙武洋匡さんの『五体不満足』の本の中に「障害者と交流しても、どうしてもうまくいかないときは無理しなくていい。交流を断って障害者差別だと言われたら、うまくいかないのは、あんたの性格が悪いからだと、障害者に言えばいい。それは健常者同士との付き合い方と同じでいいのだ」という趣旨の箇所がある。

きっぱり言い切る乙武さんの見解には、思わず後ずさりしてしまうが、障害者と対等に接することの大切さはなんとか理解できる。だが、慣れないと実行はむずかしい。

私は生来人見知りが強く、見知らぬ人に声をかけることはほとんどない。まして障害者なら、誰でも手助けしてあげたいと思うようなやさしい人間でもなく、むしろどう接していいかわからないので、関わりを避けようとするほうだ。だから盲導犬を連れた女性が先に話しかけてくれなかったら、黙って盲導犬を眺めるだけで終わっていたはずだ。

ところがあの女性が私に働きかけ、出会いを作ってくれたことがきっかけで、盲導犬への理解も少しは深まり、さらに視覚障害の紳士とも交流ができ、いい経験をした。できることなら、あの女性とまた会いたい。そう思い続けていたのだが、ある日、はっと気づいた。

晴眼者は見知らぬ人と話しても、再会すれば顔見知りになれるが、視覚障害者は相手から声をかけてもらわないかぎり「一度話した人」との再会は困難なのだと。

それゆえあの女性は、そして視覚障害者の紳士は「一期一会」とまではいかないまでも、人との出会いをいっそう大切にしている、そんな方たちだったように思う。

（「わいふ」十二月号）

大統領と戯れ絵

山《やま》藤《ふじ》章《しょう》二《じ》
（イラストレーター）

ことしの二月中旬、私の本の出版記念会があった。

数日後、ブッシュ大統領が来日した。

むろん両者の間には何の接点もない。ところがある男の出現で、とつぜん接点をもってしまったのである。

話の発端は出版記念会の会場だった。

「週刊朝日」に連載中の〈ブラック・アングル〉が二十五年を過ぎたので、ごほうびに豪華本「全体重」を朝日新聞社が出してくれた。そのパーティーである。

各界の錚々たる顔ぶれから、私の周辺の騒々しい連中まで、四百人ちかくの人が集まってくれ盛会になった。

ひとわたりスピーチを貰って、宴も半ばとなった頃、にわかに入口付近がざわついた。

小泉首相が来てくれたのだ。眼光するどいＳＰ十人ほどに囲まれて、あのライオンヘアが見えたとたん、会場の関心は一点に集中した。やはりすごいものである。

真紀子外相更迭の余波いまだ治まらず、なにかと公務多忙の折、なぜこんな会に駆けつけてくれたのか、この時はまだわからなかった。私とは前に一度、テレビのスタジオで同席しただけの間柄である。

さっそく壇上に立った。

「山藤さんには以前、郵便ポストにされたことがあるんですよ。三事業民営化を唱えた時、赤い四角いポストに線を入れただけで、見事に私の顔になっている絵を見てびっくりしました。（中略）私はライオンヘアと言われてるけど、山藤さんの頭も相当にワイルドで、いわば同類です」と、軽く笑わせて降りた。

政治家は夜も忙しい。ましてや総理、ただちに帰られるものと思っていたら、私のいるテーブルに着席した。そして少し身を寄せるような感じでこう話を切り出した。

「山藤さんに折り入って頼みたいことがあるんですよ」（ナンダ？　まさか自民党から選挙に出ろというんじゃないだろうな）

「今度の日曜日にブッシュ大統領が来るんです。で、お土産に山藤さんの筆で大統領の似顔絵を描いて貰いたいなと思って」（ソウイウコトカ。前に小渕さんから訪米土産に、クリントンと自分の絵でTシャツを作りたいと頼まれて描いたけど、あれか）

「絵柄に注文があるんですよ。明治神宮で流鏑馬を見せるので、ブッシュが馬上で弓を引いてる図がほしいんです」（ヤブサメか!!　描くのに手間がかかりそうだな。ヤブソバで食ってるところじゃだめか？）

日曜日中にほしいと言う。無茶な注文である。しかし首相みずからがこうして身体を運んでの注文とあれば断われるわけがない。まァなんとかしましょう。

それから四日間、時間的にもきつかったが絵の〝しばり〟もきつかった。日本の伝統儀式を描くからには、衣裳や武具などは考証してある程度は正確に描かねばならない。

顔にも気を遣う。似顔絵といってもふだんのような、面白おかしい誇張や諷刺は危険だ。相手がフランスのシラク大統領なら笑ってくれるが、アメリカの大統領はだめだ。多分。怒らせたら日米関係にヒビが入る。

それやこれやいくつかの〝しばり〟をクリアして、なんとかプレゼントにふさわしい絵が出来た。

やれやれと眺めていると、ふと何かが足りないことに気がついた。〝戯れ絵師〟を自負している私としては〝遊び〟が入っていないのだ。これじゃ一勇斎国芳師匠に叱られる。

文字を入れてやるか、「常時武士」と。勿論、ジョージ・ブッシュの語呂合わせである。

小泉さんが大統領に文字の意味を問われたら、「貴殿は常にサムライのように毅然として勇ましい男である」と解説するだろう。それを聴いて大統領はよろこぶ。誠に目出度い。

が、裏読みをしたいムキは、「いつも刀を抜きたくてうずうずしている男」と読むかも知れない。それもいい。

〝戯れ絵〟は、ちがう種類の生地を、オモテとウラに合わせ縫いした衣服のようなものだから、どちらを作者の意図ととっても、いいのである。

「常時武士」の文字を書き入れようとしたところに、秘書官が絵をとりに来た。夜中の十二時である。いささか心残りはあったがそのまま渡した。

翌日テレビを見ていたら、絵を真中にして日米の「変人」と「武士」が笑っていた。

（「文藝春秋」五月号）

三十人の「きせきの人」たち

矢《や》吹《ぶき》清《きよ》人《と》
（医師）

「きせきの人」は、ヘレン・ケラーを描いた「奇跡の人」ではなく、「鬼籍の人」たちのことである。町の開業医の勉強会「実地医家のための会」のターミナル・ケアの共同調査の資料を作るために調べたところ、矢吹病院でこの五年間に亡くなった人たちのうち、三十名が、癌または、治療困難な慢性疾患、あるいは老衰といった、いわゆるターミナルの状態で亡くなった人たちで、とくに、家から病院までの距離が一キロメートル以内で、八十歳台の癌の患者さんが多かった。

この三十名のほとんどは、元気なころから、常々、笑いながら、しかしマジメに、最期は矢吹病院で苦しまないようにお願いしたいと言っていた人たちばかり、つまり延命治療を行わず、自然に寿命を全うする尊厳死を希望していた人たちである。当院のファンである。その念願が叶ったのだから「いい死に方」だったのかもしれない。しかし、そうはいっても不治の病でこれから最後を迎えなければならないご本人の心境は、けっして愉快であろうはずがない。できればポックリいきたいと思っていたのが、運悪くやむをえず、一ヵ月から年余にわたって病院のベッドで苦しむことになったのであるから不愉快極まりない事態である。

ぼくたち医師の仕事は、死にいく人ばかりに限らず、さまざまな苦痛や不安や不満を持った人たちを相手の「不愉快産業」であることを自覚すれば、どんなに良いホスピスでも立派な緩和ケア病棟でも、患者さんを心底から喜ばせたり幸せにすることは、たいへん難しい。三十人の人たちにも、良いことをするというよりは、それぞれの心身の不愉快の種をできるだけ取り除くことを主眼にお世話をした。いま振り返って入院カルテを見ると、ぼくが書いた経過記録よりも看護師諸君が書いた記録が断然光っていて、患者さんの訴えや表情を生き生きと伝えている。末期になればなるほど頻繁にナースコールを押す患者さんの不安と苦痛が紙面から浮かび上がってくる。

山田風太郎先生をまねて、カルテから、これらの人たちの「最後の飲食物」・「最後のことば」を拾ってみよう。記録に記載してある範囲での最後のものであるから、本当の最後かどうかはわからないが、その雰囲気は生々しく伝わってきて悲しい。

最後の飲食物には、

「アイスクリーム」「砂糖水」「桃のジュース」「重湯」「おかゆ」「ごはん」「ピーチゼリー」「プリン」「びわ」「水」（これがいちばん多い）、そして「シュークリーム」などがある。

Aおばあちゃんは、その日はとても元気で、家族が買ってきた大きなシュークリームを残さずにペロリと食べて、

「あーおいしかった」

と言って、次の朝大往生を遂げた。明治生まれのAさんにとって、子供のときに初めて食べたシュークリームの味が忘れられなくて、これを最後の晩餐に選んだのかもしれない。

最後のことばとしては、

「アイスを食べたい」「薬はのまない」「飴なめたい」「肩がいたい」「足がいたい」「アーアー」「ウーウー」「だるい」「さびしい」「水のみたい」「早く死にたい楽にして」「ごはんいらない」「天気いいね」「〇〇子（娘さんの名前）」「（お父さんと呼ばれて）ハイッ！」「（笑って）暑い」「そう長くは生きられない」「家に帰りたい」、そして「夕べは死ぬかと思った」……などである。


カルテを眺めているとその人の顔が浮かんでくる。巨大な胃癌が見つかったが、手術を希望せず、二年あまりを生きて、最後に入院したBさん。なんの苦しみもなく眠るように亡くなった「大往生大賞」のCさん。町内のDさん。うちがちょうど町内の班長をしていて、その任期が済むまでは元気でいてもらいたいとひそかに願っていたが、縁があって、お葬式まで面倒をみることになってしまった。


ひとり暮らしのEさん。はっきりとした尊厳死希望で、くりかえし「延命治療」を拒否すると言っていた方である。腎機能が悪化したが、透析を希望せず、

「このままでは尿毒症になって昏睡状態になります」

と説明したら、

「あーよかった」

と笑い、再度、人工呼吸や電気ショックを絶対にやらないでほしいと念を押して、間もなく昏睡となり亡くなった。


Fさん。尊厳死協会会員。熱心なクリスチャン。二十年来のおつきあい。亡くなる一年半前、

通院中の総合病院で受けた超音波検査で肝臓に直径5センチの大きな癌が見つかった。入院治療をすすめられたが、うちに相談に来られ、結論は「時間がもったいない」「さわらぬ神に祟りなし」と放置することに決めていた。一年少し経って、背中と腰の痛みが強くなり入院したが、一切の検査を希望せず、痛みに対するブロック注射やモルヒネの治療だけを行った。最後は希望していた教会の牧師さんに病室に来て立ち会ってもらい天に召された。教会での葬儀に出て賛美歌を歌った。

毎回の回診で、こころがけたことは、

①笑顔で明るく元気に接する。

まだなのであるから、お通夜のような顔をしない。患者は元気のない疲れた顔の医者を好まない。医者が心配そうな顔をするとすごく不安になるものである。

②世間話をする。

末期の患者さんといっても、小春日のように、元気で調子のよい日がある。そんなときは病気をまったく離れて、世間話をしたり、その人の生い立ちや仕事などを聞いて人生を振り返ってもらうようにした。

③その日の具合の悪いところにすぐ対処する。

痛み止めはもちろん。便秘薬や風邪薬や漢方薬をこまめに処方。腰痛や手足の痛みには局所注射やブロック注射。かゆいところには軟膏をつけてホータイ。イボ取りの希望あればOK。ただひとつ、この病気を治してくれという頼み以外はなんでも喜んで応えた。

④自由にしてもらう。

入院の制約をできるだけ取り払う。外出外泊いつでもOK。食べ物・アルコールも自由。好きにしてもらう。退院してみるのもOK。家族の面会いつでもOK。気が変わって、よその病院に移るのもOK。また気が変わって戻ってくるのもOK。

⑤最後のお別れは本人と家族とが主役。

ハートモニターで心拍が落ちてきて臨終が間もないと感じられたら、家族をベッドの両側に集め、「最後のお別れです。みなさん手を握ってあげてください」とリードし、自分と看護師は後ろに下がって、その「大切なとき」の邪魔をしないようにした。

などである。

本当は自分の家の自分の寝室で最期を迎えるのが理想的かもしれない。しかし、現実には、家庭環境やケアのわずらわしさから入院を希望する人もいる。この意味で病院で死ぬことは、やむを得ぬ「次善」の手段である。次善とすれば、長年親しんだ近くの「かかりつけ」の病院の世話になりたいと思った人たちがこの方々である。考えようによっては、家の「離れ」で亡くなったと思われるぐらい近所の人もいたわけで、長年つきあって顔見知りの医師や看護師との気持の「近さ」、家族が毎日病院に来られる「近さ」、この「近さ」こそが、大病院やホスピスでは得られない、町の小病院のターミナル・ケアの良さかもしれない。

どんなにえらい人でも、どんなお金持ちでも、どんなに強い信念を持っていても、自分の思う場所で、自分の思う通りに死ぬということは、今どき、たいへんむずかしいことである。とすれば、曲がりなりにも、自分が望んでいた家の近くの病院で最期を迎えることができた、この三十人のみなさんは、あるいは、ほんとうの「奇跡の人」たちだったのかもしれない。

（「時代」第三十五号三月十日刊）

突然消えてゆく

坪《つぼ》内《うち》祐《ゆう》三《ぞう》
（評論家）

東京は今また大きく変ろうとしている。そういうイヤな予感が私にはある。予感というよりも、居心地の悪さ、さらに言えば恐怖感が私にはある。

近代に入って、つまり明治以降、東京はほぼ二十年周期で大変動を繰り返して来た。わかりやすい例として一九二三（大正十二）年の関東大震災。一九四五（昭和二十）年の東京大空襲。そして一九六四年の東京オリンピックがあり、一九八〇年代中頃からのバブル景気。

そのたびごとに東京は大きく変った。

大震災と大空襲の天災（東京大空襲は人災だったという論議はしばらく置く）、オリンピックとバブル景気の人為性という違いはあったものの、東京が変貌していったその理由は明らかであった。つまり、なぜ東京が変ってしまったかというその理由は。

例えば私はバブル景気の頃、雑誌『東京人』の編集者だった。バブル景気によって無機質に大変動していった東京の風景を私は苦々しく思いながらも、それと同時にその時代の妙なエネルギーやパワーの強さを体感していた。

だが今回の東京の変化には、その種のエネルギーやパワーが、すなわち変化しなければならないという理由が、見当らないのだ。だから、とても不気味だ。

ここで読者は何を根拠に私が「変化」を問題にしているのか、いぶかしく思われるかもしれない。

この半年ぐらい、東京の街中や近郊から突然消えてしまうスポットがあまりにも数多いのだ。新聞や雑誌を開くたびに、私は、えっ、この場所もなくなってしまうのか、と驚かされることになる。突然と書いたように、何の前ぶれもなく消えて行く。あまり目立たなかった古木《こぼく》がいつの間にか内側から朽ち果てて行く感じで。

だから驚きは一層である。

具体的に列挙してみる(順は不同)。

名画座の早稲田松竹。同じく新宿昭和館。銀座のイエナ洋書。小田急美術館。伊勢丹美術館。向ヶ丘遊園。横浜ドリームランド。日本近代文学館。近代日本文学専門の神保町の古書店文泉堂書店。

これらのスポットの突然の消失を伝える新聞や雑誌記事は、それ一つだけでは、普通の読者の目に、何げなく見過されてしまうかもしれない。

しかし、「炭鉱のカナリア」たる私は、そこに、ひとつらなりの動きを、些細なようでいて、だからこその静かな気持ち悪さを内包した変化を感じ取る。

先に列挙したスポットに共通するのは、あってもなくっても良い場所であることだ。だが、あればあったで、ある種の人間（例えば私のような人間）には一つのオアシスとなった場所である。もっとも私はそのオアシスに足繁く通うことはあまりなかった。オアシスとはそういう場所である。

価値の二極化が進んでいる。

いわゆるデフレ・スパイラルによる価格破壊の一方で、ブランドショップや高級料理店が賑わう。大作物のロードショー館や通好みのミニシアターには足を運ぶが、それ以外の映画はビデオですませてしまう。東京ディズニーランドやディズニーシーを知る子供たちにとって、向ヶ丘遊園や横浜ドリームランドに連れて行かれるぐらいなら、家でゲームをしていた方がましだ。

そんな時代の皺寄せが中間領域に向って来る。

だが、そういう中間領域こそが本当は、都会の都会性を体現していたりもするのである。先に列挙したスポットの名を眺め直してもらいたい。

しかもその種の中間領域は一度失ってしまったら、もう二度と再現することは難しい。

たとえ足繁く通うことはなくとも、確かにそこにそれがあることによって心の余裕を持てる場所。その場所で体験した記憶を時どき懐しく思い出し、可能性において常に再訪しようと考えている場所。

銀座の千疋屋パーラーの洋食屋が突然店を閉じてもう二年以上経つのだろうか。年に一度か二度ぐらいしか通うことがなかったものの、私はあの店の味、そして空間が好きだった。

それから洋食屋と言えば、私が編集者時代、会社の近く、神楽坂にあった田原屋。とりたてて特長のない味の店だったが、かつては夏目漱石や永井荷風も愛用していたという。

神楽坂に行く機会があったなら久し振りで覗いてみようかと思っていたその店、これまたいつの間にか閉店してしまったと、一週間ほど前、ある人から聞かされた。

（「文藝春秋」六月号）

一〇人の女性ノーベル賞受賞者

小《お》川《がわ》眞《ま》理《り》子《こ》
（三重大学教授）

昨年は、ノーベル賞が創設されてからちょうど百年ということで、また一昨年の白川英樹博士に続く野依良治博士の受賞ということもあって、ノーベル賞が日本でも話題になった年であった。科学分野のノーベル賞には、物理学賞、化学賞、医学・生理学賞の三部門があり、それぞれの部門で受賞は最大三人までとされている。ただし受賞者が一人だけだったりもするのでこの百年間における受賞者は総勢四七八人である。このうち女性の受賞者は一〇人、全体のおよそ二％である。

二％という数字は女性の科学者や技術者の少なさを言うには適当としても、いきなりノーベル賞受賞者を引き合いに出してみても、女性科学者の状況全般を考えるには特殊すぎるように思われるかもしれない。ところが以下に述べるように、わずか一〇人の女性受賞者ではあるが彼女たちの人生を通して見えてくる事柄は、女性科学者一般が置かれてきた社会的困難を時代ごとによく反映しており、なにゆえ女性科学者・技術者が少ないのだろうという問題を考えるのに案外よい事例ではないかと思われる。

教育・研究の機会

さて、一〇人のノーベル賞受賞女性の名前を挙げるとなると、最初の一人は誰もが知っているマリー・キュリーである。彼女は一九〇三年に夫とともにノーベル物理学賞を受賞し、その八年後にはノーベル化学賞を単独受賞している。次に二人目となると、その名を知る人はぐっと少なくなるだろうが、マリーの娘、イレーヌ・ジョリオ＝キュリーである。彼女は一九三五年に夫とともにノーベル化学賞を受賞している。三人目はオーストリア＝ハンガリー帝国の一部だったチェコスロヴァキア出身の生化学者ガーティ・コリで、夫とともに渡米して研究を続け、一九四七年夫婦でノーベル医学・生理学賞に輝いた。彼女たち三人がいわばノーベル賞第一世代といってよいだろう。女性受賞者の最初の三人は、マリーの二度目の受賞は例外として、すべて夫と一緒の受賞である。ただし彼女たちが夫に依存していたというのではない。しかし女性一人で科学研究者として立つには、あまりに困難な時代であったであろうことは容易に想像できる。

この第一世代の女性たちの青春時代には正規の高等教育が十分に整えられておらず、大学教育の前に花嫁学校に入るという回り道を余儀なくされたり、大学入学資格取得に苦労したり、あるいはマリーのようにポーランドから教育の機会を求めてパリに出たりしなければならなかった。英米仏に比べ、とりわけドイツの女子高等教育の立ち遅れはひどく、その頃のドイツは世界でも有数のノーベル賞受賞者の輩出国であったにもかかわらず、一九二〇年代になるまで女子に大学入学の準備となる高等教育制度は存在しなかった。

問題はまず教育の機会であろうと考えられるのに、天才神話は相変らず根強く存在してきている。すなわち、およそ大数学者、大科学者、大芸術家といわれるほどの天分ならば、いかなる逆境にあろうとも世に出ないはずはなく、天才である限り男女を問わずその才能は溢れ出て、必ず人々の認めるところとなるはずだという。それゆえ天才女性の不在は、そこまでの才能をもつ女性がいなかったからだと。しかし実際のところ人並みはずれた才能も、励まし育てられなければ凡庸になり、天才がおのずと現れることなどなかったのである。つまり最初の前提は誤りで、女性の天才が少ない原因は、個人の才能の多寡というより、教育、さらに研究の機会などの社会的問題として考察されるべき事柄なのである。

マリー・キュリーは、ノーベル賞百年の歴史の中、科学部門で一度のみならず二度ものノーベル賞に輝いた稀有な三人の研究者の一人である。しかし彼女でさえ、フランス科学アカデミーへの入会を拒否された。一九一一年二度目のノーベル賞受賞直前のことである。彼女の娘イレーヌも会員にはなれず、結局同アカデミーがはじめて女性の正会員を選出したのは一九七九年のことであった。またイギリスの最も格式ある王立協会が、女性の正会員を認めたのは第二次世界大戦後の一九四五年のことであった。教育の機会と並んで、十分な研究環境が得られなければ、優れた研究を成し遂げることは誰にとっても不可能であろう。

ダブル・スタンダード

さて、なにゆえに女性科学者は少数なのかという一般的な問いに対して、答えは女性に課せられた「ダブル・スタンダード」であることに違いない。第一世代として紹介した先の三人に続くノーベル賞受賞女性四、五、六人目は夫と共同研究をしていたわけでなく、それぞれ独立の研究を遂行してノーベル賞を受賞した女性である。ドイツのゲッティンゲン大学で学位を取得した後、夫について渡米したマリア・メイアーは、第二次世界大戦後にシカゴ大学に職を得るまでおよそ一六年間満足なポストに就けないままであった。そうした困難な研究生活であったが、彼女は一九六三年ノーベル物理学賞を受賞した。また翌六四年にはイギリスのドロシー・ホジキンがノーベル化学賞に輝いた。彼女はX線結晶解析によるペニシリンやビタミンB12の構造決定で知られる。六人目はアメリカの核物理学者ロザリン・ヤーロウで、七七年に医学・生理学賞を受賞している。第一世代と第二世代の女性六人は、例外なく結婚し子どもを持っている。おそらくは、その頃までは女性のアイデンティティはまず「妻であり母である」ことを暗黙の前提としており、優れた女性科学者と社会的に評価されるためには、それを先に確立している必要があったようである。

このような女性科学者に対するダブル・スタンダードは、ノーベル賞受賞時の彼女たちの報道によく表れていた。男性の受賞者に対しては才能の非凡さや研究への没入や集中力が賞賛されるのに対し、女性の受賞者には、世界的な科学研究のみならず普通の女らしい仕事についても有能であることが強調されてきた。したがって男性科学者が実験室や研究室で写真に収まったりするのに対し、女性科学者は台所で写真が撮られたりすることになる。新聞の見出しも、メイアーのときは「サンディエゴのお母さんノーベル賞受賞」、ホジキンのときは「イギリスの妻、ノーベル賞受賞」といった具合であった。こうした傾向はフェミニズム運動が盛んになっても衰えることはなく、一九七七年のヤーロウの受賞のときも、「彼女は料理し、掃除し、ノーベル賞をとった」という見出しが紙面を飾った。ちなみにメイアーとヤーロウは二人の、ホジキンは三人の子どもの母親であった。

こうしたことはその時代、才能の大きさからノーベル賞の呼び声が高かったにもかかわらず受賞に至らなかった女性、たとえばリーゼ・マイトナーやロザリンド・フランクリンがいずれも独身であったことと表裏をなしている。ドイツの核物理学者マイトナーの名は共同研究者オットー・ハーンの名とともに、一九二〇年代から三〇年代にかけて何度もノーベル賞候補に挙げられ、一九三九年の核分裂理論の解明は彼女の評価を決定的にするはずのものであった。しかしノーベル賞は四四年にハーンが単独で受賞し、マイトナーはその栄誉に浴することなく六八年に八九歳の生涯を閉じた。X線結晶学者フランクリンの場合、ワトソンとクリックによる遺伝子の二重ラセン構造の決定に不可欠な寄与をしていながら、正当な評価は与えられず、ノーベル賞は一九六二年彼ら二人に加えウィルキンスに授与される結果になった。フランクリンは残念ながら六二年を待たずに亡くなってしまっているので断言することはできないが、生きていたとしても彼女の受賞を想像するのは非常に難しい。それというのも独身女性として初めて、バーバラ・マクリントックがノーベル賞を受賞することになるのは一九八三年であり、一流の科学者といえども、まずは良き妻良き母であるべきとする制約が解消されるまでにまだ二〇年もの歳月があったからである。その二〇年間は、六三年のベティー・フリーダンの登場に始まる第二期フェミニズムが急成長を遂げた時期に重なっている。

マクリントックも含め八〇年代に受賞した三人の女性は、いずれも医学・生理学賞の受賞であったが、奇しくもみな独身であった。しかも彼女たち三人の受賞年齢が、マクリントック、リタ・レヴィ＝モンタルチーニ、ガートルード・エリオンそれぞれ八一歳、七七歳、七一歳という高齢であることは意味深長である。彼女たちの業績評価に年月を要することがあったとしても、またノーベル賞委員会が評価にいっそう慎重になってきたことがあったにしても、キュリー母娘が三〇歳代で受賞し、その後の女性が五〇歳代で受賞していることを考えると、過去において彼女たちの受賞が見送られてきた可能性は否定できない。八〇年代に入ってようやく独身の女性たちに顕彰の機会がもたらされたことは、フェミニズムの影響が少なからずあったと考えて、まず誤りないだろう。

こうして女性受賞者を中心にノーベル賞の百年を通覧し、彼女たちを三人ごとに区切って見てみると、女性科学者を取り巻く社会的な環境変化がかなり忠実に反映されていることに気づかされる。確かに彼女たちは特別な女性ではあるが、それぞれが教育や研究の時代的制約の中で奮闘し、徐々に女性の自立が高まってきた様子が窺える。夫と共に、夫とは独立に、夫なしでと書くと、いささか話は出来過ぎの感じである。それはさておき一〇人目の受賞者クリスチアネ・ニュスライン＝フォルハルトについては、もはや個人的な詮索はせずとも「女子の高等教育についてもっとも保守的であったドイツに、女性として初めてノーベル賞をもたらした」と語るだけで十分であろう。

（「學鐙」三月号）

コンビニの繰り言

池《いけ》永《なが》陽《よう》
(作家)

夕方のひととき、近所のコンビニへ夜食がわりの弁当を買いにサンダルばきでぶらぶらと出かけた。気軽に利用できるのがコンビニのいちばんいいところである。

店内は勤め帰りのサラリーマンや学生たちでけっこう混んでいた。その様子を一言でいうとするなら、

「賑やかだけど、乾いている……」

こんな言葉が即座に浮んだ。

弁当のコーナーの前で何にしようかと散々迷ったあげく、結局いつもの幕の内に手を伸ばしたところで、何気なく店内を見回してみて奇妙な点に気がついた。同時に、コンビニというのはスーパーの小型版だとずっときめこんでいたのが大きな間違いであることに思い当たった。むろん、ぼくの独断と偏見にみちた考えではあるけれど。

なるほど、規模こそ違うものの品揃えも買物のシステムもスーパーに似ている。が、決定的な違いが一つあった。前述した奇妙な点である。客筋がまったく違うのだ。

コンビニは圧倒的に男性客が多く、女性客が少ない。価格や品数のせいだとは思うが、なかでも主婦たちの姿は皆無といっていいほど見ることはできない。コンビニは誰が何といおうと男たちの世界なのだ。

女性が集まる店には、それを目当てにした男性客も集まると昔からよくいわれるが、コンビニはその唯一の例外ともいえる存在なのかもしれない。

男たちは女性客のいない店内で黙々と週刊誌を広げて、

「ふふっ……」

と笑みをもらす。大抵はマニアックな官能本を手にしている客だ。これが案外多い。

あるいは店内をすみずみまで回って、目当ての商品を無造作にかごに放りこんでいく中年の男性客。そこには慣れないスーパーのなかをうろうろする、男特有のぎこちなさは見当たらない。

コンビニは、まさしく男たちの世界、とぼくはまた独断と偏見で勝手にきめつける。ひょっとしたら男たちは女性客が少ないからこそ安心してコンビニに足を運ぶのかもしれない。店内に漂う空気はあくまで、ゆっくりふわふわ。コンビニとは男好みの摩訶不思議な空間なのである。

そんな男たちの世界に大挙して熟年の女性客が押しかけることがある。

「テレビドラマの、谷間の時間帯ですよ」

と、あるコンビニの店長はいった。

夜の八時九時台、あるいは九時十時台に女性たちに人気のあるテレビドラマがつづくと、最初のドラマが終った時点で女性客がばたばたと店にかけこんでくる。次のドラマまでのわずかなC

Mの時間をついて、女性たちは慌ただしく好みの食べ物を買っていくのだ。

「好きなものを食べながら好きなドラマを見たいのでしょうが、それなら昼間のうちに買っておけば、ばたばたしなくてもすむんですがねえ」

店長は首をひねった。

ゆるやかに流れていた店内の空気も、このときだけは一変して緊張状態になる。ひたすら群れるだけが目的の男たちに対する、女たちの殴りこみのようだ。まったく、コンビニとは不思議な空間である。

殴りこみといえば……深夜、コンビニに出かけると店の前に座りこみ、飲みものとタバコを手にしてぐずぐずと話しこんでいる若者たちに出会うことがある。

多いときは十人近くの若者がたむろしている。小心者のぼくは、この若者たちの前を通り抜けるのが怖い。オヤジ狩りにでもあうのではないかとびくびくしながら、それでも虚勢を張って決死の覚悟で彼らの前を抜けて店の扉にたどりつく。まるでヤクザの事務所に殴りこむような心境だ。やはり、コンビニは男たちの世界である。

コンビニの客への対応はすべてがマニュアル通りで味もそっけもないのが普通だが、コンビニが男たちの世界ならいい考えがある。

従業員に愛想がよくて可愛い女性を加えたらどうだろう。かつてはどこの商店街にもいた看板娘の復活である。それを目当てに今以上に男性客が押しかけること間違いなしだ。余談だがぼくは昔ながらの濃厚なスキンシップのある店が大好きである。

と考えてみて、それは違うのではないかとふと思う。男たちの世界は男たちの天国ではない。コンビニの王道はよくも悪くも、

「賑やかだけど、乾いている……」

この一言につきる。いいかえれば、ハードボイルドの世界なのである。

コンビニは、スーパーと個人商店の中間に位置する店ではない。この線上から一歩踏み出した、まったく違う進化の道をたどらなければいけない店なのだ。そうでなければコンビニの存在価値はなくなり、世の中からはじき出されてしまう。徹底的に男たちの世界を突っ走ってほしい。摩訶不思議な、男好みの空間を形作って進化してほしい。

とは思うものの、しかしなあ。まったく違う進化の道といってもいったい……やがては女性客のほうが多くなり、男は結局はじき出されてしまうのかなあ……。

(「青春と読書」七月号)

無常ということ

平《ひら》野《の》啓《けい》一《いち》郎《ろう》
（作家）

少し前のことになるが、私は或る評論家がインターネットのウェブサイト上に、八坂神社の前にコンヴィニエンス・ストアが出来たことは怪しからんと憤慨しながら書いているのを読んで、乱暴な口調の割には何事に於いても紋切型の浅薄で、一向に核心に触れないのが常のこの人らしい話だと苦笑したことがある。それならば、そもそも祇園の交差点をあれほどの量の自動車が往来していることはどうなるのだろう？　外国産の高級車も走っていれば、市バスも轟音を鳴り響かせている。そうした風景には一向に目がゆかず、殊更にコンヴィニエンス・ストアなどに着目してみせるところが、私には何とも安易な語り口のように思われたのである。

昔からよく京都を訪ね、この町に特別の思いがあるという人の間では、京都の景観破壊を嘆じてみせることはちょっとした流行なのかもしれない。これはしかし、恐らく今に始まったことではないであろう。二条城などというものが建てられた当時も、流石は田舎侍の御大将、とんでもないものを造ってくれたわいと悲憤慷慨する人達も多かったのではあるまいか？　これは今日のビル建設などよりも、よほど深刻な決定的な「景観破壊」であった筈である。

私は、どうも昨今のその手の議論に胡散らしさを感じて仕方がない。勿論、何でも好き放題にぶち壊して、高層ビルだろうとパチンコ店だろうと幾らでも建てれば良いなどと乱暴なことは言わない。しかし、それでは一体、彼らが何時頃のどういう京都を残したいと思っているのかと問えば極めて曖昧である。先の評論家ではないが、結局は各々の記憶の中にある「あの日、あの時見た京都」ということでしかないのではあるまいか？　それはいかにも恣意的である。京都という町の長い歴史に比して、彼の個人的な愛着の歴史とは何とちっぽけなものであろう。

同じことは京都の町屋を巡る議論についても言える。こちらは実際に京都に住んでいる人達の言うことであるから議論にも迫力があるが、とはいえそこで保存すべきと主張されている風景にしても結局は彼らが幼少時に慣れ親しんだ割と最近の町の姿である。五百年前にその一帯がどういう風景であったのかということは一向に議論にならない。平安時代に比べればそれらの町屋にしても十分近代建築じゃないかという反論は私は説得力があると思う。

では何故そうなのであろうか？　私はこの問題は、京都という町の本質的な性格に関係していると思う。京都という町は、永遠に無常をかなしみ続ける町である。『伊勢物語』の「月やあらぬ春や昔の春ならぬわが身ひとつはもとの身にして」ではないが、昔の愛人、知人を訪ねて荒れ放題になった家屋に愕然とするという場面は古典の中によくある。人の儚さと建造物の儚さとは同じ無常の底知れぬかなしみの渦中にある。人が死ぬように、建造物も壊れる。人が移り変わるように、風景もまた絶え間なく変化する。そうした存在の絶望的な不安を慰める為にこそ、不変の聖所としての神社仏閣がかくも膨大な数築かれねばならなかったのではあるまいか。永遠に変わらない場所である神社仏閣と無常に変わりゆく江湖の人間の居住区、その残酷な対比こそが京都という町のいわば凄みなのではあるまいか？

八坂神社の前が今のような景色になったのは、高々この数十年ほどのことであろう。私は千二百年間の長きに亘って絶えざる変遷を繰り返してきたあの場所の風景を、たまたま千百何十年目かに出現した一つの風景に決定し、それを永遠に保存するなどということこそ京都という町に対する最も甚だしき誤解に基づいた蛮行であると思う。それは京都が、今現在も生き、生成と消滅とを繰り返し続けているということを忘れた人の愚かな考えである。一体人は、子供の頃の美しい母親の姿を愛しているからといって、彼女の生の変化を認めず、殺して冷凍保存にすることなど考えるであろうか？　彼らが愛しているのは、現実の生きた京都ではない。彼らが憤っているのは、京都そのものの破壊ではない。それは単に彼らの記憶の中の京都に過ぎない。変化することがなくなった時、京都は最早博物館のガラス・ケースの中に収められたミイラと同じ、死んだ町となるであろう。それを喜ぶのは、随分と悪趣味ではあるまいか？　三条通に感じのいい――観光客の大好きな――喫茶店がある。火事になった後に、建て替わったら以前の内装と殆ど同じだったという。それとてどれほどのことであろうか？　百年、二百年経ってみれば、この町の長い歴史の中に一瞬現れては消えた幻のようなものではあるまいか。そうした幻がこれまでどれほどあったことであろう。それらが無限に集積し、今眼前に眺めている光景ですら一つの幻であることを疑わせる。変わり続けた結果、嘗て一度として何かであったことがない。しかも、その虚無の表層の目眩く衣替えの連続が、紛れもなく京都であるとしか言いようのないような或る固有の雰囲気を醸成している。それこそが、この町の本来の魅力なのではあるまいか？

京都の景観保護の問題を議論する際に、パリやローマといったヨーロッパの古い都市を例に挙げて、その町並の保存状態の良さを強調する人は多い。しかし、誰が住もうと百年、二百年という間、堅牢な石造りの建造物が変わらぬ姿のまま立ち続けているそれらの町と、木造の故に人と家屋とがその脆さに於いて結び合い、やがては例外なく滅びることの宿命を共有していた京都の町とでは、そもそも同一に並べて議論すること自体が無理な話である。

京都に住み始めて、私は今年で九年目になる。所詮は余所者である。それこそ生粋の京都人という人達からしてみれば、私がここで熱心に京都について語っていること自体が、随分と憫笑を誘う話であるのかもしれない。しかし私は、今書いたようなことに気づき始めてから、以前よりもずっとこの町のことが好きになった。

嘗て子供の頃に訪れた京都は、私を観光都市としての顔で丁寧に迎えてくれ、洗練された作り笑顔で見送ってくれた。大学時代に数年間をここで過ごすこととなった時には、学生の町としての顔で大らかに受け容れ、文句一つ言わずに好きなことをさせてくれた。そして今、それらの別々の顔とのつきあいが一通り終えたあとになって、私は初めてその奥に秘せられた本当の顔とも言うべきものを少しずつ窺い知るようになった。それは思いの外、かなしい顔だった。なるほど、余所者に見せて良い顔ではなかった。けれども私は、それを美しいと感じた。そして、それを隠そうとすることを、やはり奥ゆかしいと思った。

（「新潮」一月号）

「平安の気象予報士」が見た空の色

石井和子《いしいかずこ》
（フリーアナウンサー）

「いづれの御時にか、女御《にょうご》、更衣《こうい》、あまた候《さぶら》ひ給《たま》ひける中に、いとやむごとなききはにはあらぬが、すぐれて時めき給ふありけり」

おなじみ『源氏物語』の冒頭です。古文の時間に目にした方も多いことでしょう。このなかで、作者の紫式部が、さまざまな気象現象を驚くほど効果的に使っていることをご存じでしょうか。時雨、雪、あらし……。場面ごとの天気は、情景とともに光源氏や源氏を取り巻く女性たちの複雑なこころを映し出し、また、源氏の転機には必ずダイナミックな気象現象を用意して話を展開させるなど、読めば読むほど紫式部の「気象センス」のすばらしさに感心させられます。

実は、日本には、気象観測が始まった明治以前の気温変動を示す詳しい資料は残っていません。それでも江戸時代は比較的多いのですが、平安時代の気象となると、断片的な資料を何とか寄せ集めて推理する以外に方法がありません。

ところが驚いたことに、紫式部が物語の中に描いた気象現象はどれをとっても正確でむだがなく、その時々の天気図まで彷彿《ほうふつ》とさせるのです。しかも、コンピューターで日々つくられる天気図と全く遜色《そんしょく》がないのです。千年以上昔の、科学意識のかけらさえなかった時代に描かれた天気が、現代の天気図とこんなにも一致するなんて……。気象予報士の私が、物語に最ものめり込むこととなった理由もここにあります。

『源氏物語』の中から推定できた現象のいくつかを挙げてみましょう。まず、光源氏を囲んで五月雨どきに行われた女性の品評会、いわゆる「雨夜の品定め」は、梅雨明け前夜に行われたことが分かります。また、源氏と朧月夜《おぼろづきよ》の君との不倫発覚のカギを握ったのは、梅雨末期・明け方の大雷雨であったり、さらに「野分の帖」に出てくる台風は、一九三四（昭和九）年の第一室戸台風とコースや特徴、通過時間などがとてもよく似ていたことも分かります。大木の枝が折れたり、家々の瓦が飛んだりする描写が『源氏物語』中にあることから、当時の京都は少なくとも風速二十五メートル以上の暴風域に入っていたと考えられるのです。

また、源氏は朧月夜の君との事件がもとで須磨に退去することになるのですが、ここで源氏は、大雨や雷による悪天が十二日も続く「須磨の嵐」に遭遇します。旧暦三月一日（今の三月末から四月半ばごろ）のことで、私はこれを「寒冷渦《かんれいうず》」で説明できるのではないかと思います。寒冷渦とは、たいへん冷たい空気を持つ低気圧で、上空の流れから取り残されているために動きが遅く、何日も大雨や雷雨の続くことが特徴です。陽射《ひざ》しの強まった春先は、温かい地面と冷たい上空との温度差が大きくなるので、天気はより不安定となり、しばしばたくさんの積乱雲が発生します。

それにしても紫式部の時代に、現在と同じような気象現象があったのだろうかと思って調べたところ「天慶《てんぎょう》元年六月京都並近国雷神十余日」という記録を見つけました。寒冷渦によって何日も雷雨が続くことがあるのは、今も昔も同じだったようです。

寒冷渦は今でこそ、気象衛星「ひまわり」による雲写真で確認されたり、話題になったりもしますが、気象学として取り上げられるようになったのは、ほんの十数年ほど前からです。気象学として新しい寒冷渦を、紫式部が千年も前に物語の中に取り入れていることにびっくりさせられます。さらには、前出の朧月夜の君との不倫発覚事件のもととなった夜明けの大雨については、去年になってようやく「大雨は夜半に起こりやすい」という研究が気象学会で発表されましたが、紫式部はすでにそのことを知っていたのではないかとさえ思われます。

今回『源氏物語』に書かれている気象を調べたことで、はるか遠い平安の天気の様子と、そこに暮らす大宮びとたちの息遣いを、より身近に感じることができました。古典は取っ付きにくいと思っている皆さん、平安の気象予報士が残した傑作を、もう一度読んでみませんか。

（「東京新聞」夕刊十二月十九日付）

仏具店の燕

吉岡《よしおか》紋《あや》
（「九州文学」同人）

バス通りを二〇メートルほど入った所に、その仏具店はある。大型の青果店と薬局に挟まれたそこは、人の出入りがほとんどない代わりに、昔ながらの心安らぐ静けさがあった。

それに、表からは見えないが裏に大きな辛夷《こぶし》の木があって、時期になると裸の枝々を夢幻的な白い花で覆うのである。

勤めを辞めて、散歩がてらの買い物に裏通りを利用するようになった私は、ある日、陽《ひ》を浴びた高処《たかみ》に、静かなたたずまいを見せている白い花を見て心を奪われた。仏具店の木と知ってからは、花の無機質な白さが骨片のようにも思われ、いっそう惹《ひ》きつけられたのである。

店のご主人は、七十歳前後の小太りな品のよい人で、いつも店の奥に座っている少し足の不自由な奥さんを気づかいながら、物柔らかな物腰で客に接していた。売る気があるのか、ないのか分からない、商売っ気をまるで感じさせない誠実さが、訪れる人をくつろいだ気持ちにさせるのである。

電気灯籠《とうろう》の豆電球を買いに行って以来、私は折あるごとに店に出入りするようになっていた。

店頭には、季節によってアジサイや木立ベゴニアや蘭、孔雀サボテンなど丹精して育てられた鉢植えが並べられ、話題に事欠かないのである。

あれは、昨年五月半ばのことだった。

店の近くを通りかかった私は、ご主人に呼び止められて立ち止まった。

「燕の雛の孵《かえ》っとうとですよ。ちょっと、覗いて行かっしゃれんですか」

近寄ると、チイチイチイという初々《ういうい》しい鳴き声が私の胸をときめかせた。巣は軒先にあるが雛達の姿は見えない。

「親鳥が餌ばくわえて、じきもどって来ますけん、待っとってつかあさい」

言われるままに待っていると、親燕が一直線に舞いもどって来た。たちまち、巣の中から餌をねだる雛達の声が沸き起こる。

裂けそうなほどいっぱいに開いた何本もの黄色いくちばしが見えた。何羽いるのだろうか。

「六羽、おるとですよ。数えてみたとです」

「えっ、六羽も。あんな小さな巣に」

私達は、何となく声をひそめて話していた。

親燕の運んで来た餌はあまりにも小さかったので、雛達はまた、堪《こら》え性のない鳴き声をあげ始めた。その声に追い立てられるように次の餌を探しに巣を離れた親燕を見送って、私はせつない気持ちになった。

「それにしても、大変ですね、糞《ふん》の掃除」

帰りがけ、私は下を見て思わず言った。

店と、店の前の、線香や蠟燭を並べてある台との間にはマットが敷かれてあるのだが、その上や周りにおびただしい糞が落ちている。

「ちょっとの間ですけん、気になりまっせん。それより、毎日、雛を見るのが楽しゅうて」

ご主人は、にこにこしながら答えた。

夕食の買い物に出かけた帰りには必ず立ち寄るようになって何日か過ぎ、そろそろ、巣立ちも近いと思い始めたころだった。

いつものように軒下に入り、巣を見上げて私は驚いた。巣が無くなっているのだ。店の中からご主人が、続いて奥さんが出て来た。

「傘か何かでやられたとですよ。昨夜は雨でしたけんね。人間のすることじゃなか」

いつもは穏やかなご主人が怒っている。

「ひどかことばする人のおるもんですね。かわいそうに」

奥さんも怒っていた。

朝、店を開けると、巣がそっくり落とされていて、雛達はすでに死んでいたという。話している間も、親燕が鳴きながら巣に近付き、近付いては旋回して離れて行く。

突然、仏具店の入り口に、年内一杯で閉店しますという貼り紙が出されたのは、九月の上旬だった。慌てて確かめてみたが、二人の決心は堅いようだった。

やがて、大晦日《みそか》になり、店は閉じられた。

新しい年が来たが、仏具店には松飾りもなく、ひっそりとしたままだった。

いつの間にか春になり、辛夷の花が咲き始めたが、心なしか、いつもの年より花の数が少ない気がした。ふと、あの木はどうなるのかと不安になった。ある日、老夫婦の姿が消え、突然、誰もいなくなった古い家が壊されるのを、私は随分見て来たから。

五月の初め、思いがけなく店が開いた。

「品物がまだ残っとりますけんね。仕入れはせんで、これの無くなるまで店ば開いとこうと話しとります。ほかに出来ることはないし、それに、燕がもどって来るかもしれまっせんし、ね」

ご主人は、寂しそうに、そう言った。

燕が帰って来たのは、それから二週間ほどしてだった。燕は、やっぱり、仏具店の軒先を忘れてはいなかったのだ。燕は新しい巣を作り、四羽の雛が孵った。懸命に声を張り上げている雛を見上げながら、私の胸は熱くなった。

四羽の雛は、私達の心配をよそに、辛夷の木が心地好《よ》い緑陰を作るようになったころ、親燕とともに、今度は元気に巣立って行った。

（「話の小骨」十一月二十日刊）

草津の重監房

加賀《かが》乙彦《おとひこ》(作家)

草津のバス停からタクシーで十分足らずでハンセン病療養所栗生楽泉園に着いた。二月で雪が深く、周囲の山並は白かった。とくに浅間山の抜きんでた山容が青空に光っていた。私たち——皓星社の編集者と私——は、園内をゆっくりと歩いた。二十二万坪の広さがあるのだから、ざっと一周するだけでも、相応の時間がかかる。敷地の周囲には深い谷が落ち込んでいて、入園者の逃亡はむつかしく、管理する側にとっては好都合な地形であることはすぐ察知できた。

兵舎を思わせる棟割長屋が建っているが空き家が目立つ。最盛期には千四百人いた入園者も、老齢のための死者と退園者が増え、今は二百七十人で、そのなかには目の不自由な人、身体の障害のひどい人が多いという。歩いていると辻々で音楽とともに通りの名前を告げる自動放送があって、視覚障害者の一人歩きを案内していた。

雪深い松林の奥に納骨堂があった。本名を隠し、故郷に引き取られもせずに、ここで亡くなった人々の骨壺が凍りついたように身を寄せ合っていた。納骨堂の近くには、入園者に〝地獄谷〟と名付けられた断崖があった。妊娠した女性は中絶させられ、嬰児は谷底に投げ捨てられた。戦後谷底の清掃を命じられた人は数多くの小さな人骨を発見したという。

悪名高い重監房は、門のすぐそば、すなわち園の施設とはもっとも遠い、小高い松林の中にあった。積雪が深くて登るのが難儀であったが、臍まで沈むラッセル歩行で行き着いた。

一九八二年十月二十九日に建てられた「重監房跡」の石碑があった。建物の輪郭だけは残っているが、昔の様子を想像するには、相当の知識がいる。

それは、四重の鉄の扉で閉鎖され、零下二十度の厳冬に、毛布一枚と梅干し一粒と握り飯と竹筒の水だけで監禁された監房であった。窓から吹き込む雪と毛布と人間が、ひとかたまりの氷になって、毛布を剝がすこともできなかった。同房者が凍死したあと、二人分の握り飯を食ってやっと生き延びた人、同室者と抱き合って血をすすり合った人、こういう状況は、入園者の小説につぶさに描写されている。名草良作の『生きものの時』という小説では、飢えのあまり瀕死の同房者の崩れた手の血を吸うという凄惨な光景が描かれている。

重監房に監禁されたのは反抗的な患者であって、大抵は逃亡の罪に問われた人たちであった。懲戒は所長の主観でおこなわれ、裁判もなく、監禁理由の書類もなく、強制執行された。懲戒検束規定には、監禁は三十日を限度とすると定められていたが、担当大臣（地方長官）の許可を得て二ヵ月まで延長できた。しかし、期限がくると一度外に出し、風呂に入れ散髪して、その日のうちにもどすという違法行為がまかり通っていた。

全国の療養所にも監房があったが、草津の重監房は、とくに罪の重い者を監禁する場として用いられ、ハンセン病者たちに「草津送り」の恐怖を宣伝することで、療養所の統制を保っていた。

実際に、多磨全生園の洗濯作業部の主任で、長靴の支給を要求したために草津送りとなり、減食と治療なしの状態で殺された人の記録が残っている。

この重監房を象徴とするハンセン病者たちへの終生隔離と圧迫は、戦後も一九五三年のらい予防法の施行で継続された。ハンセン病治療薬のプロミンによって、病気が完治することが分かっていて、世界では患者の社会復帰が常識になっていた時期に、日本だけが非人道的な隔離と断種を強行し続けた。そして、ジャーナリズムも国民も、二〇〇一年の熊本地裁の、らい予防法違憲判決までは、事実を報道しようとも、また知ろうともしなかった。

皓星社（☎〇三—五三〇六—二〇八八）から、全十巻の「ハンセン病文学全集」が刊行されることになって、私はその小説部門三巻の編集を引き受けて、ハンセン病者の書いた多くの小説を読んでいくうちに、国の誤った政策の極限として、草津の重監房の存在が見えてきて、それを是非見たいと思うようになってきた。

今、取り壊された重監房を復元し、後世に伝えたいという運動が起こっていて、私も発起人の一人に入っている。

（「文藝春秋」十月号）

韓くにへ

黛《まゆずみ》 まどか
（俳人）

昨年（二〇〇一年）八月のことである。新聞やTVニュースは、小泉首相の靖国参拝に抗議して韓国内で高まりゆく反日感情を、連日報道していた。

〝日本人お断り〟と掲げた店もあるらしい……そんな噂も聞いてはいたが、私はかねての予定通り句友と共に韓国へと旅立った。釜山からソウルまでの約五百キロの道のりの徒歩による旅の始まりだ。バスや電車を利用した旅だって、充分素朴な旅になるのではないかと、周囲の人々にはあきれられたが、ともかくも私は韓国を歩きたかった。日本語に翻訳された一篇の韓国の詩を読んでからというもの、私はずっとこの国を歩きたいと思い続けてきた。歩いて路傍の小石につまずいたり、洛東江の風に帽子を飛ばされたり、草引きのオモニに道を尋ねたりしながら、韓国の地霊にまみえたいと思った。

折からの報道を見て、多少不安は抱えての旅立ちだったが、釜山を出発したその時からすべての不安は解消していた。

「歩けない！　歩けない！　無理だよ！」

釜山駅前で地図を拡げて道を尋ねた私と友人をとり囲んで、韓国人たちが大騒ぎしている。初日の目的地は釜山から三十キロ程先の海雲台。道行く一人のアジョシ（おじさん）に道を訊くと、あっという間に人垣ができた。

「みんなタクシーやバスで行くんだよ」

そういうアジョシに、片言の韓国語で歩いてソウルまで行きたいのだと主張すると、一同開いた口がふさがらないといった感じ。とにかく危険だからバスに乗れという人々に向かって、アジョシがくってかかった。

「歩きたいって言ってんだから歩かせてやれよォ」

そして今度はどの道が安全かということで議論になる。こうなると私たちはもう蚊帳の外。韓国人たちは、私たちそっちのけで侃侃諤諤の大騒ぎとなる。

毎日こんなことを繰り返して、私と友人はすでに夏と冬と春の韓国を歩いた。現在は釜山から約三百キロの地点、安東の先の水安堡という町まで来ている。道なき道を地図で探しながら歩いているので、時には猛スピードで車の行き交う高速道路を歩いたり、線路を歩いたりすることもある。道が途切れてしまって裸足で河を渡ったことも幾度か……。降りやまない雨の中も歩いた。雪の日も歩いた。猛暑の炎天下も歩いた。刈田やりんご畑、梨畑も度々横切らせてもらっている。食堂が見つからず、見ず知らずの民家でご飯をごちそうになったことも数えきれないほどあった。韓国の歴史をつぶさに見てきた古木の懐にリュックを置き、涼風に吹かれたとき、アスファルトを破って咲き出でたひと本《もと》の菫に蹈《かが》んだとき、私はこの国の地霊と、まみえたような気がするのだ。

ただ道を訊いただけなのに、たいていの韓国人は、大きなリュックを背負って見知らぬ国を歩いている女二人の旅人を気の毒に思うのか、コーヒーやラーメンなどをしばしば振舞ってくれる。そしてきまってこの一風変わった異国の旅人に質問を浴びせる。彼等は私たちがコーヒー一杯を啜る間に年齢から職業、家族構成まで聞き出す。さらにはなぜ結婚しないのかということにまで話が及ぶ。縁談を持ちかけられたことさえあった。最初はその度に戸惑ったが、今ならこれはいたって〝韓国流〟であることがわかる。

韓国人はとにかく親切だ。そして屈託がない。こんなかたちでこれまで世話になった韓国人は数知れない。彼等の助けなしでは、とうてい今日まで歩き継ぐことはできなかったと思うし、また出発前に報道されていたような反日感情も、私が経験した中では、一切感じられなかった。

こうやって見ず知らずの韓国人から、無償の親切を受けて歩いている道は、図らずもかつては文禄の役で加藤清正が侵攻したルートであり、またその後には友好親善使節の朝鮮通信使が往路として歩いた道でもあった。

一筋の道はある時代には血に染まり、またある時代には友好の道として存在したのだ。そして今私は、俳句を紡ぎながらこの道を歩いている。

韓国を歩いていてよく見かけるものに鵲《かささぎ》がある。韓国語で〝カーチー〟と呼ばれるこの鳥は福をもたらすといわれ尊ばれる。日本では九州の一部にしか棲息しないが、韓国でも日本でも、中国伝説の通り、七夕の星の逢瀬に恋のキューピッドとして一役買っている。

ところで日本では七夕に雨が降ると、星の恋は叶わなかったことになるが、韓国では全く逆。雨が降るのは二人が逢えて流す嬉し涙なのだという。中国で起こった一つの伝説が、日本と韓国に根付く過程で、解釈が正反対になった。こんなところにも〃近くて遠い隣国〃の姿が浮き彫りになっているように思う。

早いもので、歩きはじめて二度目の八月を迎える。今年の七夕は奇しくも八月十五日となった。韓日共催によるW杯が大成功のうちに終わった後、両国が迎える初めての終戦記念日である。鵲は、韓国と日本という二つの国にも、橋を架けてくれるだろうか……。

韓くにへ鵲の橋渡り来て　　まどか

（「文藝春秋」九月号）

「点と線」が生んだ金メダル

長田《おさだ》渚左《なぎさ》
（ノンフィクション作家）

「もし松本清張氏に『点と線』が生まれていなかったら、バレーボールにも時間差攻撃は無かったろう」

バレーボール界の重鎮・松平康隆氏から、そうきいたとき我が耳を疑った。バレーと松本清張氏をつなぐ『点と線』とはいったい何なのか。

我が国においてバレーは知名度、浸透力、年齢層の広さにおいて、最も親しまれているスポーツである。

その発展史には、二つの大きな山があった。

一つは一九六四年・東京オリンピック時を頂点とする〝東洋の魔女〟の女子バレーの活躍。

そして男子は、一九七二年・ミュンヘン五輪での死闘である。

――準決勝・日本対ブルガリア戦。

二セットを連取された日本は、その後二セットをかろうじて取り返し、最終セットを迎えた。

第五セット、0—3、3—9、7—11と絶えずブルガリアに先行されながらも12—12へとすがりつき、ゲームをひっくり返した。

試合後、長い長い闘いを終えた松平康隆監督は、こう言った。

「この試合で日本は死んだも同然だ。だから、明日の決勝では、もう死なない」

その言葉通り、ソ連を下して決勝に進んできた東ドイツを制し、日本男子バレーは世界の頂点にたったのである。

その金メダル獲得への攻撃の要となった《時間差》を生んだのが、松本清張氏の代表作『点と線』だったというのである。

『点と線』には、二つの死体にまつわるトリックの切り札があった。真冬の香椎海岸に上った男女の死体。二人は一週間ほど前に、東京駅で目撃されていた。慌ただしく列車や電車が絶えず行き交う東京駅13番線ホームから15番線の《あさかぜ》が見通せる時間は、ほんのわずかだった。その短い時間が、犯罪トリックのキーとなる。

死体の男は、贈収賄事件の渦中にあった中央官庁の課長補佐、女は割烹料亭の女中・お時だった。情死なのか!?

点と線の盲点をみつけることで、松平氏も《時間差攻撃》を生み出し、世界を制した。

当時、バレーといえば女子バレーを言い、〝東洋の魔女〟に代表される女子の全盛期にあった。一方の男子は絶望的に弱かったという。欧州転戦で二十二戦全勝の女子に対し、男子は二十二戦で、一つも勝てなかった。

毎日毎日点をとられ、敗れ続けながら、当時コーチだった松平氏は考え続けた。

そして一つのことに気づいた。

エンドラインの後方で、相手のコートをみつめていた。水平なネットが目の前に広がっていたという。

「巨大で強固な一枚岩にまで思えていた敵のブロックが、消える瞬間を発見したんです。つまりそのとき、ネット上に東京駅の13番ホームが浮かんだんです」

一度ジャンプした人間は、空中に浮ぶと足の裏を地面に着けてからしか、次の動作を行なうことは不可能だ。

「……だったら先に一度、敵をジャンプさせれば、ネット上には誰もいない空間と時間が作り出せる。そのすっからかんの間にボールを返せばいいと気づいたんです」

このとき生まれた《時間差攻撃》が日本男子バレーを変貌させ、東京五輪で銅、メキシコ五輪で銀、そしてついにミュンヘンでは金メダルへと導いたのである。

『点と線』の生んだ《時間差》は、その後、世界へ流布し、他の競技にも絶大な影響を及ぼした。

この攻撃における革命は、日本以外の諸外国での評価が高い。九九年『世界有識者スポーツマンの殿堂』に、松平氏はアジアで唯一人選ばれた。

その選出理由では、氏の自由な発想を哲学者・ソクラテスと同レベルだと評された。

ちなみにソクラテスは書斎にこもって思考するタイプではなく、レスラーとして強靭であり、思案に行き詰まると、走り回って気分転換をはかったという。一方、松本清張氏には、和服姿で万年筆を握る「静」の姿が印象深いが、著作の中でのダイナミックで躍動的な発想や着眼には、スポーツ感覚が濃い。

清張氏が没して十年。彼の描いた傑作が新たな『点と線』を誕生させ、しかも金メダルのおまけ付きだったことをお伝えしたかった。

（「文藝春秋」十二月号）

和讃から『女人高野《にょにんこうや》』へ

五《いつ》木《き》寛《ひろ》之《ゆき》
（作家）

私は歌謡曲大好き人間である。

歌謡曲のない日本列島には住みたくない、と思っているぐらいだから、かなりのものだ。子供のころから軍歌より歌謡曲のほうが好きだった。学生時代も、労働歌やインターナショナルより歌謡曲のほうに心ひかれることが多かった。

もっとも、それをおおっぴらに口にだすようになったのは、三十代を過ぎてからのことである。若いころは、頭の奥に、なんとなく流行歌や歌謡曲に対するうしろめたさが巣食っていたのだろう。

新人作家としてデビューしてまもなく、故・羽仁五郎さんと週刊誌で対談をさせて頂いたことがあった。羽仁さんはそのころ、『都市の論理』など一連の著作が学生たちに大受けで、さながら若い知識人のアイドルのような存在だったのである。「絶望的青春論」と題するその対談が掲載されたのが「週刊現代」だったことをもってしても、当時の羽仁さんの人気がうかがえるだろう。

その席で羽仁さんは、ワインを飲みながら日本の歌謡曲を徹底的に批判してうまなかった。話が美空ひばりのことになると、羽仁さんは私を挑発するように、こう言った。

「美空ひばりなんて、きみ、ありゃあ日本の恥だよ」

「そんなことはないと思います」

「いや、ああいう歌がはびこっている間は、日本の近代化なんてありえない。そうだろう、イツキくん」

そのとき私がどう反論したかは、今はもう記憶に残っていない。しかし、その対談は、若い読物作家と代表的知識人とが正面から喧嘩腰で渡りあった特集記事として、かなり話題になったように憶えている。いま、それを思いだすと、なんとなく羽仁さんが懐かしくなってくる気持ちがある。あんなふうに年少の作家に対して戦闘的であるということは、ある意味で、とても親切なことなのかもしれない。

最近、若い人との対談の席で、しゃべるより聞く側にまわり、適当にあいづちを打つことが多くなってきた自分を、こんなことじゃ駄目だぞ、羽仁さんをみろ、と反省したりもするのである。ところで、羽仁さんの批判はともかく、美空ひばりという歌い手に対して、以前から私はずっと愛憎二筋のこんがらがった感情をいだいてきた。

なんとすごい歌い手だろう、としんから思う。そのくせときどき、おいおい、やめてくれよ、と心のなかでつぶやいたりもするのだ。

彼女の無数の作品のなかで、私には好きな歌と、そうでない歌がある。美空ひばりの歌であれば何もかも全部、というような純情なファンではない。

私は若いころ、すぐれた作曲家であった故・米山正夫さんと、何度か歌の仕事をご一緒したことがあった。米山さんは本当に才能のあるアーチストだったと思う。『山小舎《やまごや》の灯《ともしび》』のようなメジャーコードの明かるい作品も書けば、『車屋さん』のような日本調の曲もつくる。また『津軽のふるさと』なども米山さんの忘れられない傑作のひとつだ。

ホセ・カレーラスやドミンゴなど、最近は来日した外国のオペラ歌手がサービスに日本の歌をうたうことがある。そんなときにどうして『津軽のふるさと』をうたわせないのかと、ずっとふしぎに思っていた。

いちどその美空ひばりさんご本人と、雑誌の対談をしたことがあった。そのとき私が『津軽のふるさと』のことを手ばなしでほめると、彼女はうなずいて聞いているだけだったが、ひと月ほどたってテレビでその歌をうたっていたので、とても嬉しい気がした。対談のあとに彼女からもらった手紙に、そのことが予告してあったからだ。

先日、深夜にNHKのBS放送で釜山《プサン》のアジア大会の開会式をみていた。ベートーベンの有名な合唱曲がスタジアムに流れ、アジア各国の選手団が入場してくる。どうしてこの場面でベートーベンなんだろう、と、首をかしげながら眺めていたら曲が変った。

どこかで聞いたことのあるメロディーである。しばらくして、それが韓国歌謡の『帰れ《トラワヨ》、釜山港《プサンハンエ》へ』であることに気がついた。あまり堂々とした格調のある編曲なので、最初はピンとこなかったのである。

もちろん、釜山《プサン》が開催地だったこともあるだろう。しかし、ご当地ソングだからというだけで選曲したのではあるまい。じつにのびやかでスケールの大きな演奏だった。それをききながら、いろんなことを思いだした。

以前、韓国の金大中《キム・デジュン》大統領がピョンヤンを訪れて金正日《キム・ジョンイル》総書記と対話をしたとき、談笑のあいだに金総書記が、

「趙容弼《チョー・ヨンピル》は活躍してますか」

と、いうような意味のことをたずねたというエピソードが新聞にのっていた。趙容弼は巷《ちまた》の流行歌の『帰れ、釜山港へ』を現代的な編曲でうたって大ヒットさせた歌手である。そのころ、NHKの紅白歌合戦に、彼が外国人ゲスト歌手として出場したことがあった。当然、『帰れ、釜山港へ』をうたうだろうと思っていたら、ちがう歌をうたったので意外な気がした。それは哀調をおびたなかにも、つよいものを感じさせる歌で、『恨五百年』とテロップに題名がでた。恨と書いて韓国ではハンと読む。民族の精神的文化とでもいうのだろうか。歴史の痛みの記憶が伝承されて、体の深いところを流れる感情のことだろうと思う。

話がそれたが、美空ひばりさんとの対談のおりに、その歌のことで、私が図々しくも天下のひばり嬢に苦言を呈したことがあった。

正確には憶えていないが、その席で私が言ったのは、たぶんこんなことだったと思う。

彼女がうたってアルバムに収めてある『帰れ、釜山港へ』について、あなたのうたいかたは、なんとなくスケールが小さいような感じがする、と言ったのだ。ひばりさんは黙って首をかしげてきいていたが、それはなぜだと思いますか、と逆に私にたずねた。

「男と女のラブ・ソングとしてだけうたってらっしゃるからじゃないでしょうか」

彼女がそれに対して何と言ったかは、長くなるから書かない。対談を終って、別れぎわに小声で彼女は私に言った。

「歴史とか、民族とか、そういうことは、わたし、うたうときはできるだけ考えないようにしてるんです」

やはり美空ひばりという人は、大した人だったと思う。羽仁さんが生きていらしたら、もう一度、そんなこともまじえて日本の歌謡曲について論じてみたかった。

ところで、私のような歌謡曲ファンにとっては、この十年あまり、なんとなくさびしい時期がつづいている。いわゆる歌謡曲の世界に、いまひとつ元気がないのだ。じれったくて外野席から声援をおくっても、なかなか情勢はかわらない。こうなったらみずから古池《ふるいけ》に飛びこむカワズになって、歌謡曲の世界に波紋をたてるしかあるまいと、おこがましくもまたぞろ流行歌をつくることにした。古希を迎えた小説家のいたずらを、世間は笑って見逃してくれるだろうというひそかな心算もある。

さて、ところで、一体なにを背景にするか。港、海峡、桟橋、空港、連絡船、夜汽車。どれも歌謡曲の定番だが、やはりなんとなく気がひけてしかたがない。

そこで、寺、というのが私の選んだキー・ワードである。寺が歌謡曲になるのか。

奈良に室生寺《むろうじ》という寺がある。日本でいちばん小さくて優美な五重塔があることで有名だ。全体につつましく、ひっそりとしたたたずまいが私の好みである。

弘法大師空海の高野山がかつて女人禁制《にょにんきんぜい》の聖域だったころ、真言密教の寺のなかで女性の入山、参籠を認めたのが、この室生寺であったそうな。悩み多き女性たちの心を寄せる山間の寺、室生寺。いつしかその寺は『女人高野《にょにんこうや》』と呼ばれて、能や古典の題材にも多くとりあげられてきている。

『女人高野《にょにんこうや》』

それが私が考えた歌のタイトルである。歌謡曲といえば、むかしは七五調が主流だった。いま七五調を古いと笑う気持ちは私にはない。私の敬愛する親鸞の大きな仕事、和讃《わさん》の作品は七五調が基本である。

歌謡曲の源流を和讃、ご詠歌、と考える私にとって、七五調は念仏のリズムである。念仏踊りといえば、なんとなくゆったりした風雅な踊りを連想しそうだが、そうではない。一遍上人がプロモートした信州の念仏踊りのパーティーでは、熱狂した踊り手が寺の床を踏み破ったと伝えられる。ラップの源流は念仏踊りにあったと言っていい。

寺を主題にした『女人高野《にょにんこうや》』の古風な歌詞に、意外性のあるメロディーと強烈なリズムがついて、とてもおもしろい歌になった。歌は田川寿美《としみ》さん。芸歴十一年にして二十六歳という若さだが、美空ひばりのナンバーをうたわせたら、この人の右にでる歌い手はいないと思う。一見、おとなしそうに見えるが、ただものではない。室生寺の仏さまも、さぞかしびっくりされることだろう。

（「オール讀物」十一月号）

産褥棟

小《こ》池《いけ》昌《まさ》代《よ》（作家）

病室の大きな窓からは、ぴりぴりと乾燥した冬の青空が見えた。ベッドに横たわりながら、つかの間、空の広さを胸一杯に感受した。

雲が、左から右へ、ゆっくりとした速度で移動してゆく。あれはカラスか。大きな翼を広げた一羽の鳥が、空の端から端までを、掃除でもするように、ゆうゆうと飛んでいった。単独飛行。なんという圧倒的な自由だろう。

三日前、初めての赤ん坊を出産した。

ここ、産褥棟の一日は、恐ろしい速度で進んでいく。昨日と今日の境目がない。赤ん坊を産んだ、その日から、日々は、べったりとした乳臭さで覆われた。

産んだ直後は、ゆっくり睡眠をとりたいところであるが、母子同室をうたう、この病院は、産まれたばかりの赤ん坊を、産んだばかりの母親に委ねる。栄養をたっぷり含んだ、「初乳」を与えるのが目的である。やすむひまもなく、母乳のトレーニングが開始される。授乳、授乳、授乳、の毎日。その合間に、あわただしく、自分の食事、トイレ、シャワー、洗濯。

同じ部屋の女人はすでに三人の子を持つ経産婦だと言うが、その食べ方の素早さには、驚くものがある。カーテンでし切られているから、姿は見えないが、ものを食む音で、充分わかる。味わうということからはほど遠い。生きていくからには食べなければならない、育てるからには食べなければならない、そういう順番の食べ方である。ああ、母親って、こういうふうに自分の時間を削るのだな、と妙に乾いた心で、納得する。

分娩直後は、母乳もあまり出ないひとが多い。多くの母親は、ほとんど眠らない状態で、二十四時間、あかりのついた、「授乳サロン」で、赤ん坊の授乳に格闘する。

「赤ん坊の口は、なるべく大きくあけさせて、黒いニュウリンが見えないくらいに、ぱくっとくわえさせること。そうしないと、乳首を浅くくわえてしまうから、乳首に傷をつくりますよ」

助産婦さんは一様にそう言うけれど、私もさっそくに、乳首に裂傷を作ってしまった。お乳もよく出ないし、赤ん坊も飲み方がまだわからなくて、夢中で乳首をかんでしまうのだ。

ニュウリンとは、「乳輪」のこと。お産をとり囲む言葉の数々は、今までの日常からやや違う層に属していて、私の耳には、日々新鮮である。こんなときでないと、味わう機会がなかなかないような、面白い言葉にたくさん出会う。

例えば、陣痛が本格的に始まる際の、「おしるし」という言葉がある。「そのとき」を告げる、神からの刻印のような名称である。血にまみれる、極めて動物的なお産という行為に、こうした言葉がなにげなく使われるとき、子を生む女性に、崇高な光が、一瞬だけ、あてられるような気がする。

どろっとした血の塊が出るらしいのだが、これこそがおしるしだ、と図で示せるものでなく、それぞれがそれぞれの身で確認するしかない。自分の身体を通して習得する言葉が、このように、いまだあるのだということも、私には新鮮な経験だった。

羊膜が破れて羊水が体外に出てくる、「破水」という言葉もある。こののち分娩は、すぐ進む。しかしこれもまた、経験するまでは、いったいどんなものであるのか、見当もつかない。じゃばじゃばと漏れてきて、大変なことになったというひともいれば、そんなものはなかったというひともいる。わたしもまた、すうーっと下腹部に流れ出るものがあって、なにしろ、陣痛が始まっていたので、これがお小水なのか、破水とやらなのか、よくわからなかった。

結局は、助産婦さんが、私のパッドについたそれを分析して、「確かに破水です」ということになった。ひとの、血にまみれた分泌物をパッドごと検査するという、助産婦とは、すさまじい職業だと思った。

私についてくれた助産婦さんは、三十四歳の若手だったが、妊婦にいつも同一化してしまうという。そして、それこそが快感であるという。子供が生まれた直後の女性は、一様に高揚していて、異常な精神状態にあるようだが、若い助産婦さんたちも、同様だ。朝も昼も夜もない、疲労の極致のような産褥棟は、こうして、いつも、異様な明るさに、ささえられていた。

授乳サロンで、夜明け方、私と同じように、おっぱいをあげるのに、苦労している女性がいた。高橋さんといって、私と同じ日に出産したという。話が陣痛の痛みに及んだとき、彼女が言った。

「あたしは大声をあげるのは恥ずかしいから、そんなことは絶対したくないとおもってた。ところが、実際は、物凄い声をあげてたわ。ケモノみたいな声だったとおもう。隣室に誰かいたら、きっと聞えていたわよ」

高橋さんはそう言って私を見た。私は何も言わなかったが、彼女が分娩準備室であげていたその声を、壁一枚隔てた隣室で聞いていたのは私だった。あんな声を聞かせられたら、実際、どんなひとも、お産をあきらめるだろうと思うような声だった。

最初は、微かに、モーツアルトの音楽と笑い声が聞えてきたのである。それから、夜明け近く、ふーん、ふーん、というため息のようなものがもれてきた。それからふーんが、おーっ、おーっという声に変わった。しばらくして、それが猫でもケモノでもなく、人間の女性の声なのだ、とわかったときは、壮絶なものが背筋に走った。

なぜ、あんな思いをして、私たちは子供を産むのだろうか。過ぎてみれば、痛みを忘れると多くのひとが言う。そしてまた、産んでいく。信じられないことである。しかし、信じていいことなのだ。

早朝、彼女は男の子を産んだ。その午後、私にもまた、男の子が生まれた。私は、確かに彼女の苦しむ声を聞いていたのに、聞いていたのは、私よ、と言えなかった。彼女は、自分のあげた声を、ケモノの声だったといって恥ずかしがったから。

自分に蓋をするようにして、痛みにたえた私を、助産婦さんはえらい！ とほめてくれたけれど、私の耳には、高橋さんの声が、私自身があげた声のように、残っていた。ずっと昔、原始時代に、うすぐらいほら穴のなかで、そっと子供を産み落とした女も、あんな声をあげたかもしれない。率直で、天に抜けるような苦しみの叫び声を。
けたたましい感情の渦からひととき離れて、私はベッドの上で冬空を見ていた。遠くで赤ん坊の泣いている声がする。私の産んだ赤ん坊かもしれない。生れおちたことが、不安と不快の塊でしかないというように、彼はいつも、どこでも、大声で泣いている。

（「新潮」二月号）

役を勤める

松本《まつもと》幸四郎《こうしろう》
（歌舞伎役者）

役者幸四郎が、ミュージカル『ラ・マンチャの男』の主役を一千回演じたその日、私は六十歳の誕生日を迎えた。

スタッフ、キャストとお客様にお祝いしていただいたのは、祖父の七代目が日本初のオペレッタ『露営の夢』（明治三八年）を演じ、父の八代目が数々の歌舞伎を演じた同じ帝劇の舞台。私の両脇には、キホーテに因んで父が紀保と名付けた長女と末娘のたか子が、共演の女優として立っていた。これは、神様と妻が私にくれたご褒美だと思っている。

私が二十六歳で初演した当時、この難解な作品は、一部の評論家に高く評価されたものの、一般にはあまり受け入れられず、再演などとても望めそうにもない状況だった。ところが、この作品と私に思いがけない幸運が訪れる。

初演の翌年、ブロードウェイの「インターナショナル・ドン・キホーテ・フェスティバル」に、各国の役者に混じって私がキャスティングされたのだ。

若い無名の日本人俳優「ソメゴロウ・イチカワ」のブロードウェイ経験は、私を少し成長させてくれたのだろう。帰国後の凱旋公演（名鉄ホール）から、多くのお客様が劇場に足を運んでくださるようになり、今日に至るまでロングランを続けている。

私自身としては、一千回という記録以上に、三十三年という歳月に密かな誇りと、はかり知れない重みを感じている。

この作品を三十三年間演じ続けてきたことで思うのは、私の中にある演劇ジャンル別のギアが、何時の頃からか外れていたということだ。それまで私は、歌舞伎、ミュージカル、シェイクスピア劇、テレビドラマと、演じるジャンルごとにギアを入れ換えていた。そうすることで、その舞台に相応しい役者幸四郎を創り上げてきた。ところが、その切り換えが、ある時とてもスムーズになっていて、もしかしたら「もう、ギアなんかなくなっているのかもしれない……」と思えるようになったのだ。

それから、ようやくわかってきたこともある。それは、歌舞伎でいう「役を勤める」の意味だ。漠然と理解していたものの、長い間、その本当の意味を探し当てられないでいた。

他の演劇では、「演じる」というが、歌舞伎の場合は「勤める」つまり「役を勤める」という。この「勤める」とは、「演じる」ことを「続けること」ではないかと。それも、ただ続けるのではない。途中何があっても、長い歳月を費やし、形だけではなく心をこめて表現することをひたすら続ける。そうすることが「役を勤める」ことだと思えてきたのだ。

歌舞伎の場合、親から子、子から孫へと、代々役の「型」や「魂」を伝えていく。時を経ることで、そこには、有形無形のさまざまな要素が織り交ぜられ、その「役」が磨き上げられていく。

このプロセスにおいて、義太夫でいう「肚《はら》」つまり役の内面からにじみ出るものを表現するとか、仏教の「勤行」に通じるような、心の誠を尽くすという意味あいが加わり、役と役者の間に、ある種不可分な関係が成立する。これが「役を勤める」の意味なのだと気付いた。「セルバンテス＝ドン・キホーテ」と役者幸四郎は、三十三年という時間と空間を共有し、ようやく「役を勤める関係」になったのだと思う。

今回の公演で、私は初めて演出を手掛けた。この作業をとおして、自分の演劇観がまた一歩集約されたことにも気付いた。

劇中劇という複雑な構造を際立たせるために、ブロードウェイのオリジナル演出を思い出したり、私なりの考えを反映させたりしてみたのだ。その試行錯誤の途中、長年この照明を担当している吉井氏に、「これは演劇だね」と評され、ハッとした。その時、私の脳裏には、この作品のイメージが明確に浮かび上がった。私が描いていたのは、それまでのショーアップされた目に鮮やかな舞台ではなく、演劇としての質の高いミュージカル・ドラマだったのだ。

感動を与える舞台、つまり良質の演劇には、ジャンルの壁など存在しない。そこにあるのは、純粋な演劇としての評価であって、歌舞伎でもシェイクスピア劇でもミュージカルでも、優れた演劇であるならば、それらはすべて舞台芸術として賞賛されるべきだし、私はそのような作品を愛して止まない。

歌舞伎の家に生まれた私が「役を勤めること」の真義を確かに感じる今、節目の年を刻んだ役者として、これからの歩むべき道を考える。

役者幸四郎に与えられた仕事……それは、柔軟でニュートラルな感性のもと、より質の高い純粋の演劇を創っていくことであり、これこそ、私の使命でもあると……。

十二月には、私の主宰する梨苑座歌舞伎の『夢の仲蔵』再演を控え、五年後には『勧進帳』一千回上演の計画もある。

夏は終わった。残された思い出に浸る日々も、それはそれで素晴らしい。しかし私は、すでに六十一年目の人生を、かなりワクワクしながら踏み出していることを、ここに告白する。

（「文藝春秋」十一月号）

うらやましい人

橋本大二郎《はしもとだいじろう》
（高知県知事）

子どもの頃、よく「尊敬する人物は」と聞かれたものだが、僕は、この質問が苦手だった。というのも、この質問に対して、身内である父の名をあげるのは、はばかられる気がしたし、かといって、見も知らぬ人の教訓じみた生き方に、やすやすと共感する気にはなれないという、いたって、ひねくれた物の見方をする少年だったからだ。

そんな訳で、今もって、尊敬する人物の欄は空欄のままだが、人生も五十半ばを過ぎると、他人の生き方を見ていて、尊敬とはひと味違った、ある種のうらやましさを感じることがある。その代表的な一人が、高知県が生んだ植物の鉄人、牧野富太郎《まきのとみたろう》博士だ。

僕が知事になって、しばらくたってからのことだが、牧野さんの記念館を、新しく建て直す話が持ち上がった。正直を言うと、初めはそれ程乗り気ではなかったのだが、牧野さんの生き方を垣間《かいま》見るうちに、これはただならぬ人だと認識を改めた。

高知市内にある、新装なった記念館の書庫には、蔵書が所狭しと並べられているが、植物の専門書はもとより、童話や小説、戯曲など、ありとあらゆる本がそろえられている。多分、どんな分野の本にでも、どこかに植物にまつわる話題が出てくるからだろう。

こうした蔵書のバラエティーにも圧倒されるが、何と言ってもすごいのは、牧野さんの描いた植物画だ。例えば、根っこに生えた、ひげのような繊維など、虫眼鏡で見ないと見えないような細かい線も、一つ一つ正確に描写されている。

聞くと、最も細い筆は、京都の職人に特注をしたもので、ねずみの毛を三本束ねた筆だった。ところが今は、日本古来のねずみが、外来のどぶねずみに駆逐されたため、細密画用の筆は、ねずみの仇敵、猫の毛に取って代わられたというから皮肉な話だ。

このように、仕事ぶりの一端をのぞいただけでも、とても暮らしが楽そうには見えないが、想像通りの貧乏暮らしで、妻の寿衛《すえ》さんの大切な任務の一つは、借金取りの相手をすることだった。ただ、その渦中に旦那様がご帰宅になると、かえってややこしいことになるので、借金取りが来ると奥さんは、門の前に、赤い旗を出すことにしていた。家の前まで来て、この危険信号を見た牧野さんは、あわててきびすを返したということだが、幸せの黄色いハンカチとは、似て非なる愛の物語だ。

こんな苦労をものともせず、十三人の子どもを育ててあげてくれた寿衛さんを偲《しの》んで、牧野さんは、奥さんが亡くなった翌年、仙台で見つけた新種の笹を、「スエコザサ」と命名した。これもまた、古き良き時代の話かもしれない。

などというと、清貧に甘んじる堅物《かたぶつ》を思い浮かべがちだが、さにあらず、結構洒落《しやれ》た一面も持ち合わせていた。これは、インドの独立の英雄、チャンドラ・ボースさんが来日した時の話だが、牧野さんと会った彼は、何か記念になるものをと所望した。これに応えて牧野さんは、取り出した色紙に、この世にこんな物があるから、人の苦労が絶えないという意味で、「三千世界にこの物ありて、人の苦労がたえやせぬ」と書いた後、その余白に、元気にそそり立つ男性自身の絵を描きそえた。これを見てボースさんが、どんなリアクションをしたかは知る由《よし》もないが、植物画に勝るとも劣らぬ迫真の出来ばえで、そのおおらかさが何ともほほえましい。

また、九十五歳で亡くなった牧野さんを、晩年、東京の自宅に訪ねたことのある、高知の人の話によると、牧野さんが、「君は吉原に行ったことがあるか」と尋ねるので、「いいえ」と答えると、「もっと社会勉強をしないといけないね。僕は、今も行ってるよ」と言われたという。何とも、うらやましい元気さだ。

ただ、こんな自由奔放さが、かえって疎《うと》んじられたのか、学界ではその業績を無視され続けた。牧野さんの書いたものを読んでいると、採集した植物についてきたアリを、ひねりつぶすことが出来ずに、そっと庭に逃がしてやる話が出てくるが、小さなアリに、学界という巨象を前にした、自らの姿を置きかえていたのかもしれない。

そんな牧野さんにとって、面目躍如たる出来事があったのは、アメリカからコルター博士という、著名な植物学者が来日した時のことだった。その歓迎の席で、当時一流と言われた学界の先生が、次々と紹介されたのだが、その数があまりに多かったため、来日したばかりの博士は、途中からは、座ったまま会釈をしていた。ところが、これといった肩書きのない牧野さんが、「ミスター牧野」とだけ紹介されると、すっくと立ち上がって、「オオ、グレートマキノ」と、大きな声を上げながら、牧野さんの手を握りしめたのだ。その場に居合わせたお歴々の驚きは、四十三歳のサラリーマンに、いきなりノーベル賞を出されてあわてた、日本のお役所の受けた衝撃に、似ていたのかもしれない。

記念館に行くと、草むらで植物を手にしながら、満面に笑みを浮かべた、牧野さんの写真がある。どこか、アインシュタインを思わせる風貌だが、貧乏をものともせず、好きな道を一本に貫き通した、わが人生ここにありの一枚だ。

戦後生まれの我々の世代も、程なく還暦を迎えるが、この間に、日本人が失ってきたものは数多い。その第一に、亭主のわがままを黙って受けいれてくれる奥さんの存在をあげたら、フェミニストから一斉攻撃を受けそうだが、牧野さんの人生には、僕たちが失ったものの多くが、凝縮しているように感じられて、正直うらやましさを禁じ得ない。

たとえ尊敬などされなくても、後世、ひと様にうらやましがってもらえるような日本人になりたいものだと、牧野さんの生き方を知るにつけ、つくづく思うのだ。

（「文藝春秋」十二月臨時増刊号）

イカの足三本

水に敬礼

井上《いのうえ》ひさし（作家）

去年、もっとも仰天したのは、アマノジャクの、ひねくれ者の、つむじまがりを気取るわけではありませんが、同時多発テロでもアフガン空爆でも狂牛病でもなく、新聞の外信欄に小さく載った「アラル海ついに消滅」という記事でした。

アラル海はカザフスタンの南部にあった世界第四位の――青森、岩手、秋田、山形、宮城、福島の東北六県をそっくり合わせたぐらいもある――じつに大きな塩湖です。旧ソ連政府は、この湖から水を引いて一帯に大がかりな灌漑農業を展開しましたが、それがよくなかったのですね。水の採りすぎで母体の湖は涸れ、農地は塩害で使いものにならなくなってしまった。これではどんな政権でも潰れてしまいます。

どっさり雨が降ればアラル海が復活するかもしれないという見方がないでもありません。たしかに、わたしが住んでいたオーストラリアでは、そんなことがよくありました。地図には川があり、湖がある。ところが行ってみると、果てしない砂漠がただ広がっているだけ。ただし、雨期になると、地図にある通りの川や湖が忽然と姿を現わす。ですからアラル海も……と願いもするのですが、あのへんの降水量は日本の百分の一もない。たぶんアラル海は二度と姿を現わすことはないでしょう。

困ったことに、このアラル海のような例は珍しくないのです。

たとえば黄河。これまでに分かっているだけでも二十六回も河道が変わったというこの中国第二の大河は、しだいに水量が減ってしまい、五年前（一九九七年）には、七ヵ月ものあいだ、河口から七〇〇粁上流まで干上がってしまいました。中国第一の大河、長江と比べると、黄河は、その長さが八〇〇粁ほど短いだけなのに、水量は二十分の一もありません。いかに黄河が涸れた河になったかが分かります。そこで、長江上流の水を黄河上流へ導き入れようという大工事（南北引水）が計画されていますが、水を勝手に利用したために消えてしまったあのアラル海の悲劇を、長江が繰り返さないようにと祈るしかありません。

水涸れで河水が海まで届かなくなることを「断流」というらしいけれど、ロッキー山脈から発しカリフォルニア湾に注ぐコロラド川にも、ギリシャの歴史家ヘロドトスが「エジプト文明はこの川の賜物」と誉め称えたナイル川にも、ヒンズー教徒の「聖なる川」のガンジス川にも、この断流がおこっています。一年のうちのある期間、河水が涸れて海まで届かなくなる。なんという悲劇……と、このまま書きついでいくと、「水文工学の専門家でもないのに、なにをオーゲサな。そんなヒマがあるなら頭の上の蠅でも追っていろ」とおっしゃる読者もあるでしょうが、しかしそれがそうでもなくて、

「水は地球の血液」

世界のどこかで発生しているこの水涸れは、まわり回っていつか必ず、わたしたちの生命にも影響を及ぼしてくるはずで、頭の上の蝿を追っているヒマなぞありません。

水が地球の血液だという事実を証明するのは、とてもたやすい仕事です。日本が輸入している食糧をつくるために使われている水の量は年間五十億トンにも及ぶ。わたしたちは世界各地の人たちがつくる食べ物に寄りかかって生きているが、これを言いかえれば、それらの人たちの水に依存していることになる。その人たちのところからわたしたちのところへ水が回ってきているのです。

世界水会議（WWC＝World Water Council）は、ユネスコや世界銀行などを核に水に関心をもつたくさんの国際機関が集まってつくった世界的な水政策のシンクタンクですが、そこが出した報告書を読むと、地球に恐ろしい「底流」が発生していることがよく分かります。

報告書はまず、「人口の急増、産業の著しい発展によって、アフリカ、アジアを中心に水不足が急速にひろがっている。なにしろ、この百年で、人間のために使用される水の量は六倍になり、人間と環境に重大な影響が生じている。水の汚れ、地下水の枯渇、温暖化による水の循環の変化……」と前置きしてから、次のような悲惨な事実をあげています。

〈水が原因で、年間一〇〇〇万人が死亡〉
〈十二億人が安全な飲料水を確保できず〉
〈途上国の病気の八〇％は、汚水が原因〉
〈汚水からおこる病気で、子どもたちが八秒に一人の割合で死亡〉

〈淡水魚のうち二〇%の種が水の汚染で絶滅の危機にある〉

思わずギクリとしたのは、〈すでに水をめぐって国際紛争にまで至っている地域もある〉という一行でした。

あのアラブ・イスラエル戦争も、じつはヨルダン川の支配権をめぐる水戦争だったのではないでしょうか。結果はイスラエルがヨルダン川上流のほぼ全域を押さえ、そのためにイスラエル人はアラブ人の七倍も余計に水が使えるようになった。しかしもっと重要なことがある。イギリスの科学ジャーナリスト、フィリップ・ボール氏の『水の伝記』(荒木文枝訳・ニュートンプレス社刊)から引くと、

〈……水が宗教的意味合いをもつイスラム教徒にとって、この不公平はとりわけ切実に感じられるのだ。水と水が環境へ具現化したもの——海、泉、雨、雲——はコーラン全体を通して主要なテーマである。水の浄化力がイスラム信仰の強力な要素であることは、祈りの前に儀式的浄めが求められることに現われている。その結果、イスラムの伝統では水を汚したり使用を妨げるのは罰すべき罪なのである。こうした信仰に執着する者から見れば、イスラエル政府は市民の権利だけではなく聖なる戒律を侵していることになるのだ。〉

わたしが調べたところでは、世界のどこかで一日のうちに平均百件の、大小の水争いがおきています。朝シャンなぞやっている場合ではありませんね。

さきほど底流といいましたが、それについてちょっと説明を。

底流は表流と対になっていて、世の中のことを考えるときの、わたし流の手がかりの一つです。

社会の表面では、いろんなことが派手におこる。それを面白おかしく扱うのがテレビだとすると、活字は、とくに本誌のような月刊誌は、常に底流を観察し、分析する。

これをコトバにたとえて考えると、表流は、チャラチャラした流行語や新語にあたる。たとえば、少女たちがチョベリバという新語を流行らせたとき、「日本語と英語の合成とは、なんて斬新な言語感覚、新しい日本人が出現した」「いや、日本語の土台を揺るがす珍奇な言語現象、日本語は崩壊しつつある」と、是とする者と非とする者のあいだで、にぎやかな議論が交わされた。しかし、いまはチョベリバそのものが忘れ去られてしまった。派手だけれどもすぐに消えてしまうもの、そんなものを物差しに世の中のことを考えていると、面白おかしく間違えてしまう。ほし、つき、みず、かわ、うみといった平安の昔から変わらないもの、つまり、コトバの底流を基準にものを考えるようにしたい。表流と底流は、そのための個人的なまじないです。

ところで、水に話を戻すと、人間にとって大事中の大事である基準の底流に恐ろしい変化が現われて、その象徴がアラル海の消滅だった。永久に揺るがないはずだった底流に変化が生じているそこで同時多発テロやアフガン空爆や狂牛病よりも、この戦慄すべき事実に仰天したのでした。

中学生用の理科の教科書のようなことをいいますが、わたしたちの体の三分の二が水です。ということは、この原稿を書いている人間も水だといっていい。その割りにチャプンチャプンと音がしないのは、細胞内液や細胞外液（血液、リンパ液、脳脊髄液、消化液、尿や汗の予備軍など）となって、うまいこと全身に行き渡っているからで、血液などは九〇％が水だそうですね。

わたしたちの体はたくさんの細胞からできていますが、細胞膜をモノが通るには、そのモノが水に溶けていないといけない。細胞に仕事ができるのも水のおかげです。

また、植物は土の中から無機化合物を吸い上げて、必要な組織に配給するが、それも水に溶かして行なう。こうして配給された無機化合物からは有機化合物がつくりだされる。この芸当は動物にはできないらしい。こうして万能の運送屋さんである水のはたらきで動物は〈生産された有機物を食し、分解して己れの生命維持をはかる消費者にすぎない〉（寺本俊彦『地球の海と気候』御茶の水書房刊）ということになります。

このほかにも、水は雨や雪や水蒸気などに姿を変えながら天地をかけめぐり、気温を調節し、海をうねらせ、地球の大掃除をしています。たぶん、わたしが去年の正月にやったオシッコを、今年の正月にはお雑煮の汁として飲んでいるはずです。そのあいだに彼のやり遂げた仕事の量ときたら……まったく水には最敬礼するしかありません。

おしまいに、『環境と人間』（岩波講座「二十世紀の定義」第九巻）から、ジェームズ・ベリーニの文章を引用します。

〈今世紀の人類発明史が生みだしたもののうちでもっとも悪名の高い汚染物質は……主として食物中の残留や水循環を通して、二〇世紀末の人類の身体の深部に永久に入り込んでいる。たとえば全アメリカ人の九九％の体内からＰＣＢ類を含むガン性化学物質類が検出されるはずである。全米ガン学会によれば、アメリカ市民が七四歳になるまでにガンになる確率は三一％であり、発ガン原因の大部分は有毒化学物質などによる環境汚染であるとされている。〉（松岡信夫訳）

おたがいに敵だ味方だ勝った負けたと、のんきなことをやっている場合ではありませんね。新しい世紀の課題は、世界をめぐる大切な底流を悪く変えようとするすべてのものをとっちめて、水に本来の仕事をしてもらうこと、それにつきます。

（「オール讀物」二月号）

仁慈の心　保科正之と松江豊寿

中《なか》村《むら》彰《あき》彦《ひこ》
（作家）

人はみずからの不幸に打ちのめされてしまうタイプと、その不幸をバネにして雄々しく立ちあがる者とに分けられるような気がする。この十七、八年間、かつて実在した日本人を主人公とする史伝文芸を書きつづけるうちに、私の出会った後者の代表は保科正之《ほしなまさゆき》だ。

保科正之は慶長十六年（一六一一）五月、神田白銀丁《しろがねちょう》に生まれた。父は徳川二代将軍秀忠、母はそのお手つきとなった大奥勤めの女性神尾静《かんのおしず》（志津とも）。

秀忠の正室お江与《えよ》の方は嫉妬心あまりに深く、懐妊と知れたお静とその一族に対して刺客を放つこともためらわなかった。ためにお静は、場所も告げずに宿下りした先でひっそりと正之を産み落とさざるを得なかったのだ。秀忠もお江与の方をはばかるあまり、正之を将軍家の子と正式には認知しないという非情な態度に終始した。

しかし、薄幸な生涯をたどるかに見えたお静・正之母子に救いの手を差しのべた者がいた。

その第一は、江戸城田安門内の比丘尼《びくに》屋敷で余世を送っていた見性院《けんしょういん》（武田信玄の二女、穴山梅雪室）。見性院は苗字も守り刀もない正之に武田姓と信玄の遺品を与えたばかりか、自分の禄高六百石のうちの半分を分け与えるとまでいってくれた。

そして第二は、今も盆暮には見性院のもとへきちんと挨拶にくる武田家遺臣のひとり保科正光であった。その誠実さを見こんで見性院が正光に養い親になってくれるよう申し入れ、正光がこれを受諾したために、それまで武田幸松《こうまつ》と名のっていた正之は信州高遠《たかとう》三万石保科家の若君として高遠で人となることができた。

保科家の士風の特徴は、かつて高遠城奪取を狙った松本の小笠原勢五千の大軍を守兵七百によって撃破したこともある気迫、冬にも足袋など履《は》かない忍耐力、さらには酷政を嫌って税率を低くおさえる仁慈の心にあった。正光は正之をつねに「幸松殿」と呼ぶ礼儀正しさを保ちながら二十歳までは藩政に関与させず、これらの士風を伝授する伯楽の役をよく果たした。

寛永八年(一六三一)、その正光の死を受けて高遠藩主となった正之は、参勤交代のため隔年江戸へ出府する暮らしに入った。このころすでに正之は、

「俺は将軍家の胤《たね》である。なのになぜ、その俺がたった三万石の田舎大名に甘んじておらねばならんのだ」

などとは決していわない恭謙《きようけん》な人柄に育っていた。異母兄にあたる三代将軍家光は、その奢《おご》りを知らない心映えに感服。寛永十三年には最上《もがみ》山形二十万石へ、同二十年には会津《あいづ》二十三万石への転封《てんぽう》を命じ、徳川家親藩《しんぱん》のあるじとして重く用いることにした。

それだけではない。

家光は正之を頼りにするあまり松平姓への改姓を促す一方、家紋も保科家の角九曜《かくくよう》から葵の紋

へ改めさせようとした。だが正之は、こう答えてふたつとも辞退してしまった。

「幼少の時保科肥後守《ひごのかみ》（正光）養子となりし故今更《ゆえいまさら》家名を改め家紋を変じては、義理立たず」（『千載之松』）

大奥に戻ってお江与の方と張り合おうなどとは思わなかったお静、禄高の半分を分け与えるといった見性院、そして養父正光の無私の愛情に支えられて成人した正之は、足るを知る心の持ち主として「徳川の平和《パックス・トクガワーナ》」の実現に生涯を捧げる人生を選択するのである。

家光の死をはさみ、足掛け二十三年間会津へ帰ることなく幕府を総覧したそのリーダーシップは、つぎのような画期的政策となって花ひらいた。

玉川上水開削《かいさく》にゴーサインを出し、江戸の慢性的水不足を解決したこと。明暦の大火（振袖火事）の直後には、町方へ即刻十六万両もの救助金を与えたこと。武断政治のシンボルである江戸城天守閣の再建は断じて認めなかったこと。末期《まつご》養子の禁を一部ゆるめ、大名家の断絶と牢人の発生を防いで社会不安を解消したこと。殉死を禁じたこと。大名証人（人質）制度を廃止したこと。

いずれを見ても武断派の幕閣には思い及ばなかった文治主義の善政であり、正之がおのれを空《むな》しゅうして人情味あふれる国造りを志していたことがよくわかる。その精神は、会津の藩政にも充分に生かされた。

社倉《しゃそう》を設け、飢饉《ききん》の年には米を無料で貸し出す一方、間引を禁じたため人口が増加の一途をたどり、国力が飛躍的に増大したこと。身分性別を問わず、九十歳以上の者には米一人扶持（一日五合）を終生支給したこと。行き倒れの旅人を助けるべく救急医療制度を発案したこと。

幸薄く生まれた自分を懸命に育ててくれた人々の思いをよくおのれの心とし、民たちの慈父たらんとして世に稀な善政をおこないつづけた。そこにこそ正之の素晴しさがある。

また正之は自分を大藩のあるじとしてくれた徳川家への報恩の思いから、寛文八年（一六六八）には「会津藩家訓《かきん》」十五カ条を定めた。その第一条にいう。

「大君（徳川将軍）の儀、一心大切に忠勤を存ずべく、列国（諸藩）の例を以《もっ》て自ら処《お》るべからず。若《も》し（徳川家に）二心を懐《いだ》かば、則《すなわ》ち我が子孫に非ず、面々決して従うべからず」

これがいわば、会津藩の憲法であった。諸藩が公武合体派（佐幕派）と尊王攘夷派（討幕派）に割れてしまっていた幕末の文久二年（一八六二）、最後の会津藩主となる運命にあった松平容保《かたもり》がだれも厭がる京都守護職を引き受けて京へ赴任したのも、この精神に殉じようとしてのことにほかならない。

しかし歴史というものは、つねに純粋な心の持ち主に微笑むとは限らない。会津藩は正之以来の秋霜烈日の精神に裏打ちされた武士道によって討幕派を抑えこんだため、旧幕府軍が鳥羽伏見戦争に敗北するや賊徒首魁《しゅかい》とみなされてしまった。

慶応四年（一八六八）八月二十三日から明治改元をはさみ、丸一カ月間続行された鶴ヶ城の籠城戦。その初日に起こった白虎隊十九士の自刃。降伏後の滅藩《めっぱん》処分と下北半島の斗南《となみ》への「挙藩流罪」。血も涙もない明治新政府の処断は、日本近代史の恥部というしかない非道なものとなった。

その会津滅藩から四十九年目の大正六年（一九一七）四月、今日の鳴門市大麻町板東に板東俘虜収容所が開設された。時まさに第一次大戦中のこと、日本は連合国側の一員として青島《チンタオ》のドイツ軍攻略の一翼を担っていた。

この収容所へ送られてきたドイツ人俘虜は約一千人、管理するのはむろん日本陸軍だったが、所員たちは信じ難いほど寛容な態度でかれらに接しつづけた。

俘虜たちには、所外への散歩も認められた。徴兵前の職業を生かし、所内で仕立屋、靴屋、ビール販売店、理髪店その他種々の店を営むことが許された。新聞や単行本も発行されたばかりか音楽、演劇、講演活動は特にさかんにおこなわれ、テニス、サッカー、ハンドボールなどの各協会も自主運営された。

夏は瀬戸内海で海水浴。これにはさすがに陸軍省も目を尖らせ、俘虜逃亡の怖れあり、と厳重注意すると所長は答えた。

「あれは、海辺で足を洗わせていたらつい泳いでしまっただけであります」

それを聞いた俘虜たちは、こう言いあうようになった。

「さあ、足を洗うために水泳パンツを持ってゆこう」

今日も日本でよく知られた「ローマイヤー」「デリカテッセン」「ユーハイム」などのドイツ料理やパン、ケーキ類は、この時代のドイツ俘虜が日本に伝えたものだ。

この破天荒なまでの人道主義を貫いた所長は、松江豊寿《とよひさ》中佐のち大佐、明治六年生まれ。

「かれらも祖国のために戦ったのだから」

ということばで俘虜たちに最大限の自由を与えるとともに、所員たちにはかれらに武士の情をもって接することを求めつづけた松江について、俘虜のひとりポール・クーリーは述懐している。

「バンドーにこそは、国境を越えた人間同士の真の友愛の灯がともっていたのでした。私は確信をもっていえます。世界のどこにバンドーのようなラーゲル（収容所）が存在したでしょうか。世界のどこにマツエ大佐のようなラーゲル・コマンダーがいたでしょうか」

ではなぜ松江がかくもドイツ人を人道的に扱いつづけたかといえば、私はかれが斗南で辛酸《しんさん》を舐《な》めた旧会津藩士の長男だったためだと考えている。保科正之の仁慈の心は、明治以降も旧会津藩士たちの間で声低く語り伝えられてきた。

「かれらも祖国のために戦ったのだから」

という松江のことばは、なかばは賊徒として討たれた旧会津藩士たちに捧げられたものだったかも知れない。それはともかくとしても、薩長藩閥の主流だった陸軍部内において上層部の命令にあえて従わず、俘虜たちを守りぬいた松江の気骨には頭が下がる。

たまさか講演などを依頼された場合、私が正史ではなく保科正之と松江豊寿を結ぶ線、そしてその延長線上に日本人の心を結晶させたいものです、と話す理由もまたここにある。

ちなみに大正七年六月一日、ドイツ人俘虜ハンゼンの指揮する徳島オーケストラは第二回シンフォニー・コンサートにおいて、ベートーベンの「第九交響曲」を合唱つきで演奏した。ドイツ人俘虜たちにとっては望郷のシンフォニー、日本人にとっては本邦初演となった「第九」——そのプロデューサーも松江であった。

背筋をのばし、誠実に眉を上げて生きよ。私は保科正之と松江豊寿について思う時、いつもそういわれているような気持になる。

（「文藝春秋」十二月臨時増刊号）

ジャーナリズムから見た科学・技術と社会

高《たか》橋《はし》真《ま》理《り》子《こ》
（朝日新聞論説委員）

「三％理論」なるものを打ち出したことがある。

日本社会における「科学」が占める割合は三％である、という大変アバウトかつ画期的な理論である。

確か三年前の春だった。地球惑星科学関連学会合同大会で科学ジャーナリズムについて話すよう依頼を受けた私は、朝日新聞社の記者の数を調べた。当時、東京科学部は二三人で、東京本社の出稿部（社会部、経済部、政治部、学芸部、運動部など、記事を書く部門をまとめてこう呼ぶ。このほかに、書かれた記事のニュース価値を判断し、見出しをつける整理部がある）の四％を占めていた。

紙面の方は、夕刊に週三回の科学面と、主に健康に関する話題を取り上げる「元気面」が朝刊に週一回、そして主に病気に関する話題を取り上げる「健康面」が日曜版の中の一ページとして週一回あった。科学に関する記事は、それ以外のページにも載る。一面、解説面、社会面と、あちこちに顔を出す。科学者が「ひと欄」に登場することも珍しくない。一週間の新聞紙面を数えると、全面広告面はのぞき約二六〇ページあった。科学固有面は週に五ページだから、占める割合は二％、それ以外の面に載るものも含めると科学記事の割合は三％ぐらいと見積もれる。

一方、当時の国内総生産は五〇〇兆円で、政府、民間合わせた研究開発投資額が一五兆円。ずばり三％だ。さらに、政府の科学技術関連予算は三兆円で、一般会計八一兆円の三％強だった。

以上、証明終わり。

三％という数字、証明のいい加減さはさておき、多いと感じられただろうか、少ないと感じられただろうか。

少ないと思ったあなたは、研究者かもしれない。良い業績を挙げているのに周囲は注目してくれないとくやしい思いをされていないだろうか。あるいは、ハイテク製品を世界中に売る企業に身を置く意欲的なサラリーマンかもしれない。多いと感じられたあなたは、科学に対する無知をひそかに恥じている真面目な方だろうか。多いとも少ないとも思わなかったあなたは、そもそも科学に関心をお持ちでないのだろう。

実は、新聞における「科学のプレゼンス」は、発行部数と比例する関係にある。東京理科大学の牧野賢治教授が地方紙の科学面を丹念に調べて、それを立証した。科学面が週に一回以上ある新聞（二一紙あった）の平均発行部数は四五万、月に二回（五紙）だと三五万、一回以下（一四紙）は二二万だった。

朝日新聞は全国紙なので、八〇〇万と桁違いの部数を持つ。だからこそ三％の科学プレゼンスを保っていられると見ることもできよう。

世界を見回してみても、日本の全国紙ほど科学記者をたくさん抱えている新聞はない。そもそも、発行部数が八〇〇万を超す全国紙という存在自体が世界では珍しいのである。欧米の有力紙でも発行部数はぐんと少なく、雇っている科学記者はせいぜい数人である。途上国の新聞社となれば、科学記者は一人いるかいないか、というところだ。

日本の新聞には科学記者が多いということを外国のジャーナリストが知れば、「さすがは科学技術立国だ」と思うのだろう。一般国民の科学に対する関心の高さの表れ、と解釈するかもしれない。

ところが、科学雑誌の売れ具合を見てみると、日本の国民が科学に高い関心を持っているとはとてもいえないのである。

『サイエンティフィック・アメリカン』誌を見ると、それがはっきりわかる。この一般向け科学雑誌は、米国で一八四五年に週刊誌として創刊され、一九二一年から月刊誌となった。最先端の科学の話題を、グラフやイラスト、写真を多用してわかりやすく示す。書き手は当代一流の科学者たちで、担当編集者が厳しく注文をつけ、非専門家が読んでわかるまでに練り上げている。売り上げ部数は、米国とカナダを合わせて五四万部、国際版が一一万五〇〇〇部である。

日本では、翻訳版として『日経サイエンス』が一九七一年に創刊された。初代編集長は、科学ジャーナリストとして幅広く活躍している餌取章男氏だった。餌取氏の回顧によると、創刊のときにもっとももめたのは部数設定だった。人口が米国のほぼ半分の日本なら米国の半分は売れるはずという米国側に対し、日本側は市場調査をもとに「せいぜい三万部がいいところ」とやりあった。結果はというと、創刊号の実売二万二〇〇〇。市場調査は正確だったわけだ。

あれから三〇年、『日経サイエンス』の実売が四万部を超えたことはないという。人口当たりで比べれば、日本では米国の十分の一しか売れない状態が続いているのである。同じ内容の雑誌でこれだけの差が出るのはどうしてなのか。餌取氏はいまだにはっきりわからないといいつつ、「日本にとって科学は借り物だから」「科学を日常の話題にする文化風土がない」「日本語が科学を語るに適さない」といった要因を挙げる。

私自身は、日本語が科学を語るに適さない言語であるとまでは思わないが、残る二つの要因については、当たっていると思う。

日本社会は、明治以降、懸命に西欧から学んだ。それを効率よく進めるために、明治政府は分業体制をしいた。法律学者は法律だけを、医学者は医学だけを、農学者は農学だけを学んでくればいい。学んだものを咀嚼し、応用し、そして後進に伝える。それが学者に期待された使命だった。多くの学者が優等生らしく、この期待に律義にこたえてきた。こうして自分の専門分野以外には関心を示さない学者が大量に生まれ、彼らに学んだ学生たちもそうした行動様式を自然と身につけてしまった。

西欧社会は、古代ギリシャの自然哲学、中世のアラビア科学の伝統に、実験と観察で実証するという方法論を付け加えた新しい知の体系を、人々の心に深く根付いているキリスト教の教義と相いれないことに悩みながら長い年月をかけて築き上げてきた。知識人であれば誰もが自分の心の中で宗教と科学の葛藤を体験し、自分自身の立脚点を模索しただろう。そのとき、科学は何をどこまで明らかにしたのか、その全体像を知りたいという欲求を当たり前のように持ったのだろうと思う。そして、科学者は、自分の仕事とは科学の地平を広げることだと考えたに違いない。

もっとも、どこの国であれ、学者となるのは一部の人間である。優れた学者を輩出することと一般大衆が科学に関心を持つことは、正確には別の話である。明治期以来の日本の初等中等教育は、グローバルに見れば大成功といえるのだろう。読み書き算盤をほとんど全国民ができるという成果は誇っていい。だが、学校教育は「理科は暗記を強いられる」「難しくて、わからないもの」という印象を人々に植え付け、学校から離れるや否や「せいせいした」とばかりに科学への関心を捨て去って、それを当然だと思う人々を大量生産したという側面もあるのではないだろうか。

私は、『科学朝日』の編集部員だったころ、取材で米国に出張してびっくりしたことがある。空港からホテルに向かうタクシーで、尋ねられるままに「私は科学雑誌をつくっている」と話したら、ドライバー氏が「へえ、こういうものかい?」と助手席に置いてあった『サイエンティフィック・アメリカン』を取り上げて見せたのである。「日本にもこういう雑誌があるのかね。これはなかなか面白いよ」といわれ、私は返す言葉を失った。

もちろん、たった一例をもとに「アメリカでは誰もが科学に関心を持っている」などと主張するつもりはない。米国は流動性の高い社会であり、ひょっとするとドライバー氏は勤めていた研究所が閉鎖されて、やむを得ず職を変えた元研究者なのかもしれない。

それでも、海外での見聞や日本での体験をもとに感じるのは、日本では自分の金儲けにつながらないことに関心を持ち続ける大人が少ないということである。中でも科学を遠ざけている大人は、あまりに多い。それが、一般向けの科学雑誌が売れないという現象に端的に表れている。

日本で科学雑誌ブームが起きたのは、筑波で科学万博が開かれる前だった。竹内均・東大名誉教授が編集長となって『ニュートン』が一九八一年に創刊され、同じ年に『COSMO』『ポピュラーサイエンス』が、翌八二年には大手出版社によって『オムニ』『ウータン』『クォーク』が発刊され、技術系の『テクノポリス』や『トリガー』も創刊された。

太平洋戦争が始まった年に創刊された老舗『科学朝日』も、そのころは一〇万部近くまで部数を伸ばした。しかし、ブームはあっという間に去ってしまった。『COSMO』『ポピュラーサイエンス』『オムニ』はいずれも創刊数年で姿を消した。九〇年代後半には『ウータン』『クォーク』も相次いで休刊となり、『科学朝日』は九六年に『サイアス』へと衣替えしたが、部数は伸びず、二〇〇〇年末に休刊になった。

ただし、『ニュートン』だけは今も元気で、編集部によると、発行部数は三一万部を数える。海外版も好調で、イタリアで二〇万、スペインで一〇万、オーストラリア四万、台湾三万、韓国三万、中国一万五〇〇〇部を売り上げる。

残念なことに、これとてドイツの一般向け科学雑誌『P・M・マガジン』がドイツ国内で五〇万部、国際版を含めると全体で二五〇万部も売れているのと比べると、見劣りしてしまう。ドイツの人口は八二〇〇万人で、一億二〇〇〇万人の日本の三分の二だから、国内同士を比べても『ニュートン』は半分しか売れていない。

結局のところ、日本の大半（九七%??）の大人たちは、科学に関心を持たないのである。限られた専門家（三％？？）が、必死になって研究や開発をし、海外からは「ハイテクの国」と見られる社会をつくりあげている。

だが、二一世紀の暮らしやすい社会づくりには、専門家が狭い領域に閉じこもらずに幅広い知を身につけることが不可欠だと思う。そして、そのためには、社会全体が、なかんずく成熟した大人たちがもっと科学に関心を寄せることも必要なのだと私は思っている。

（「學鐙」三月号）

私、サンタクロースです。

パラダイス山元《やまもと》（ミュージシャン）

世の中には、あまた資格というものがあります。身近なところでは自動車の運転免許。最近ではパソコン検定や、介護士の資格なども定番人気のようです。しかし、この資格に限っては日本人で一人だけしか持っていない。正確に言うとアジア全域でたった一人しか持っていません。いったい何の資格かというと、……HOHOHO〜、そうなんです、それはサンタクロースの資格。えっ、サンタクロースに資格なんてあるの？　と思われる方もいらっしゃるでしょう。それが、あるんですよ。『グリーンランド国際サンタクロース協会』という国際機関が発行する「公認サンタクロース」という国際ライセンス。グリーンランドに住む長老サンタクロースの命を受けて、世界各国で活動する公認サンタクロースの数は現在一八〇人。スウェーデン、デンマーク、ノルウェーを中心に、ドイツ、オランダ、イタリア、スペイン、スイス、カナダ、アメリカ、そしてちょっと変わったところでは中米のエルサルバドル。そして最後の一八〇番目に選出された、世界で最も新米で「最年少のサンタクロース」というのが、この私なんです。「えっ、アナタがサンタクロース？」「ホンモノって、いったいどういうことなの？」「どこに住んでるの？」会う人会う人、よく聞かれます。それでは、秘密のベールに包まれたサンタクロースの真実を、ほんの少しだけ紹介させていただくことにしましょう。

そもそも私が公認サンタクロースに選出されたのは今から五年前のこと。スカンジナビア政府観光局が「サンタクロースの候補生」を公募。グリーンランドの長老サンタクロースが、アジアの国の中で最も派手なクリスマスをしている国はニッポンと聞きつけたことに端を発します。

「結婚していて、子供がいて、サンタクロースにふさわしい体格であること」が応募の基本条件。他には「これまでサンタクロースとしてどのような活動してきたか」という履歴書の提出、「他国のサンタクロースとコミュニケーションが容易なこと」なんていう難しい条件も。自薦、他薦を問わず幼稚園の保育士さん、お髭自慢の太っちょのおじいさん、地域の顔になっているサンタクロース歴うん十年の方など、多くの応募があったと聞きました。ところがいちばん難儀なのが「毎年、夏にデンマークで開かれる世界サンタクロース会議に必ず出席すること」。この条件でさすがに候補が限定されてしまったようです。そこに現れた某テレビ局のプロデューサーが、政府観光局の担当者に「北国北海道の出身、顔、体型ともに松村邦洋似（笑）のサンタクロースの適任者知ってます」と伝えていたとは、後で知りました。

私の本業であるラテン・ミュージシャンという仕事は、キューバなどの年中暖かい中南米諸国と違い、日本の場合、真夏の七月が一年の中でもっとも多忙なころ。そんな最中に「世界サンタクロース会議」というものがあるということもまったく知らなかった私が、薦められるままに急遽自分の体型に合わせたサンタクロースの衣裳をつくるハメになったのです。

ところが、出発が迫った七月になって「デンマークの会議場まで自宅からサンタクロース姿で来るように！」というFAXが届いたのです。ということは、成田エキスプレスも、飛行機の中も、ずーっとサンタクロースの格好をしていなくてはならないということ。夏休みの初日、海外へ向かう人出がピークの成田空港に私はサンタクロースの格好で搭乗手続きをし、出国審査を受け、そのままの姿で飛行機に乗りました。スカンジナビア航空の直行便でコペンハーゲンまで十一時間三〇分のフライト中も、もちろん食事も、お手洗いにも、そのままの姿で行きました。

デンマークに到着するなり、空港では大勢のメディアが「アジアからの珍客」を待ち構えていました。そんなことになっているなどと事前に伝えられていなかった私は「ホッホッホー」などと言いながら日の丸を振って飛行機を降りたのですが、突然のフラッシュ責め、ほとんど意味不明の早口デンマーク語でのインタビューに遭い、呆然としてしまいました。「どうして候補生に選ばれたのか？」「日本ではクリスマスという習慣はあるのか？」「日本のサンタクロースはなぜ着物を着ていないのか？」など、どの記者も同じようなことを聞いてきます。「SANTACLAUSを日本語で書いてみて！」なんていう注文も。私がカタカナで「サンタクロース」と書くと、記者は「いや、こんなんじゃなくて、あの、もっと難しいカタチの……」などと言ってきます。漢字のことかと思い書こうとしましたが、サンタクロースなんてどうやって書いていいかわからなかった私は、苦し紛れに「散多苦労師」と心境をテキトウにあててみました。

コペンハーゲン中心部から北へ電車で約三〇分、バッケンという世界最古の遊園地があり、そこで「世界サンタクロース会議」が開かれます。おびただしい数の各国のサンタクロース、そして一目見ようと集まる子供に大人……。その年の議題は「自然破壊に伴うトナカイの減少に関する諸問題」「高層集合住宅の場合の安全な進入経路の確保」「女性サンタクロースの丈の長さの規定」なんていうのもありました。会議期間中は、子供たちといっしょにダンスをしたり、歌ったり、パレードしたりとイベントが盛りだくさん。どこへ行っても、日の丸を振るサンタクロースの候補生は大人気。やはり漢字の例のサインをせがまれる始末。テレビのニュースでずいぶん到着の模様が流れていたようです。

サンタクロースの公認試験は、「自国のサンタクロースが抱える問題」というテーマのスピーチにはじまり、体力測定。五〇メートル走って煙突に入り、暖炉から出てきて、ツリーの下に持ってきた袋の中からプレゼントを取り出して、それを置いて、暖炉の上の子供たちがサンタクロースのためにつくった山盛りのクッキーとミルクを全部流し込み、再び煙突の中をくぐって五〇メートル走ってスタート地点に戻るというもの。ハッキリいって過酷でした。

その後、全世界のサンタクロースの前で「HOHOHO〜」の発声。これが洗礼というのか、なんどやってもダメ出しされるのです。普段マンボの掛け声「アーーーッ、うっ!」を出しまくっている私でさえ、声が嗄れるほど「HOHOHO〜」をやらされました。

結局、その年の「公認サンタクロース」合格者は日本からの候補生ただ一人。

日本に帰ってからは大学病院の小児科や、施設への訪問など、ラテン・ミュージシャンとしてはちょっぴり暇だった冬場が、今ではクリスマスまでスケジュールがぎっしりになってしまいました。公認サンタクロースになってから、恥ずかしながらホンモノのサンタクロースのなんたるかがわかってきたような気がしています。世の中見渡してもつらい出来事ばかりで、しかも不景気なこんなときにこそサンタクロースの出番が求められているのかもしれません。これから生涯「散多苦労師」です。

（「銀座百点」十二月号）

トミーという名のひいおじいさま

長《なが》野《の》智《とも》子《こ》
（キャスター）

この年始に私は二冊の本を読んだ。というか、正確には、読み直してみた。『万延元年のポルカ』（遊佐京平著）と、『君はトミー・ポルカを聴いたか』（赤塚行雄著）。

数年前に目を通して以来、本棚の隅で埃を被っていた二冊は、ともに日本の近代史のひとコマを描いた書物だ。タイトルに共通するポルカとは、十九世紀にヨーロッパで大流行した二拍子の舞踏曲のことである。

年末年始、私は日本近代史本と格闘していた。テレビ朝日系「ザ・スクープ」という報道番組でご一緒しているジャーナリストの鳥越俊太郎さんから、

「キャスターたるもの、最も大事なことの一つは、歴史に精通することです。現在起きている事柄を、如何に歴史という長いスパンの中で捉えることができるかが、キャスターの資質に求められるんですよ」

と、真顔で忠言されたからである。

共通一次を受けようかと、高校時代は「倫理社会」を選択し、結局私大の推薦入試に流れた歴

史オンチの私は、アオざめた。

歴史を知らずんばキャスターにあらず!? エライこっちゃと、遅まきながら高校時代の日本史教科書や、各種歴史本のページを、年末からクルクルめくることになったのである。

そのなかで、何ゆえ『ポルカ』本を読むに至ったかというと、これにも理由がある。実はこの二冊は、私の曾祖父を取り上げた本なのである。

幕末の万延元年（一八六〇年）、幕府は日米修好通商条約批准書交換のため、アメリカに使節団を派遣した。軍艦「咸臨丸」を指揮したのは、ご存じ勝海舟。「咸臨丸」には他に外国奉行の新見正興、通弁主任としてジョン万次郎などが乗船した。

しかし、どの歴史教科書を読んでも、日本の使節団についての記載はその程度だ。曾祖父の名前もなければ、私が子供のころからしつこいほど聞かされていた、「ポーハタン号」の「ポ」の字も登場しない。

「ポーハタン号」とは、使節団一行を送迎するためにアメリカ海軍が差し向けた船である。勝海舟たちは途中、サンフランシスコで引き返したが、ポーハタン号に乗船した残りの使節団は更にパナマを回り、ワシントンからニューヨークまで移動している。

「フィラデルフィアでは小栗豊後守忠順が、日本初の為替レート交渉に成功したんだけど、ひいおじいちゃんはその時の通訳だったのよ」

と親が語る曾祖父は、そんな教科書に一文も触れられていない、歴史の隙間でドラマしていた人だった。

彼の名は長野桂次郎。ジョン万次郎を描いた『万次郎漂流記』にとりつかれた桂次郎は、当時主流だったオランダ語ではなく英語を選択。日光奉行である父の人脈を生かし、長崎の英語伝習所や、総領事ハリスに直接手ほどきを受けて、瞬く間に習得したという。

「あの福沢諭吉に、英語の発音を教えた経歴を持つのだぞ」

とここまでは、親の祖先自慢にも熱が入るのだが、その先イッキに口が重くなる。その理由を私は本を読んで知ることとなる。つまり、当時十六歳で最年少通訳だった桂次郎は、実はとんだお調子ものだったのだ。

良く言えば社交的な性格をフル活用し、ポーハタン号船上のあらゆる場所に出没しては、アメリカ人乗組員に得意の英語で愛想を振り撒く。そんな彼に付けられた愛称は「ピーピング（覗き屋）・トム」、変じて「トミー」。

ちょんまげ姿でアメリカ人女性を口説きまくり、使節団のパレードでは、投げキッスをして厳重注意を受けたというのだから相当なものである。

日本側からは顰蹙《ひんしゆく》ものだった桂次郎のキャラクターも、アメリカでは物珍しさも手伝ってかバカ受けし、大変な有名人となったようだ。そしてアメリカ社交界では「トミー・ポルカ」なる舞踏曲が作曲され、大ヒットしたというのである。古文書収集家のポール・ブルーム氏が発掘したその楽譜は、今も横浜開港資料館に展示されている。

子供の頃、母に手を引かれ開港資料館に「トミーさん」の展示物を眺めにいったものだが、そこに飾られている曾祖父の写真は、ちょんまげの小侍なのに、アメリカ製のビールを抱えて、ニカッと歯を見せ会心の笑みをたたえている。

そのワンパクな笑顔は、

「ひ孫よ、歴史の勉強も結構だが、その隙間にオモロイ自分史を刻むことこそが、人生の醍醐味だよ」

と語りかけているように思えて仕方ないのである。


（「文藝春秋」三月号）

天文台と地域振興

尾《お》久《きゅう》土《ど》正《まさ》己《み》
（みさと天文台長）

知られざる天文台

世界の中で日本ほど天文台の密度の高い国はない。それも、地方自治体が建設した天文台が二〇〇以上もあるという。「あるという」など、他人事のように書いているのには理由がある。本来、我々「業界人」としては、どこにどんな天文台が建設されたか、ニュースとして耳に入ってくるはずだ。しかし、伝わってくるためには、その新天文台に我々のような業界人がいることが前提になる。

博物館というものは法律で規定された施設なので、学芸員の配置が義務付けられ、資料の収集や展示に必要な研究が仕事として重要視されている。ところが、誰が最初にそんな前例を作ったのかわからないが、プラネタリウムや天文台の多くに、博物館の学芸員に相当するスタッフがいない。天文に関する施設は素人でも運営できるということなのだろうか。プラネタリウムの場合は、小学校の授業に役立つ「学習投影」と呼ばれるプログラムがあるためか、教育委員会の管轄であるケースが多い。学校の利用が多いと、職員配置もそれに対応した形になる。

ところが、天文台の場合は教育目的で設置されている施設は少数である。地域振興課とか産業観光課のような名称の所管である場合が多く、「町おこし」が目的である。そうなると、職員も、当然役場の事務職員が配置される。確かに望遠鏡の操作だけなら、少し講習を受ければ難しくないだろう。特に、最近は望遠鏡がコンピュータによって制御されるようになり、トラブルが起こらない限り、素人でも天体を視野に導入することができる。なお、事務系職員でも常勤の職員が配置されている場合は、まだマシな状況かもしれない。常勤職員がゼロで、アルバイトやボランティア任せの運営を行っている施設もかなりの数ある。

このように専門職員のいない天文台が多いため、たとえ新しい施設がオープンしたとしても、我々業界人にはニュースとして伝わってこないのだ。

重荷を負わされた天文台

では、どうしてこのような形の天文台がわが国に多く建設されたのだろうか？　この現象には二つの大きなきっかけがある。最初のきっかけは一九八七年である。当時の環境庁が全国の自治体を通じてボランティアに呼びかけて行った「星空ウォッチング」である。この呼びかけに全国の天文ファンが協力し多くの夜空のデータが集まったが、環境庁は成績優秀な（星空の美しい）

一〇八の自治体を「星空の街」として表彰したのだ。

当然、表彰された自治体は山村・僻地・過疎地域であり都市化が進んでいないために、美しい星空が残っていた。それまで過疎は都市の逆のセンスとして地方では良くない方向と考えていたところが、それがプラスに働いて中央から表彰されたのだ。星空がよく見えることは当たり前で価値のないものと思っていた地方の役場の人たちには、星空が一気にドル箱に見えたかもしれない。

そこへ追い撃ちをかけたのが一九八九年の竹下内閣による「ふるさと創生資金」の一億円である。通常、補助金というものはなんでも自由に使えるものではなく使い道が限定されたひも付きである場合が多い。ところが、この補助金の使い道を自治体に任せたのだった。当然、二年前に表彰された星空の街の多くが、この一億円を望遠鏡購入に使ったのだ。

当時は、バブル経済の中、地方にはリゾート開発の風が吹いていた。当然、天文台は過疎地域の将来の夢を背負って建設されたのだ。そこには教育目的はあまりなく、観光資源としての星空が一人歩きしていた。

一九九〇年の兵庫県立西はりま天文台の開設に携わり、全国のこのような動きを不安に感じて組織化や役に立つシステムの開発などを行ってきたが、一〇年経った今、不安は的中し、すでに閉館した天文台もある。

みさと天文台の場合

私がみさと天文台に天文台長で赴任したのは一九九五年のオープンの際であるが、恥ずかしいことながら、その計画には携わっていない。

美里町は和歌山県の山間にある過疎と高齢化の進んだ町である。そんな美里町にとっても、環境庁の星空コンテストとふるさと創生資金は、天文台を建設させる大きな原動力になった。一九九〇年に西はりま天文台がオープンしたときには、口径六〇cmの望遠鏡が一般市民向けとしては大きな望遠鏡として受け入れられたが、一九九二年に同じ兵庫県の姫路市が九〇cmの望遠鏡を建設すると、翌年一九九三年には隣の県である岡山県にある美星町が一〇一cmの望遠鏡で日本一になった。しかし、このときすでに、その隣の鳥取県にある佐治村では一〇三cmの望遠鏡を作っており、一九九四年には日本一の座を譲っていた。

当然、関係者の間では、一九九五年には一〇五cmの望遠鏡がどこかで建設されるのではと噂されていた。しかし、そのようなニュースは我々の耳には聴こえてこなかった。私の耳に一〇五cmの望遠鏡の話が入ってきたのは一九九四年の暮れ、それも「天文台長」要請の話としてであった。

私に話を持ってきた和歌山県美里町では、どうせ作るなら日本一の天文台をと、建築家や望遠鏡メーカーと計画を進め、名実ともにハード日本一の天文台の完成が目の前に迫っていた。ほぼハードの建設が終わるころになって、ようやく、この天文台を誰にどうやって運営してもらうかについて考える段階になったのだ。魂よりも入れ物が先にどんどん作られたわけだから、確かにとんでもない話であろう。しかし、今、地方の天文台長として振り返ってみると、ハードを建設することに重点を置いてきた国の施策に問題があるように思う。

インターネットを引こう

まだ弱冠三三歳で兵庫県の天文台で充実した仕事をしていた私にとって、この要請は簡単に受け入れられるものではなかった。ハードの日本一は時間の問題で意味がなくなるだろう。そうなったときに、ランニングコストにお金をかけることのできない過疎の町の天文台は、おそらく町の負担になり閉館への道を歩むに違いない。

このようなことを考えた私は要請を拒み続けたが、粘り強い町との交渉の中でいくつかのかなり無理な条件を提示して町の出方をみることにした。ところが、美里町は最終的に、受け入れるわけがないと思った条件をほぼ受け入れたのだった。そうなると、引くに引けない私は、天文台長の要請を断るわけにいかなくなったのだ。すでにオープン三ケ月前の一九九五年の春であった。完成していたハードについて今更どうしようもない状況での就任受諾であったために、私がオープンまでの短い時間に取り組んだ仕事は、そのハードの活用方法であった。美里町を実際に訪れた際の第一印象はとにかく「道が悪い」という天文台とはまったく関係のないことだった。他の印象を覚えていないほどの強烈な印象であった。おそらく、都市部で育った人間にとって、いや生まれた岡山の山村と比較しても信じられないほどに道が悪いのだ。

都市部からのアクセスに鉄道などの公共交通機関が利用できない美里町の天文台にとって、このアクセスの悪さは致命的だった。しかし、国道が数年で良くなるとは思えない。そのとき浮かんだアイデアが、「インターネットを引こう！」だった。実際の道の整備を待つよりも、情報の道を都市部より先に整備して、情報発信の基地として美里町を売り出そうと考えたのだ。そして、このことを受諾の条件の一つにした。一九九五年春の段階では交渉相手の役場の担当者にとって、インターネットはまだ意味も知らない技術用語であった。全国の自治体の状況を調べたところ、専用回線を導入して本格的にインターネットを利用していたのは、都道府県や政令指定都市でも少数で、地方の市町村ではまったく整備されていなかった。「天文台だけでなく、インターネットでも日本一になれるチャンス」と町長や担当者に訴えた。

学校が地域が元気になってきた

天文台のオープンとともに開通したインターネットを使って、美里町からの情報発信作戦が始まった。天文台だけでなく町の情報化も受け持つことになったが、いきなり町で実績をあげるのは難しいと判断し、まずは天文台で利用してその影響力の大きさをアピールすることにした。望遠鏡に取り付けたビデオカメラの映像をそのままインターネットで流したところ、内外から大きな反響があった。この反響は最終的に、美里町内で国際会議を開催するまでに至っている。これまで和歌山県内においてもあまり知られていなかった美里町が、全国的にニュースで取り上げられるようになり、町長や役場職員の間でもインターネットの持つ潜在的な力の大きさが理解されるようになった。

そこで、天文台での利用から町内での利用に活用範囲を広げることになったが、その際に一般住民や行政よりもまずは学校教育から始めることにした。学校への投資は、効果がわかるまでに時間はかかるものの将来の美里町にとって一番価値のある対象である。当時、町内には五つの小学校と二つの中学そして県立高校の分校が一校あったが、一九九七年春までに一人の天文台職員の仕事ですべての学校をインターネット接続することができた。もちろん、それぞれの学校が小規模であるためにできた事業ではあるが、学校のインターネット接続一〇〇%の一番乗りであった。

この事業の効果が数年で出ればよいと思っていたが、予想外にすぐ効果は現れてきた。まず、県立大成高校の分校である美里分校の受験者数が急増した。それまでは定員を大きく割り込んでいたが、天文台との連携やインターネットを使った授業などが噂になり、ほぼ定員を満たすようになった。また、小中学校でも教職員の積極的な利用によって予想以上の実績が上がっていた。一九九九年秋には町の中心にある美里中学においてインターネットを活用した研究授業が開催されたが、このとき体育を含むすべての教員のすべての授業でパソコンやインターネットが利用された。美里町のＩＴ教育は全国の先端を走っていた。また、学校のパソコン教室を利用してボランティアや教員によって自主的に始まったパソコン教室も町民の人気を集め、国がＩＴ講習会を始める際には、すでに一割もの住民がより高度な講習を受講済みだった。

このように、インターネットを導入した天文台が町のアドバルーンとして全国に名を広げ、そこから結ばれた学校では生徒だけでなく住民も積極的に施設の利用を始めた。直接的な関係はないが、最近、町内での様々な元気あふれる活動が地方紙面を頻繁に飾るようになった。地区によってはIターンが増えているという。星で外部の人を引きつけ町内にお金を落とすという、当初の目論見はあまり成功していないが、天文台とインターネットを使った活動が町民に何らかの刺激を与えたようだ。

（「學鐙」七月号）

二十四歳の遍路

月《つき》岡《おか》祐《ゆ》紀《き》子《こ》
（三味線奏者）

四国八十八ヶ所霊場を歩いて遍路したのは、大学の卒業旅行と、その翌年のことだ。四国を一周する、千四百キロ、約二ヶ月の旅だった。お寺に着くと奉納演奏にごぜ三味線を弾き、唄った。

〝ごぜ〟とは、三味線と唄で旅して歩く、盲目の女芸人のことだ。三人から五人ほどで集団を組み、前の人の肩につかまりながら、一年の三百日以上を旅して歩いたという。文献では室町時代に登場しているから、六百年の歴史がある。

ごぜさんたちは昭和になって次第に数をへらし、今では新潟の老人ホームに住む小林ハルさん（百二歳）が最後のごぜさんになってしまった。

幼い頃から三味線を手にしてきた私は、高校生のときごぜ三味線と出会った。

新潟出身の知人に聞かせてもらった、村人の演奏する三味線と唄は、不思議な魅力があった。素朴なのに、どんな撥《ばち》さばきなのか、どういう指づかいなのかイメージできない。私の知っていた三味線音楽のどの流れにも属さず、しかしすべての要素を含んだ音楽だった。一体これは何なのかと調べるうち、ごぜにたどり着いた。

深い響きの三味線、地鳴りのような歌声。その音楽を学ぶうち、ごぜさんの旅を追体験したいと考えるようになった。

放浪の旅は、若い女にとって〝最後の秘境〟と言われる。危険さに躊躇《ちゅうちょ》しているとき、「四国遍路なら若い女性の歩き旅でも危なくないですよ」と、教えてくれる人がいた。

四国には瞽女《ごぜ》橋や、瞽女峠といった地名も残り、ごぜさんたちが旅したことを証明している。目をつぶすことはできないが、せめて〝途方に暮れる〟旅に出よう。その中でごぜ三味線を弾いてみたいと思った。

その旅日記を今回、文春新書から『平成娘巡礼記』というタイトルで出した。必要装備や経費などのコラムも入り、実用的な内容となった。今、読み返して感じるのは遍路の旅は出会いの旅だと言うことだ。

歩き遍路には実に様々な人がいた。元高校教師で、定年退職し人生の区切りとして歩いている男性。七十三歳にして一日六十キロを歩くおじいちゃん遍路。私と同い年の青年修行僧や、若くしてリストラにあった野宿くん。巡礼に憧れてやってきたアメリカ人女性ふたり組み。

遍路中は、普段の社会的地位からはずれ「歩き遍路さん」としてみな平等で、どんなに年齢や立場の違う人でも、友人のように話すことが出来た。

そんな私たち歩き遍路を迎える四国の人々はさらに多彩だった。遍路道沿いには、お遍路さんに親切にすることが、自らの功徳にもなるとする、「お接待」の習慣が今も豊かに残っている。

中でも徳島県の十楽寺で頂いたお接待が忘れられない。

「これはおっちゃんからや」

本堂前で三味線を演奏し終わると、お寺の人がスッと封筒を差し出して、サッサと奥へ消えてしまった。そっと封筒をさわってみると、千円札のようであった。三味線修業の娘とみて、頑張りなさいとお接待のお金をくれたのだ。二度と会わないかもしれない私にくれた。何の見返りも求めずに、スッと渡して、スッと消えていった。

普段あまり泣かない私がこの時ばかりは手放しで泣いた。それは今まで出会ったことの無い優しさだった。

宿に着いて封筒を開けてみるとなんと一万円札が入っていたので、二度泣きしてしまい、絶対に無駄遣いしないで、お賽銭にするのだと、誓ったのだった。

店から飛び出してきて道を教えてくれるおじさん、自転車で追いかけてきて缶ジュースを渡してくれたおばちゃん、お昼ご飯にと、おむすびを握って下さった宿のおねえさん。

無償の親切という物凄いことを、四国の人はちっとも凄いと思わずに、日常の一部として当たり前に行っていた。

出発する前、遍路をすることで、芸や人生に対する何かしらの解答を得たいと考えていた。

しかし、旅を続けるうち、健康な身体で歩けること、三味線を弾き、人に喜んでもらえることへの感謝の気持ちでいっぱいになった。お寺に着くと、有難うございますと、心から手をあわせていた。

それはとても自然な変化で、素直にそう感じられたことに驚き、また、嬉しかった。

芸を杖に旅に生きたごぜさんたちも、同じような気持ちを持っていたのではなかったか。

旅を終えてからも、三味線の指導や、演奏活動の傍ら、ごぜ音楽にのめり込み、譜面をおこしたり、各地で演奏をしたりする毎日だ。

今でも心の奥の方には歩き遍路の気持ちが残っていて、時々私の行く道を指してくれる。


（「文藝春秋」十月号）

羊群声あり

篠《しの》田《だ》増《ます》雄《お》
（歯科医師）

敗戦と同時に武装解除を受け、丸腰、部下と一丸となって母国帰還を願う毎日であった。捕虜の生活も慣れるとつらいことばかりではなかった。相手は豪州軍なのに、英字新聞を読んで呉れと、せがまれることも、たびたびであった。

聞くと大方は牧場で羊を相手に成人した兵士が多く識字率が極めて低い相手であった。何しろあの広いオーストラリア大陸における主要産業の牧畜、特に羊の飼育では世界一の国柄（当時）で、学校教育など二の次であったらしい。

特別編成の作業隊を指揮して豪州軍の指揮下に入り、旧戦場において余人には計り知れない貴い体験を味わって、氷川丸で復員した老生も癸《みずのと》未《ひつじ》に達したのである。

或る日の午前、豪州軍から配給品として珍しい缶詰が各人二個宛渡された。一つはアスパラガスの缶詰で、もう一つはレッテル無しの缶詰であった。どちらも貴重品で一同敬礼した位である。午後になって突如配給の缶詰を至急返納せいとの通告に接した。理由は、捕虜には勿体ない（贅沢）とのことだそうだ。

敗戦まで飢餓に苦しみ、いったん食料を手にしたなら絶対死守する覚悟の生存者達だ。返納命令に対しすでに消費済みと返答したのだが、豪州軍として納得がいかず盛んに返納を迫り、あげくの果てに各人の持物を検査すると通告に及んだが、誰一人として返納する者がいなかったのには、老生も責任者としておどろいたのであるが。

内実を記せば、二つとも缶詰は誰も消費せず保管してあるのだ。当方は配給と同時に消費、空缶はすでに焼却済みと報告した。ところが、持てる国の度量か、軍規なんて極めてあやふやな彼等だ。命令を簡単に撤回したのである。ざまあー見ろである。

ところで、捕虜に贅沢な缶詰とは一体どんな内容の缶詰だったのだろうか？　アスパラガスの缶詰も兵隊食ではなく上級職の官給品であり、レッテル無しの缶詰は、豪州特産の羊の舌、羊は羊でも生後二ヶ月〜三ヶ月の仔羊の舌を加工した超高級な貴重品であることを確認したのである。どのような風の吹き回しか知らぬが、突如捕虜のキャンプにまぎれこんで日本兵に配られてしまったのである。勿論、老生とて当時、羊の舌の缶詰など夢想だにしなかったし、味も知る由もなかった。肝心の缶詰のレッテルが全部無かったのも甚だ以て妙であった。

我々は夜ひそかに、労せずして入手した戦利品を前に凱歌を口にし、天下晴れて貴重品の羊の缶詰を賞味したのであった。なんと味の絶妙、生まれて初めての珍味にうっとりとしたことは言うまでも無い。戦後、羊の舌の味を再吟味すべく、丸善、明治屋に依頼して入手に務めたが無駄だった。現在は存在しないのであろうか。老生にとって、まぼろしの味である。

羊の首のイニシアルを胸に光らせ、せめてもの生きるあかしと守り神に。東部ニューギニア

「ウエワク」での出来ごとであった。

（「医家芸術」一月号）

嫁姑は、いつの世も戦国時代

諸《もろ》田《た》玲《れい》子《こ》
（作家）

小説を書いていて、もちろん読んでいてもそうなのですが、第一に思うのは、いつの時代も人の所業に大差はない、ということです。怒ったり泣いたり、嫉妬したり争ったり競争心を燃やしたり……出会いと別れをくり返して死んでゆく。哀しくも愚かしい営みを思うと、人というものが愛しくなります。

そもそも二人集まれば、なんらかの摩擦が生じるわけで、人間関係ほどむずかしいものはありません。最近話題の引きこもりや家庭内暴力も、まさに人間関係の歪みが原因、ストレスの大半はそうですよね。

既婚者なら嫁姑の関係がその最たるものでしょう。夫は自分の意志で選んだのですから良くも悪くも納得がゆきますが、夫の親族は付随してくるものです。それなのに結婚後の永い歳月、否応なく身内としてつき合わなければならない。こんなはずじゃあなかったと愚痴がもれるのも無理はありません。

嫁姑の確執というと、真っ先に有吉佐和子さんの『華岡青洲の妻』を思い出します。医者である息子のため、夫のため、先を争うように我が身を実験台に差し出した母と妻。壮絶なまでの対抗意識に、女の性《さが》の底知れなさを見る思いがします。嫁と姑が敵同士であるのは、古今東西変わりません。

私は『月を吐く』という小説を書きました。徳川家康の正妻で非業の死を遂げた築山殿《つきやまどの》の生涯を描いたものです。

築山殿は嫉妬深く高慢な年上妻だというのが従来の定説で、息子の信康ともども敵方の武田と通じたと疑われ、惨殺されたことになっています。

私はかねがね、この通説に不満を抱いていました。築山殿は今川の姫ですが、当時の今川は京にも匹敵する高い文化を誇っていました。築山殿自筆の連綿たる手紙も残っています。蝶よ花よと育てられた教養ある姫君を――仮にも家康が二人も子を産ませ、危険を冒してまでも岡崎へ呼び寄せた女を、ひと言で悪女と決めつけてしまってよいものでしょうか。

この時代、離縁は簡単でした。女は戦《いくさ》の駒《こま》でしたから、何度でも離縁させられ、他家へ嫁《とつ》がされます。ちなみに家康の祖母は五回も離縁と再婚をくり返し、そのたびに我が子と引き離されていますし、家康の母の於大《おだい》も松平家へ幼い家康を残して泣く泣く離縁、再嫁させられています。もし築山殿が鬼のような女なら、子供だけ引き取り、離縁すればよかったのです。家康は築山殿に執着していたのでしょう。

築山殿の汚名を晴らしたいと思っていた矢先、絶好の資料が手に入りました。それを読んで目からうろこが落ちる思いでした。そこには築山殿の悲劇の原因が嫁姑の確執にあったと書かれていたのです。

於大は、自分の離縁の遠因となったばかりでなく、家康とその異父弟を人質に取り、長年侵略をくり返して多くの縁者を殺した今川を忌み嫌っていました。岡崎の人々は皆、同じ憎しみを抱いていたはずです。つまり築山殿は、自分を憎悪する夫の親族の中へ単身乗り込んで行ったことになります。これがやがて於大方と信康方との権力闘争となり、お家騒動に発展するのですが、周囲敵だらけの中で孤立し、帰るところもなく――この頃、今川は敗れ去り、築山殿の両親も家康の裏切りによって自裁させられていました――夫には見捨てられて、一身に憎しみの矢を浴びる築山殿は哀れとしか言いようがありません。

もちろん、姑の於大にも言い分はあります。生まれが違い、育った環境が違う。その上に憎しみがある。築山殿が美文の手紙で歩み寄ろうとすれば、字の下手な於大は馬鹿にされたと思い込みます。反対に、夫が側室のもとへゆけば、築山殿は於大の手引きだと歯噛みをします。しかも二人のまわりには、あることないこと言いふらす女たちがひしめいているのですから、これではうまくゆくはずがありません。疎外された女が新たな恋に奔《はし》るのはよくあること。小説では築山殿の悲恋も大きな部分を占めているのですが、それはそれとして、女の戦いの凄まじさは書いていながら背筋が寒くなりました。

でも、これを単なる「歴史上の物語」と片づけるわけにはゆきません。大学出のブルジョワ令嬢がしっかり者の母親のいる田舎の家に嫁いだらどうなるか、という切実な話として私はとらえています。

ありがたきもの、舅にほめらるる婿、姑に思わるる嫁の君。

『枕草子』の一節です。「ありがたきもの」とは「珍しいもの」という意味です。義理の親子の関係は、平安時代もスムーズにはいかなかったようです。

平安時代は皆さんもご存じのように、男が女のもとに通う「妻問婚《つまどいこん》」が主流でした。しかも「できちゃった婚」ではないけれど、先に「事ありき」。噂を聞きつけて男が忍んでゆく。文や歌のやりとりがあって、いざ結ばれたあとで結婚。三日夜《みかよ》の餅といって、三晩通い、三日目に餅を食べて披露するのです。ふつうは女がそのまま自分の両親の屋敷に住みつづけ、男が通って来るのですが、子供は男の姓を名乗ります。歳月を経たのちは、妻の両親が別のところに家を建てて移り住むか、夫婦が独立の住まいを設けるか、いずれにしても夫の親族と同居するということはなかったようです。

「家」が確立したのは、平安時代の後期だと言われています。その頃から家父長制度が広まり、先ほどお話しした戦国時代になると、女は家を守るための道具になってしまいました。もっとも、これもある階級以上の場合ではありますが。

ともあれ、一夫多妻であり、女は男を待っているだけ。結婚自体があやふやで、両親が死んで夫が他の女に心を移してしまえば頼る者もなく、廃屋から餓死した女の骸《むくろ》が見つかったという話も珍しくなかったとか。一概に「妻問婚」がいいとは言えませんが、陰で愚痴の応酬があったとしても、舅姑と面と向かっていがみ合わないという意味では、まだましかもしれません。

家事の負担が大きいのは女です。親と同居するなら、夫より自分の両親と一緒のほうが気がねがいりませんね。そうは言っても、現代は少子化が進んでいるので、なかなか思うようにはゆきません。

私自身の結婚生活は親とは別居だったので、舅姑とトラブルらしいトラブルもなく、お互いに適度な距離を保って心地よく過ごすことができました。それでも、「うちにもらった嫁だから」と言われるとちょっとカチンときましたし、知らない先祖だらけの婚家のお墓へ入るのはいやだと思ったり、何事も自分の両親より夫の両親を優先しなければならないのは少々不満でした。

これは、舅や姑にではなく、「家」というものに私なりのこだわりがあったからかもしれません。私は離婚をしてしまいましたが、むしろ「○○家」という肩書きのなくなった今のほうが、舅や姑に親しみを感じています。今でも時おり顔を見にゆきます。とりとめのない雑談をして「じゃあそろそろ……」と腰を上げると、舅はりんごやらワインやら土産をかき集めてもたせてくれ、姑は車のところまで送って来て、涙ぐんで手を振ってくれます。縁あって一時でも家族であった人、そう思うと胸がいっぱいになります。

さて、私は江戸時代の「家」――「実体がないようでいて確固とした脅威」についても、『誰《た》そ彼《が》れ心中』という小説で書いています。御家人の家から格上の旗本の家へ嫁いだ年若い妻が、ある日ふと、夫が別人ではないかと疑いはじめます。誰にもわからない小さな違和感がふくらんで、それが大きな恐怖になってゆくのです。同じく不審の念を抱いた小者との倫《みち》ならぬ恋に奔り、次第に追いつめられてゆくのですが……。彼女が必死に逃れようとしたもの、それは「家の脅威」に他なりません。

この小説は『レベッカ』のようだと言われました。たしかに私もゴシックロマンを意識して書いていています。映画にもなったデュ・モーリアの『レベッカ』はご存じでしょうか。やはり婚家のおぞましい秘密におびえ、追いつめられてゆく新妻の物語です。

個人を家という大きな力が呑み込んでゆく――そこに恐怖の源があります。題名は忘れましたが、家族全員が狂気にとりつかれて、正常な子供が正常であるがゆえに殺されてしまうという寺山修司さんの怖いお芝居を、遠い昔に観たことがあります。すでに確立された夫の家（親族）の中に一人異質な人間が飛び込んでゆくというのは、多かれ少なかれ勇気のいることにはちがいありません。

私は時代小説を書く前に、テレビの台本を小説化する仕事をしていました。最多の十冊十五作を書かせていただいたのが向田邦子さんの台本です。向田さんの一番のテーマは家族の葛藤。このなかに『家族熱』という作品があります。頑固な祖父、独善的な夫、ことごとく反発する息子のいる男所帯へ後妻に入った女が主人公です。貧しい育ちで、身よりのない彼女は懸命に良妻・良母それに良い嫁を務めようとしますが、前妻の登場が発端でとうとう家を出てしまいます。自立しようとあえぎながら揺れ動く思い……。壊れかけた夫や夫の親族とのかかわりをどう修復してゆくか、最後は向田さんらしいほろ苦い幕切れですが、同じような悩みをお持ちの方にはぜひ一読をお勧めします。

宮尾登美子さんの『仁淀川』も、なじみのない農家へ嫁いだ女の苦難を描いて胸に迫ります。私小説だと言いますから、宮尾さんはのちに婚家を出てしまうのですが、この小説の中では他に生活手段もなく嫁として忍従の暮らしを強いられるのです。

離婚をするには、まず経済的に自立しなければなりません。それ以上に心の自立が必要です。家や夫の家族という枷《かせ》がないぶん頼るものもないわけで、私も離婚をするときは、大げさなようですが「独りで野垂れ死にする覚悟」をしたものです。清濁あわせ呑むだけの心意気がないと、結婚も離婚もうまくはゆきません。

これまで嫁の立場に立ってお話ししてきましたが、高齢化や少子化が進んだせいもあって、嫁の立場以上に舅姑の立場は難しくなっていると思います。郷里の母がよく話していますが、母のまわりには、息子や嫁にないがしろにされたり、絶縁されて孤独な暮らしをしているお年寄りがたくさんいるそうです。現代は家の脅威もなく、女も強くなって、状況が逆転しているのでしょう。それにはそれだけの理由があるのでしょうから、どちらが良い悪いとは言えませんが、舅姑に辛くあたる母の姿を見て育った子供はどんな大人になるのでしょうか。

明日は我が身。誰にも長所短所はあると心を鎮めて、やさしい気持ちで過ごしたいものです。藤沢周平さんの『花のあと』という短編集の中に、「寒い灯」という小説があります。姑にいじめぬかれて家を出た女が、女衒《ぜげん》に目をつけられた恐ろしさから家の灯が恋しくなる、「姑との争いぐらいはどうということもないじゃないか」とふっと思う――そんな心温まる話です。

他人と和やかに暮らす秘訣は許し合うことしかありません。互いの立場を認め合ってはじめて、夫の親族ともうまくやってゆけるのではないでしょうか。

（「婦人公論」二〇〇一年十二月二二日・二〇〇二年一月七日合併号）

父の「幸福の限界」

竹内《たけうち》希衣子《きえこ》
（フリーライター、作家・石川達三氏長女）

「家族」がぎゅっとつまった家で育った。

夫として、父として、家族を庇護《ひご》することに誠実かつ意欲的な人が毎日家にいるのだから、その濃密なことと言ったら。

主婦は食事どきには家にいるもの、子どもは夕方になったら家に帰るもの、といった束縛《そくばく》は数々あった。父が一日の仕事を終えて晩酌をする時間には家族は居間に集まってだんらんの時間を過ごす決まり。テレビがなかった時代、盃を傾ける父のごきげんにあわせてお説教調あり、昔話あり、子どもも〝肴《さかな》〟の一部なのだった。

私たち姉弟が小、中学生だった頃、夏は一家で海辺に滞在して泳ぎを教わった。冬は長野にでかけてスキー、日曜には時折一家でテニスやボウリングに出かけた。企画して実行に移すのは父で、実に熱心にことをはこんだ。子どもたちがそれぞれ友だちと出かけるようになって、家族ぐるみの遠出はそう長くは続かなかったが。

「百人一首」を習い、『藤村詩抄』の暗記を命じられ、『自然と人生』の感想文を書かされ――と、思えばなかなか忙しい父とのつきあいだった。

六歳で実母と死に別れ、大家族の中で育って、里子に出されたり戻《もど》されたり、家庭的に恵まれぬままに成長した父は、よい家庭を作りたい、家族を幸福にしたいという人一倍強い願望をもっていたと思う。

日本が戦争へとひた走っていた一九三六年に結婚し、三人の子どもを得て、家族を命の危険から護《まも》ろうとするのは当然だったたし、あの時代の男なら誰もが同じことを考えたことだろう。

敗戦でやっと平和が訪れ、長年思い描いた〝幸福な家庭〟を実現することに、父はまことに熱心に努《つと》めた。意欲的に、誠実に夫や父を努めたあまり、家づくりをした当の本人が、息抜きしたくなったのだろうか。

「誠実によって相手を拘束する、裏切ることとの出来ない誠実さのために窒息させられてきたのだ」(『幸福の限界』より)。

夫の誠実さを理解しつつ息苦しさにたまらず家を出る妻の心情を描いた作品に、父はちょっと自己をことよせたい気持ちがあったかもしれない。

それから家庭不在、葛藤の日々があって、その後に〝修復〟された家庭は、あたかも政権交代のごとく母主導にかわっていった。それは父の存在の変容でもあり、〝家族ぐるみ〟のルールはずっとゆるやかなものになってゆく。ほとんど戦後の社会的父権の衰えと同時進行で父と母の立場は逆転した。

誠実な結婚をして、真面目に子どもを育て、妻として母としての日々を生きることが女の幸福だ、と父は確信していた。多くの作品の中でそう断じているし、家族に対してもその確信はゆらぐことがなかった。

娘が大学でどんな男たちとつきあっているか、さりげない詮索《せんさく》は度々のこと。ジーンズをはくな、スカートをはけ、靴はヒールのあるものをはきなさい……と細々《こまごま》としたチェック。赤いセーターなど着ようものなら「なんだ、その消防自動車みたいな格好は」。朝の出がけの服装点検は父の美的感覚のものさしで測られた。女が丼《どんぶり》をかかえてものを食うのはみっともない。男に食事をおごられたらそれで終わりとはいかない……エトセトラ、エトセトラ。

大学を卒業して出版社に就職が決まった時「職業婦人になってどうする気だ」と反対された。どうする気というより経済的自立をしたかった。職場で結婚相手をみつけた時には「もっと広い世界で考えることは出来ないのかね」と真顔で聞かれた。

子どもが出来ても仕事をやめない私に、父から長い手紙が届いた。

「育児は片手間にできることではない、お前のやっていることは全部中途半端だ、真面目さに欠ける……」。当時ベストセラーだった『スポック博士の育児書』を信奉していた私は「赤ちゃんのそばにべったりいるのが必ずしもよい母とはいえません、赤ちゃんに愛情をもって接することが何より大切」などという博士の文章に赤い線をいっぱい引いて、付箋をはさみ父へ反論を送った。

以後、父は私に意見を言わなくなった。

病いがちで、思考のひろがりを失っていった父の晩年は孤独だった。年をとれば誰しも免れえないことだろうけれど、それをあきらめ、甘受している父の姿をみているのはつらかった。

『幸福の限界』を逸脱したところには破壊と堕落の世界と孤独の世界があると父は書いている。「女は孤独に耐えられない」から家出した妻は夫のもとに戻って、この小説は終わる。

孤独に耐えられないのは男ではないのか？　戻ったのは妻の優《やさ》しさ、ではなかったのだろうか、私にはそんなふうにも思えた。

誠実に築いた家庭から三人の子どもを巣立たせ、それなりの達成感と満足感を覚えつつも空の巣症候群と、より深い孤独の時を経《へ》て父は一生を終わった。亡くなる前夜、気管切開で口がきけない父の熱い手を一晩握りながら、心のうちでいろんなことを話しかけていた。「幸福の限界には満ち足りた孤独の世界がつながり、その先に死はあるのじゃないかな……」。答えは返ってこなかった。

父に逆《さか》らって、ゆるやかに連帯する家族、を思い描いた私は、しかし結局のところ父の庇護のなかで育てられ、はかない抵抗をしただけだったのだろうか。不本意なことなのだが、時折ふっと「父の声」が聞こえてきて、いまでもやっぱり抵抗していることがある。


（「文藝春秋」四月臨時増刊号）

別世界より

穂《ほ》村《むら》弘《ひろし》（歌人）

様々な携帯電話を手に行き交う人々をぼんやり眺めていて、この機械の出現以降、我々の暮らしから、待ち合わせをして「会えない」という体験が消えたことに気がついた。携帯電話さえあれば多少の行き違いがあっても大丈夫なのだ。改札の西口と東口を間違えて会えなかったという体験が昭和生まれの年寄りの口から語られ、それを若者たちが新鮮なエピソードとして受け止める日がもうじき来るのだろう。それにしても、待ち合わせで「会えない」ことのない世界とは、私が生まれ育った場所とはもはや別の世界だと思う。

私が子供の頃、パスタというものは日本にはなかった。スパゲッティはあったが、その種類はふたつに決まっていた。ひとつはナポリタン、もうひとつはミートソース。当時はアルデンテなどという概念はなかったから、伸びきった麵はいつもぶにゅぶにゅだった。私たちはそれを数少ない洋食（この言葉も聞かなくなった）のひとつとして、ありがたく食べたものだ。

だが、今、パスタ屋のメニューを開くと、そこにはスパゲッティ・カルボナーラ、ボンゴレ・ビアンコ、ペンネ・ボロネーゼ、タリアテッレ・ゴルゴンゾーラ、アーリエ・オーリオ・ペペロンチーノ、目がちかちかする。注文しようとすると舌が回らない。これでは一生かかっても、とても全部食べきれない（無理に食べなくてもいいのだが）。

それでも私はまだなんとかそれらの載ったメニューを解読して、自分の食べたいものを選ぶことができる。だが、親の世代になるともう無理だ。私の母親などメニューに向かって今にもごめんなさいと謝りそうである。お母さん、あなたは何にも悪いことはしてないんだから、タリアテッレやコンキリエに謝らなくてもいいんです。それにそいつらは日本語がわからないよ。

母親は紅茶とコーヒーを辛うじて区別することができる。だが、カフェオレになるともう駄目だ。理解できないのである。「カフェオレもあるよ?」と声をかけると怯えた目になってしまう。理解できないということは楽しめないということなのだ。そんな彼女を哀れに思いながら、私も最近スターバックス・コーヒーに入るとおどおどしてしまう。ホワイト・チョコレート・モカ・フラペチーノ、コロンビア・ナリニョ・スプレモ、これらは本当に飲み物なのか。コーヒーの仲間だって本当か。若者たちは自分がコロンビア・ナリニョ・スプレモを飲みたいことがどうしてわかるのか。嗚呼、こんな風にひとはいつかどこかで世界についてゆけなくなるものなのか。それが嫌なら、目をちかちかさせながら回らぬ舌を操ってそれらを注文し続けなくてはならないのか。「えーと、タリアテッレ・ゴルゴンゾーラとコロンビア・ナリニョ・スプレモをひとつずつ」、おお、云えた。云えたよ。

何年か前にカフェオレがカフェラテと云い換えられた辺りから、なんとなく嫌な予感がしていたのだ。「おまえ、本当はカフェオレだろう?」と問いかけても、手の中のカフェラテは無言のまま答えない。あれがすべての始まりだったのか。

カフェラテどころかカフェオレという言葉さえなく、誰もがおとなしく「ミルクコーヒー」を飲んでいた頃、小学生の私は友達と一緒に河原にヌードグラビアのついた雑誌を拾いに行ったものだった。何故、河原にそんなものが落ちていたのか、今考えてもよくわからない。もちろん川から流れ着いたわけではない。私たちは、河原の上の高速道路を走るトラックの運転手さんが要らなくなった雑誌を車の窓から捨てるのだ、と信じていて、いつも運転手さんに感謝していたのだが、改めて考えるとなんだか妙な話に思える。

当時のヌード写真はピンボケで、紙は粗悪で、印刷は粗末で、モデルは美人とは言い難く、その下着はもこもこだった。それらの要素が全て合わさると、なんというか、もの凄いものになるのだが、当時の私はそれを宝物のようにイズミヤのクッキー缶に貯めていた。

ところが今ではどうだ。ミヤザワリエやハヅキリオナのヘアヌード写真集が町の本屋で売られている。撮影はシノヤマキシン。下着だってすべすべだ。別世界である。私は興奮と幸福に震えながら、夢中でそれらを買い込んだ。全部もう一冊ずつ買ってあの頃の自分に贈ってやりたいと思う。タイムマシンに乗って、昭和四七年の相模原市相模台二丁目の社宅に行き、イズミヤの空き缶のなかに「サンタフェ」と「リオナ」をそっと入れてくるのである。学校から帰ってそれを発見した私は、どんなにかびっくりして、それから感激することだろう。その様子を想像して、今、別世界の〈私〉はうんうんと頷きながら微笑んでいる。


（「文藝春秋」八月号）

高円宮さまと「週刊朝日」

川村《かわむら》二郎《じろう》
（「週刊朝日」元編集長）

うかつなことに、高円宮さまの急逝を知ったのは、拙宅の留守電に入っていた指揮者、岩城宏之さんの伝言によってだった。平成十四年十一月二十一日深夜のことである。

岩城さんとは前の晩、その指揮で「オーケストラ・アンサンブル金沢」が演奏する武満徹さん（故人）の作品を聴き、それから親しい仲間で指揮者の古希を祝ってワインを空けた。その折、宮さまをお招きしなかったことを残念がる人たちがいた。宮さまが音楽を愛し、武満さん、岩城さんのファンであることはみな、知っていたからである。

思い返せば、このお三方を結びつけたのは、「週刊朝日」が二十年近く前、宮さまに原稿をお願いしたことがきっかけだった。

原稿料をご相談すると、

「それより、縄のれんでもどこでもいいです。川村さんたちがふだん飲みにいくところに連れていってください」

といわれ、ピアノバーにお連れした。

宮さまは聞きしに勝る酒豪だった。いくらグラスを重ねても姿勢は揺るぐことがなく、ニコニコしていらっしゃる。貴公子とはこういうものかと感じ入っていると、宮さまが電話に立たれた。ほどなくしてみえたのが、久子さまである。「ウィル・ユー・マリー・ミー?」「イエス」のお二人に、陽がさしたように店中が華やいだ。

ご結婚をされてからもおつき合いをいただき、食事などをご一緒することがあった。その席で編集部員の一人が、妃殿下にうっかり「奥さん」と話しかけた。

「奥さんは困りますね」

と宮さまに笑いながらたしなめられ、一同、恐縮したこともある。

あるとき、宮さまが「音楽家の方々のお話が聞きたい」といわれたので、本誌にエッセーを連載中の岩城さんにお頼いした。

岩城さんはさっそく仲間を自宅に招集してくれた。作曲家の黛敏郎さん（故人）、武満さん、一柳慧さん、石井真木さん（故人）といった方々である。

そこにご案内したのだが、夜のふけるのも忘れて音楽談義に花が咲き、全員がたちまち、フランクで凛《りん》とした宮さまのファンになった。

石井真木さんが初対面の僕を侍従と間違えたのは、この夜のこと。以来、岩城さんは僕を「侍従さん」といい、編集長になると、「侍従長」と呼ぶようになった。この話をお伝えすると、宮さまは声を上げてお笑いになった。

その後、岩城さんは「オーケストラ・アンサンブル金沢」を率いるようになる。宮さまはその

「名誉応援団長」を引き受けてくださった。

音楽会に何度かお伴したが、こちらがセキこみそうになると、ポケットからすっとノド飴を出される。

「僕らにとってこういうものは、常備品なんです」

というお話だった。

それにしても贅沢な一夜だった。宮さまを囲み、あれほどの音楽家が歓談するなどということは、それ以前もそれ以後も、聞いたことがない。

宮さまにとっても忘れがたい夜だったのだろう。お目にかかるたび、

「みなさんお忙しいでしょうが、次回は僕のところで語り合いましょう」

といわれていたことが、悲しく思い出される。


（「週刊朝日」十二月六日号）

薬屋の女房

田《た》所《どころ》勝《かつ》美《み》
（自営業）

本気が半分に冗談が半分なのでしょうが、私が風邪をひいたり、体調を崩したりすると他人様は「えっ、薬屋さんの奥さんでも病気になるの?」とおっしゃる。

ええ、ええ、薬屋であろうが、どんな名医であろうが、本人も家族も風邪もひけば、病にも罹ります。むしろ、皆様のご家庭よりも風邪のウィルスや病気の種が持ち込まれやすい環境にいて、お客様方の相手をしているわけですから、皆様よりはずっと頻繁に風邪や流行病を引き受けてしまいます。

「最近の若い者は礼儀を知らない」と大人達は、若者の言葉や行動に苦言を呈しますが、なんのなんの、こんな大人に限って、「ゴホン、ゴホン」とか「ハックション!」とかを連発して平気です。マスクどころか、手で口を被う仕種さえなさらない。ひどい方は、まともに私達に向かって咳やくしゃみを浴びせます。言いたくありませんが、このような方からいただいたお金、指先でチョンとつまんでレジの中に入れたくなります。その昔祖父は、汚れていたり、流行病のお客様から受け取ったりしたお札は、閉店してからコテをかけ、次の日の商売に使ったそうです。

そして、薬は売るほどありますから、「風邪かな」と思ったらすぐ一服飲んで、事なきを得ようと図ります。たいてい早めの一包で大事にはならないのですが、生身の悲しさ。いつもいつもうまく行くとは限りません。一年に一度くらいはしっかりと重い風邪を引きずり込んで、苦しく辛い思いを致します。

こんな時は知り合いのお店には買物に出向かないよう、注意します。うっかり大きなマスクをかけて出かけると「あれっ、奥さんも風邪ひいたの？　そりゃ大変。ちょうどいーい薬屋さん知ってるから紹介しようか？」とあっちからもこっちからも大きな声でからかわれる羽目になります。これでは薬屋の女房自ら「当薬局のかぜ薬、効き目なし」の大看板を掲げて宣伝して回るのと同じじゃありませんか。

お陰様でこの辺りでは古くて知られた薬屋ですから、親子三代にわたって遠くから来て下さる方、ご近所の方、ご年配の方、若い方、さまざまお見えになります。お話の内容も、病気の相談から病院の選び方、時には家庭内のゴタゴタまで、風呂敷を広げて下さる。

数年前の話になりますが、高校生の女の子が二人店に来て「最近太って来たので少し痩せたい。何か効果のある痩せ薬下さい」て言うんです。二人ともお母さんのお腹にいた頃から知っているのですが、どう眺めても「太い」のふの字も当てはまらぬ体形です。早速、薬屋のおばさんとして説教しました。

「○○ちゃんと△△ちゃん、いい娘さんになったねえー。ダイエットしたいらしいけど、少しも太ってなんか見えないよ。若い時に無理にダイエットしたら、生理が不順になったり体調崩したり、大変なんだよ。今のままで十分素敵だと思うよ。貴女方には今、痩せ薬なんていらないと思うよ」

ところが、です。そのうちの一人がクルリと私の方に向き直ると、「るせーんだよオー。あたしゃオバンの能書たれるの聞きに来たんじゃネェーンダ。痩せ薬欲しくって来ただけなんだよオー」と可愛い顔からは想像もつかぬドスの利いた声で凄んだんです。

ほんとに驚きました。すぐすぐご近所の娘さんで、何年か前、中学受験の時はわが家の娘が家庭教師をした子でしたから、私は耳を疑いました。こうなると私もこのまま引き下がるわけにはいきません。ぐいっと腹に力を入れて声を低く落とすと、

「オイ、オイ、あたしゃ確かに薬屋のオバンだよ。能書たれるの聞きに来たんじゃないてかい。結構だよ。でも、な。あんた達が聞きたくなくても、こっちが能書たれてヤリテーンダヨオー。今のあんた達にゃ、薬よりもオバンの能書の方がよっぽど効き目があると思うぜ。文句あんなら二人共、母さん連れて出なおして来なっ！」

まあ二人の吃驚した顔といったら、「どうも、スミマセン」と小さな声で謝るように言うと、そそくさと二人共帰って行きました。居合わせたお客様方が口々に「とんでもない娘達」「奥さんすごーい」「迫力あったわよ」。なんだかすっかり照れてしまいました。

この二人、その後も、化粧したり眉毛を落としたりしては、身体の臭いが消える薬が欲しいとか、あれが欲しい、これが欲しいとか、懲りずにやって来ていましたが、その度に「薬屋のオバン」に能書をたれられ、手ぶらで帰って行きました。今では共に、二十歳を過ぎて、本当にいい

娘さんになりました。

この二人のように、心のバランスが崩れかけていたり、うるおいが失われてしまった時には、一服の内服薬よりも薬屋のオバンの本気の一声が薬になる事もあるようです。

薬を買いに来て下さったはずなのに、嫁の悪口を言いたいだけ言って帰る姑さん。逆に姑の無理解をこぼして帰るお嫁さん。「あらそう、ふんふん、へえ、へえ」と三十分、一時間と聞いて差し上げるのも「いい薬」らしく、どちらも帰る頃にはスカッとした感じで別人のように穏やかな顔になって、ニコニコと立ち去られる。私も嬉しくなる。ただ、本物の薬が売れないのが玉にきずです。

本物の病や風邪薬のお客様の相手は薬剤師の主人に任せて、私はこれからもよろず相談引き受けの薬屋の女房に専念致しましょう、とゴキゲンになっていたら横から声あり。「うるさい口に貼る絆創膏、ない？」「……」

（「随筆春秋」第十七号）

澤田美喜氏と「戦争の落し子」たち

埴《はに》原《はら》和《かず》郎《ろう》
（東京大学名誉教授）

私が人類の進化に興味をもち、人類学の研究者を志したのは中学校の三年生、十五歳の時だった。以後こんにちまで、何とか少年時代の夢を追って来られたのは多くの恩師、先輩、同僚諸氏のお陰であることはいうまでもない。だが私にとって忘れられない人――というより人びと――は一群の子供たちであり、またたいへんな苦労を重ねつつ彼らを立派に育て上げた一人の婦人である。

出会いの場所は神奈川県大磯町のエリザベス・サンダース・ホーム。このホームは戦後の混乱期に日本婦人と米軍兵士との間に生まれ、「戦争の落し子」という不幸な運命を背負った子供たちの養育施設であり、その創設者は初代国連大使の澤田廉三氏夫人であり、三菱本家・岩崎久弥氏の長女でもあった澤田美喜氏（一九〇一―八〇）である。

一九五〇年の秋、当時学部学生であった私はこのホームを訪れた。その目的は単なる見学だったが、ホームの子供たちは黄色人種である日本人とアメリカ系の白人または黒人との混血第一代であり、しかも百人近くが集団で暮らしている。ホームの庭に立ち、また屋内に案内されて彼らを目の当たりにした私は強烈なショックを受けた。

混血第一代という世代は、人類学の研究にとってまことに貴重である。動物学では、異なる種類の雌雄が交配して初めて生まれる世代を雑種第一代というが、彼らは普通の子とは異なる遺伝子の組合せを持ち、それぞれの遺伝子の働きを知るうえで貴重な手がかりを与えてくれる。しかし人間でこれに相当する混血第一代の研究を組織的に行った例は世界的にも皆無といっていい。その理由は、人為的に混血児を作る実験ができないからである。もちろん、混血児そのものは多いので沢山の研究はある。だが大勢の混血第一代の子供を集団として研究することは、普通の状況ではまず不可能だろう。

そのときの私は、子供たちの可愛さと、「これこそ混血第一代の人間集団だ」という興奮が渦巻く中で、頭の中が思考停止の状態になってしまった。私は早速、同行された東京大学人類学教室の須田昭義教授にお願いし、また須田教授は園長の澤田美喜氏の同意を得て研究が開始された。私の研究テーマは「日米混血児における歯の人類学的研究」である。

以後十年以上にわたってこの研究は続けられた。毎月東京から大磯へ通い、一人一人が誕生した月と、半年ずれた月に合わせてデータを取るのである。こうすることによって、すべての子供について三歳、三・五歳、四歳、四・五歳というように、成長に合わせたデータが半年ごとに取れることになる。

大学院生となった私は、毎月の大磯通いが楽しくなった。調査の合間には子供たちと遊び、すっかり仲良しになったからである。彼らも周囲から隔離された生活をしているためか人なつこく、

「オ兄チャン先生」といってダッコやオンブをせがむ。

一方、大学に帰ってからは大量の歯の論文を読み、東大解剖学教室の藤田恒太郎教授の教えを乞い、さらに歯の石膏《せっこう》模型を整理してデータを取るなど、結構忙しい毎日を送っていた。こうして二年ほど後から、私は一連の論文を公表し始めた。

一九五九年を皮切りに、私はしばしば海外出張をするようになり、外国の大学で講義をすることも多くなった。依頼される講義テーマの多くは混血児を中心とする歯の人類学的研究であり、私が今までに発表した約百篇の論文のうち、ほぼ半数は歯の研究である。またホームで作った六百余の混血児の歯の石膏模型は、他に例を見ない貴重な研究資料として、現在も東京大学の総合研究博物館に保存されている。

このように、若き日の私はエリザベス・サンダース・ホームに通い続けたのだが、残念ながら澤田氏と個人的に接触する機会はほとんどなかった。しかし彼女が子供たちに対して厳しさと優しさを兼ね備えた教育をする現場に立ち会ったことは少なくない。

たとえば、幼い子供が泣きやまず保母さんが困っているようなとき、澤田氏が自分の人差し指を子供の唇に当て、厳しい声で「黙って！」というと不思議なほどピタリと泣きやむ。しかしその一瞬の後には満面の笑顔で子供を抱き上げて頬ずりしてやる。その光景を見た私は「これがヨーロッパ風のしつけか」と感心をし、数年後に生まれた自分の子にも〈澤田式教育法〉を取り入れたものである。

このような澤田氏の愛の懐に包まれて育った子供たちの中には、すでに五十歳を超えた人もいるはずである。その後の彼らの運命はさまざまであったろう。アメリカ市民となり、ベトナム戦争で戦死した子もいる。またアメリカで看護婦になった子、ブラジルで酪農を経営する子、日本でサラリーマン生活を送っている子……。いずれにしても、それぞれに重い運命を背負いながら健気《けなげ》に生きているにちがいない。

私にとって、澤田氏と彼女の「子供たち」は研究生活の端緒《たんちょ》を与えてくれた恩人であり、またとくに子供たちは青春の一時期をともに過ごした可愛い友人でもある。しかし残念ながら私は、彼らに感謝の気持ちを伝えるすべを知らない。ただ、彼らがその運命にくじけず、幸福な人生を送ってくれることを祈るのみである。

戦争直後の苦しい状況のさなか、カトリック信仰に基づいて偉大な社会事業を達成した故澤田美喜氏こそは、深い人間愛に満ち、かつ強靭《きょうじん》な意志でそれを体現した日本婦人として特筆されるべき人格と私は信じている。またその厳しくも愛に満ちた精神で育てられた「戦争の落し子」たちは、不幸な生い立ちながらも輝かしい光に包まれて成長したにちがいない。大磯の明るい太陽に輝くエリザベス・サンダース・ホームは、私の研究生活の出発点であると同時に、私の人生で忘れ得ぬ人びとの大いなる家でもあったのである。

（「文藝春秋」十二月臨時増刊号）

拝啓・初代・水谷八重子さま

水《みず》谷《たに》八《や》重《え》子《こ》
（女優）

拝啓……初代・水谷八重子さま……って、まるで赤の他人みたいだわよね。ね、今、妙に、しみじみと母娘で話ができたらなぁ……って思います。孤独感にさいなまれた……とか、芸に行き詰まりを感じた……とか、まったく、そんなんではまったくないんです。

去年はママの二十三回忌だったでしょう。四月の博多座の「滝の白糸」に、急に「初代・水谷八重子追善」ってタイトルが付いて大慌て。だって、それだけ責任が重いじゃありませんか。もしも、客席がガラガラだったりしたら、親の顔に泥を塗ることになるし、ひどいドヘタの白糸だったら、親不孝も甚だしい。

でも、不思議ね。「滝の白糸」を初めてやらせてもらったとき、本気で私、抵抗したわ。だって、初舞台の時に教えられた「役の気持ちになって行動しなさい」っていう教えと、すごい矛盾を感じたんですもの。

だってそうでしょう。生まれて初めて「男」を感じて忘れられずにいた人に、月明かりの河原で思いがけず再会する。彼の瞬きひとつ見過ごすものかって、じっと見つめたままになってしまうんだわ。それなのに、彼の煙管《きせる》を掃除してあげた後で「コヨリ」を二本も作って、それを絡めて、そっと占いをするんだという。

占いなんか、一人になったときにすればいい。今、彼が現実目の前にいる。瞳を凝らしてじっと見つめていたいって、白糸の私は思うのに、稽古の始めからうるさく教えようとしたわね。始めっから私も逆らった。

初日が開いた。

「良重はコヨリ作ってるかしら?」自分の弟子に見張らせた。

自分で綺麗なコヨリを何本も作っては、私の楽屋に届けさせた。

「作る風に見せて、すっとこのコヨリにすり替えるように」とイヤな役目を仰せつかった弟子が私に伝えた。「とんでもない。そんなことしたら白糸の気持ちになれなくなっちゃう」といって、即、突っ返した。

千秋楽までほぼ毎日、そんなやりとりを繰り返した。

とうとう、その一月、口をきかなかったわね。立派に私、逆らい通したわ。

次に白糸をやるチャンスが来たときには、もう、ママはいなかった。

不思議なものね。極め付きの白糸がいなくなっちゃった途端、何とかその白糸を残さなきゃって思ったのよ。

愛《いと》しい彼が余りにも眩しくて、煙管掃除が終わっても目を上げられないって気持ちになったの。

それで話をしながら、二本のコヨリが作れるようになりました。ええ、やっと。

それでも、すり替えだけは、どうしても出来ない私なんです。どうしてこうも芝居のウソがつけない私なんでしょう。なんて云ったら「ごまかすのも芸のうちよ」なんて返事が返ってきそう。そうなの。そんな返事をきいてみたいんです。

あれからもう、ずいぶん白糸をやってきたわ。やる度にママの白糸の呪縛《じゅばく》にあってしまう。ママの白糸って、高貴で、純血で、犯しがたいお姫様って感じなの。だから水芸のスーパースターなんだって思うと、私とは遠くかく離れた女性で、手も足も出なくなって固まってしまうの。

それが、入江たか子さんの無声映画「滝の白糸」を見たとき、すーっとママの呪縛から解放された気がしたの。白糸って、たかが旅芸人なんじゃない。お転婆で、ヤンチャで向う気が強くて、金遣いが荒くって……私と同じ女なんだわ、って急に自由になれたの。それで良いのよね？……なんてことを話してみたいのよ。

いっぱい話すチャンスがどっさりあったときには、私達っていっさい芝居の話をしなかった。お互いに照れくさかったんだと思うけど、私の方は「芝居終わって帰ってきたのにまた芝居の話されちゃたまんない」って思ったし、ママはたぶん話したいことが一杯あっても「良重に話したってどうせ未だ解らないでしょう」って口を噤《つぐ》んでたんだと思うわ。

勿体なかったなぁ。惜しかったなぁって後悔してます。

一〇年以上前だったかしら、白糸を川崎麻世さんとやることになって、急に「年」が気になっちゃいました。

彼は「スターライトエクスプレス」って大がかりなミュージカルで、スケートはいて颯爽と滑りながら唄ってカッコ良すぎたし、こんな世界の違う人と恋物語が成立するわけがないし、すごく私、年とって見えちまう。

松竹の永山会長にそのまま訴えた。

会長は大笑いして「大丈夫、君には腕がある」って取り合って貰えなかったわ。もういい、出たとこ勝負だって白紙になって向かったわ。麻世ちゃんはスックと大きくって、爽やかで、まるで違う星から降りてきたみたいだったの。そんな彼にひっぱられて、年……なんて考えもしなかった。たぶん、これね？　ママが二〇歳も歳の違う相手役と恋物語がやれた謎は……。当たってないかも知れないけど、その要素は絶対にあったはずよ。

現代ッ子の彼とやってると、煙管の掃除も追いつかないスピードで会話が進行していくの。演出の戌井《いぬい》（市郎）先生は「ゆっくり、ゆっくり」ってダメをお出しになったけど、とっても気持ちのいいリズムだったわ。

ただし、このテンポだと、コヨリをあと二本だなんてとうてい作れない。コヨリなしでどんどん二人は接近したわ。ママにもう一度逆らうつもりなんてまるで無いのよ。でも、このコヨリを無くしたことって、ママを否定したことになるのかしら？　新派の形を（もし形があるとしたら）破っちゃったことになるのかしら？

一昨年、国立劇場での相手役は、三津五郎襲名間近の八十助さんだった。歌舞伎の方とご一緒するんだから、昔の演出に戻そうと思ってやってみたんだけど、どうしてもコヨリを作る暇がない。作るためにはゆっくり間延びしてしゃべるしかない。そんな不自然なことって出来っこない。

ママ、これで良いんだと私は思うの。新派って、時代と共に変化しながらやってきてるんだと思うの。チンチン電車が新幹線のスピードで走ってこそ、新派なんじゃないのかしら？　新派のご先祖、川上音二郎さんだったら「何でも有り！」って云うと思うわ。

泉鏡花先生が「義血俠血」を書かれたのが一八九四年。翌年の一八九五年には川上音二郎さんが「滝の白糸」として初演。一九世紀のことでしょう？

一九七二年、ママの念願だった国立劇場にやっと新派が掛かって、この「滝の白糸」で、女が、女優が初めて国立の舞台を踏むことができた。これが二〇世紀。ママ考えられる？　私、二一世紀に初めて白糸をやった女優なんだわ。しかも、川上音二郎さんの生まれた家の隣の劇場で……。

それから七月には花柳章太郎先生の三十七回忌と一緒に追善して、九月は京都の南座で又、「滝の白糸」で追善して……。

ママ、私ね、二十三回忌まできっちり追善公演ができたんだから、私って結構、親孝行だなぁ……なんて思い上がっておりました。本当。これは本当に、ひどい思い上がりでした。

何とも不景気なこの御時世、ママの回忌があればこそ、新派公演が持てたんだってことがヨーックわかりました。一〇六年間演じ続けられた「滝の白糸」や「大尉の娘」「鶴八鶴次郎」そして「京舞」等、新派らしいレパートリーを並べることが出来たんですよね。

これからが踏ん張りどころなんですよね。

新派の芝居に込められた、明治の風俗、肌触り。大正、昭和の生活をしっかり生きて伝えなきゃ。死んでしまった美しい言葉を使って伝えなきゃ。チンチン電車のあの音を、新幹線のスピードで、次の世代に伝えなきゃ。

ね、ママ、こんな取り留めもない話、してみたいって思いませんか？

（「暮しの手帖」二―三月号）

水のありがたみ

橋本龍太郎《はしもとりゅうたろう》
（衆議院議員・元首相）

手術終了後、どれくらいで意識が回復したのか、自分ではもちろんわからない。あまりの苦しさ、特に止まらない咳にたまりかねて妻を起こした瞬間からの記憶は正確でないばかりか途切れ途切れ。

最後に水分を摂ったのがいつかを思い出してみると、妻を起こす前に咳を静めようと中国茶を口にしたのが最後。ほかの何事にもまして喉の渇きをなんとかしたいというのが、心臓手術後のいちばん最初のはっきりした感覚だった。

ようやく許されて小匙一杯の氷を口に含んだときの至福の一瞬、これは私の筆力ではとても表現できるものではない。

元気になった後、改めて妻に聞くと、心臓発作を起こし救急車が到着する直前、水が飲みたいと言い、妻が汲んでくれたものを口にしていたらしい。ただし、もうほとんど飲み込めなくなっていたようだ。

氷といって心に残っているのは、運輸大臣を務めていた冬、海上保安庁の諸君がアムール河の河口でできたという流氷を届けてくれたことがあった。当時、伊豆の大島は三原山の噴火のため全島避難が続いていた時期であり、海上保安庁も噴火の最中、島民の皆さんを無事避難させる作業をはじめいろいろな仕事に苦労していた。その流氷はそのまま冷蔵庫で保管し、噴火が収まり非常警戒態勢を解除した後、打ち上げに緊急対策本部の諸君と飲んだウイスキーの水割りに使わせてもらった。この氷も本当においしい氷だった。

手術の経過が順調で、水分制限も割合に短時間で済み、食事も外から好きな物を取って食べてよいという許可をいただき、氷に随喜の涙を流す時間は比較的少なかったが、その小匙一杯の氷があまりにおいしかったので、後日改めて調べてみたら、単に水道の水を冷蔵庫の製氷室で氷にしただけとわかった。しかし、そうと知らされても、心の中に刻み込まれた味わいとの落差になにか信じがたい思いだった。このごろおいしい水が貴重な世の中になってしまったが、普段から水に関しては気をつけていたつもりの私、えらいところで水のおいしさを再確認する羽目になってしまった。

僧帽弁閉鎖不全であることは以前から人間ドックの検査で指摘を受けており、昨夏くらいからは弁置換のための手術のタイミングを考えていた。それが急な発病のため否応なく手術を受け、結果的に不良部品を取り替えた今、むしろ元気になったような気がする。

それだけにたんたんと手術も受けたが、本音を言うと、もともと相当なタバコ好きの私にとっていちばんの気がかりはタバコを我慢できるだろうか？　ということだった。結果的には今日現在、もう一度吸いたいという誘惑には打ち勝っている。タバコを吸いたい思いより水が飲みたいという意識を我慢するのがあれほど苦しいとは考えていなかった。

水の誘惑をようやく乗り切って次に現れた克服すべき強敵が食い意地。主治医からいくら「外から好きな物をどうぞ」と言われても、自分が食べに出ていくことができない以上、誰かに頼んで買いにいってもらわなければならない。そのお弁当が病室に届いたときにまだそれを食べたいと思っているという保証もないし、中華ソバの出前を頼むわけにもいかない。

食事許可のでた最初の夜、ロースのとんかつが欲しいと喚いた私に、家族はもちろん病院のスタッフも「ロースなんてトンでもない、ヒレカツにしなさい」とまったく同情がない。必死の交渉でロースかつを認めさせたが結局くたびれて全部食べられず、挙句は貧血を起こす騒ぎとなった。

その上私は酒好き。とくに夕食に好きな物がでたとき、食事内容によってお酒の種類こそ異なるが、お酒が欲しい人種である。しかし、いくら頼んでも病院でお酒の許可が下りるわけがない。銀座でも何軒かのお店にご無理をお願いし、理由を説明して、酒がなくても我慢でき、お店の雰囲気が偲べるような差し入れを工夫していただいたが、やっぱりお酒が恋しかった。

その中で、大学時代の友人に〝かも南蛮〟が食べたいとぐずったところ、その男がまた、先輩でお蕎麦屋さんを開いておられる方に「龍太郎が病院で蕎麦を食べたがっているから協力してください」と頼み込み、病院の病室に必要な道具一式を運んで本当に〝かも南蛮〟を差し入れてくれた。持つべきものは友！　そしてよき先輩！　このコンビは大型の電磁プレート二組を同時に持ち込んだ結果、病室のヒューズを飛ばすという珍事まで引き起こしたが、蕎麦つゆのよい香りが病棟中に漂って、他の患者さんにつらい思いをさせてしまった。本当は、その〝かも南蛮〟自体、日本酒をちびりちびりとやりたくなるものだったのだが。

退院した直後は、妻と娘を護衛兵に恐る恐る飲み始めたが、今ではもうほとんど元に戻ったようだ。

文字どおり、下手の横好きの剣道も、手術後一〇〇日弱で少しずつ再開している。

「こういうことがずっとできなかったのが身体を壊した原因、週に一ぺんは剣道場に行かせろ」と秘書を脅迫し、幸い今のところはこの手口はうまくいっている。

手術後五ヵ月、国会も閉会になるし、少々乱暴な剣道の稽古もしているし、そろそろドック入りしてもう一度すべてをチェックしてもらい、保証書をもらって、改めて安心して心ゆくまでうまい日本酒を傾けたいと計画中の昨今である。

（「銀座百点」十月号）

イカの足三本

十勝花子《とかちはなこ》
（タレント）

「恵ちゃん紙芝居見に行こう」

毎週日曜日の一時頃になると、仲良しの美保ちゃんは私を迎えにやって来ました。小さな田舎町の鈴蘭通り。それは町一番の繁華街。薬屋さんとパチンコ店の間に、十字路があってそこが、私達の夢の劇場でした。

カチカチとおじさんが叩く拍子木の音。あっという間に二十人程の子供がやって来る。もちろんみんな知り合いばかり。十円を出すとペロペロなめる事のできる割ばしに付いたべっこう飴や、味のついたイカの足などをおじさんは呉れました。それが紙芝居を見るための入場券だったのです。入場券を買わずに紙芝居を見ようとする者は、

「こいつはただ見だ！」

と言って遠くへやらされたものでした。それが子供達のルールだったのです。近所に住む修君は、五歳になるかわいい男の子でした。お父さんが病気で亡くなって、お母さんと二人暮しでした。修君も紙芝居を見たかったのでしょうが、いつもお金を持って来る事はありませんでした。

一番後からそーっと覗こうとするのですが、いじ悪なガキ大将に、

「ただ見だ、ただ見だ」

と騒がれて、淋しく遠くからおじさんの声だけを聞き、私達の後姿をじっと見つめるだけでした。

ある日曜日の事です。いつもの様に広場に行ってみると、修君がまたやって来ました。いじめられても、いじめられても、修君は紙芝居が見たかったのでしょう。

たとえおじさんの声だけでも、修君は幸福だったのでしょう。と、そこへ一人の見た事もない男の子が修君に近づいて行きました。そしてなんと、手に持っていた味付きイカの足をひきちぎって、三本程彼に渡したのです。修君はびっくりしていましたがとても嬉しそうでした。そして右手に入場券をしっかりと握りしめ、

「ぼくはただ見じゃないんだよ」

と言わんばかりに、みんなに見える様にイカの足三本をしゃぶり始めました。他の子はとっくに食べてしまったのに、修君はイカの足がまっ白になっても、しゃぶり続けているだけでした。修君の救世主は、小さな彼を一番前に立たせて紙芝居を見せてあげたのでした。私と美保ちゃんは、とても恥かしい思いをしました。なぜイカの足を修君にあげなかったのだろうと、自分達をせめました。ガキ大将に、

「いいかっこをして」

と言われるのが、イヤだったのですが……。

もっと、もっと、勇気と優しさを持てば良かったと、心から反省しました。

修君の救世主は、鹿児島から転校して来た加藤隆君でした。西郷隆盛の隆を名前につけたと言うだけあって、行動力のある男らしい男の子でした。

その後毎回修君の手には、イカの足三本が握りしめられていました。

もう誰も修君をいじめる人はいませんでした。

それから二年後、カチカチという懐かしい拍子木の音は、静かに消え去りました。

時代はテレビへと移って行ったからです。テレビもなかったあの時代……。

紙芝居は子供達の社交場でした。そこで私は、修君とイカの足三本の素敵な出来事を見てしまったのです。

修君はどんな大人になっているのでしょうか……。

握りしめたイカの足の味をまだ覚えているでしょうか……。

そして楽しく見た紙芝居の事を、やさしい隆お兄ちゃんの事を、彼は思い出す事があるのでしょうか……。

小さな田舎町の鈴蘭通り、私はあの頃のあの路《みち》を一人でゆっくり、歩いてみたいと思うのです。

（「東京文芸」第十九号七月刊）

半日ラマダン

ゴンタ

田《た》辺《なべ》聖《せい》子《こ》
（作家）

もうずっと前だが、私はポパイと名付けた雑種の犬を飼っていた。これがいうことをきかないやんちゃ犬で、跳ねっかえりでケンカっ早い、しようのない雄犬であった。こういう性格を大阪では〈ゴンタ〉という。手のつけられぬ腕白者、などを〈ゴンタな奴ちゃ〉など。この言葉は大阪だけでなく、関西・四国あたりでも使うようである。歌舞伎の『義経千本桜』に出てくるならず者、〈いがみの権太〉から出たものだ。

ゴンタのポパイは、近所でも評判の悪餓鬼《がき》であった。近隣の飼犬はみな躾《しつ》けよろしく、品よく、良家の子女風であるのに、ウチのポー（ポパイの愛称である）ときたら、同類を見ると唸りかかって挑発し、恫喝する。いかにも野良出身という生れの悪さは争えなかった。しかしそこがまた、アホな子ほど可愛いという親馬鹿心理で、わが家ではそれなりに可愛がられていたのだ。ところが四歳になったばかりのとき、急病でぽっくり逝ってしまった。近所の美しきミセスが私におくやみをいってくださった。

〈ポパイちゃん、かわいそうでございましたわね、あのお若さで――。短く烈しく燃えた一生で

ございましたこと〉

そのとき、私がどう返事したのかおぼえていないが、小説家のお株を取られた、というショックだけは記憶にある。

ところで、なんでポーの話をしたかというと、〈ウチのおっちゃん〉なるものが亡くなって、私はこのおくやみを思い出したのである。夫《おっちゃん》は行年七十七、現代では天寿を完うした、といえる年齢で、ポーのように夭折とはいえない。しかも晩年は歩行も不自由だったから、〈短く烈しく燃えた一生〉という文学的表現は妥当ではない。にもかかわらず、彼の一生には〈ゴンタ〉的印象が濃厚で、〈短く烈しく燃えた〉花火的生涯（それが線香花火的、あるいはネズミ花火的であろうとも）というイメージが、私には退《の》かないのである。

〈アンタな〉と、知り合ったばかりのころ彼は私にいった。〈ワシと結婚したら、おもろい小説、書けまっせ。オナゴがひとりで、モチャモチャしてたかて小説なんか、おもろいのん、できるかい〉

ほっといて下さい、というところであった。女の小説書き（私ごとき、とても作家とはいえないだろう）でも、それなりに人生と人間について思いをめぐらし、文章を推敲《すいこう》し、こうでもないああでもない、と心血をそそいでいるのだ。それを、〈オナゴがひとりでモチャモチャしてる〉とは何だ。よっぽどの男尊女卑思想の持主だろう、と思った。薩摩隼人《はやと》には、その手の男が多い、という先入観が私にはある。いや、昭和四十年代の日本男は、どこ生れにしろ、その手のタイプが多かった。

しかしおっさんは執拗である。顔が合えばくどく。

〈小説は笑いながら書くもんやろ、一人では笑えまへんやろう、二人なりゃこそ、笑うこともできる、〝笑う門《かど》には小説きたる〟いうこっちゃ〉

など。佐々木邦や、井伏鱒二をめざしていた当時の私には、かなり魅力的な蕩《た》らしこみであった。

しかしいざ結婚してみると、たちまち卑近な日常生活の多事に押し流され、書くどころではなくなった。小学生三人、中学生一人の食事を供するだけでも大仕事で、湊川市場から山のように買物をしてきても、それは右から左へ、育ち盛りの少年少女の胃袋へ入ってしまう。学校行事、という苦役《くえき》もある。授業参観日などには、私は三つの教室を息せき切って走り廻っていた。二階に舅・姑、義弟義妹がいて、それに商売は皮膚科だから夏季の診療は繁忙をきわめ(これは私の手伝いを必要としないが)ともかく、寸隙《すんげき》をぬすんで書く、という状態。

よく逃げ出さなかったものだ。大体、私の結婚につき、男友達らは、〈すぐ別れよるやろ〉と賭けていた。一番多いのが一年以内、その次が半年、長くて〈三年やろ〉という奴《の》が一人、いた。私も、(いつでもやめたる)という気だった。といって家へ戻ってもお袋と共棲みという冴えない状況の上、お袋はかねて〈ご本人は百二十点やけど、四人の子持ち、なんて家庭環境は二十点や。どうせ帰ってくるのんやったら、戸籍汚さずそのままで〉――なんて揚言する、気の強い婆さんであった。

私はそんな識見もなく、ただただ多忙のため、入籍の手続きにいくヒマもなかったのだ。おっちゃんには〈ちゃんとしとけよ〉といわれていたものの。

それでいて、毎夜のように仕事を終えたあと、飲むひまはあった。時には近くの盛り場へいった。神戸の西、庶民の町・湊川新開地、「やぶ」のすし、「高田屋」のおでん、「天竜」の焼鳥、屋台の串カツ、みな安くて旨かった。

ことにおっちゃんご愛用の串カツ屋はよかった。屋台だから立ったまま、寒風吹きすさぶ中、コップの熱燗をきゅっとあおり、揚げたての串カツや玉葱フライの串をくわえる。〈お愛想！〉とおっちゃんがどなると、〈二千円！〉と返ってくる。屋台にいた働き人《ど》らしいおっさんが目を剝《む》き、〈こんなトコで二千円も使うやつ、あるけぇ！〉と怒り出したので、おかしかった思い出がある。おでん屋でも、銚子一本におでんを四つ五つ皿に入れてもらって、陶然となっている安サラリーマンでいっぱい、それで千円札で釣りのきた時代だった。庶民の町は廉《やす》かった。酒は甘口の〈金盃〉であった。働き人のまちでは甘口の酒がうけるそうである。

一緒に笑うのもさりながら、安酒を一緒に飲んでまわって、私はこの町にも、〈おっちゃん〉という中年男にも馴染んでいった。私がつきあっていた男の子は、たいてい同人雑誌仲間で、太宰が、フォークナーが、トーマス・マンが、安吾が、という若手ばかりであった。でなければ私にはちんぷんかんぷんの左翼文学を語る、新時代の若者たちだった。しかしおっちゃんの青春回顧談はまだ戦時中の硝煙の臭いがあった。鹿児島の下宿先へ奄美大島から親父がやってきた。折悪《あ》しく空襲。鹿児島の空襲は空からだけでなく、艦砲射撃も加わるから怖ろしい。医学生の彼と親父は必死で避難するが、あまりに敵機の襲来が早いため全くの身一つであった。そのとき、何を持って出たか、に人生的信念が問われると彼はいう。彼は学生らしく岩波文庫をズボンのポケットにねじこんで逃げた。親父は桐柾《きりまさ》の下駄、〈まっさらのヤツ〉だったという。この親父さんは大島紬の仲買人で、金廻りのよい遊び人であった。馴染みの女たちに桐柾の下駄をはいて恰好のよいところをみせようとしたのだ、という。

戦争はやっと終ったが、戦後の学生生活は悲惨だったと。種子《たね》島で砂糖を買い、それを加治木《が》で鰯に換え、鹿児島で米に換える。その金でまた砂糖を買う、という闇屋まがいのことをして、口を糊し、余力あれば学業に励んだ、と。学友の一人、沖永良部《おきのえらぶ》島へ砂糖を買いにいってる間、台風で船が出ず、新学期になっても帰れぬ奴がいた、皆で代返してやったが、そのうち、〈島で、可愛子ちゃんと仲ようなって帰れんらしい、という噂。それやったら、よけい代返したらな、いかん、と、皆で三か月ばかり凌《しの》いでやった。あるとき教授がニヤっとして、××は、毎日、声変りするなあ、といわれたがそれだけですんだ。――農家へアルバイトにいったが、よう食うので一日で断られた。町は焼野が原、あるのは桜島だけ。桜島は食われへんし、な〉――彼は鹿児島、私は大阪だが、共に焦土から出てきた同級生であったのだ。私の文学修業仲間はみな若かったので、私も一緒に若いように思い、現在位置の確認ができていなかった。私はおっちゃんと暮して、やっと自分も立派な〈女のおっさん〉であることを確認したわけである。ふわふわと生きていた私は、おっちゃんによって錘《おもり》がさがった思いをした。彼の〈おっさん〉風思考が私には面白くてたまらなかった。

しかし時に腹の立つこともある。〈女〉に関する思想は、旧幕時代の七去三従の教えからあまり変らない。私は妻というより飲み友達の〈女のおっさん〉であるから、〈まあ措《お》く〉として（どうせ今から矯正できない）しかし二人の娘は、職業を持つより、結婚して家庭に入り〈三従の人生〉を、と望んでいるらしかった。家にあっては親に、嫁しては夫に、老いては子に従う。……私は怒りで目の前が真っ暗になり、どなった。

〈とんでもないわ！　時勢おくれの偏屈のあほんだら！　目ェ噛んで鼻噛んで死んでまえ！　おっさんみたいなアホ、見たことないわ！〉どなるだけでは物足らず、私は手もとにあった（それでも瞬間的に撰り分けている）プラスチックのコップを彼に投げつけた。

私が逆上すると、彼はいよいよ平静になるのがクセで、平静になると、大きな図体で、髭の濃い、コワモテの刑事さん風の彼はいよいよ、とっつきにくい〈怖いおっちゃん〉的風貌になり、威厳ある口吻でうそぶく。

〈私は男にモノを投げるような女は嫌いです〉

私はすぐさま言い返す。〈あたいはな、〝男にモノを投げるような女は嫌いです〟という男がキライなんや！〉

浪花女に口で勝てると思《おも》とンのか、というところだった。

しかし彼の時代おくれ的女性観は、私の担当編集者の女性たちが、わが家を訪れるようになって一変した。りりしくて（三十年前、職場の第一線にいる女性編集者たちは、ほんとにそんな、けなげな感じがあった）美しく若々しい彼女らに魅了され、たちまち〈働く女性〉らのファンになり、味方になった。頑固なくせに、変り身も早いおっちゃんは、美人揃いの彼女らにぐにゃぐにゃになり、すこし知り合いになると、〈別室で特別に診察しましょう〉などといって彼女らを笑わせていた。

そのころから私の仕事も多忙になり、新聞連載が二本になった。たいてい社旗を立てたオートバイの原稿取りの少年が来るが（まだＦＡＸはなかった）時に担当の青年記者も来る。私の客用の部屋はないから、患者さん用の待合室にいる。ナースさんに〈次の方、どうぞ〉といわれ、〈いえ、ぼくは違うんです。原稿を頂きにあがった者ですが、いい折ですから、ついでにぼくの台湾禿げ、診《み》て頂けませんか〉かねがねおっちゃんは、知人と死にかけの人は診《み》ない、といっていたが、その青年が、〈いい折だからついでに、〉といった言葉尻を捉え、

〈治療というものはついでに、というもんではありません。アンタ、原稿をとりに来たんでしょ〉

〈ハイ〉

〈それなら、そっちに専心して下さい。いい折だからというような、杜撰《ずさん》な、横着な、心がけでは、なおるもんもなおりません〉――といわれました、と青年は私に笑いながら報告した。

彼の医業の腕前のほどをいう資格は私にないが、日常の中で、ぽろりと職場のことをいうときもあった。

〈医者は人を責めやすい立場やから、責めてはいかん〉〈何も言い返されへんような人に、ボロクソにいうてはいかん〉

私には、右の言葉は、若いときから大家族を養わざるを得なかった人生の自戒のようにも思えた。年の離れた弟妹の親代りでもあり、弟妹はさながら彼の長男・長女、というような間柄だっ

た。家族が一家の長たる彼を敬愛、信頼するのは非常なものだった。

それでは、どんなにリッパな大人《たいじん》かというと彼ほどヒトの影響をうけ易い男も稀ではないかしら。私が『女の長風呂』を出したのは昭和四十八年が初刊、「週刊文春」見開き二ページのエッセー、一年の約束が有難いことに、〈好評につき日延べ〉、とうとう十五年に及んだ。主人公の〈カモカのおっちゃん〉は私の創作のハズなのに、たまたま挿絵の高橋孟《もう》さんが、おっちゃんの顔をマンガ化されたため、おっちゃんイコール、カモカのおっちゃんと思われてしまった。彼はみずから暗示にかかったみたいで、次第に〈カモカのおっちゃん〉的風貌と挙措、発想を採用するようになり、私と彼とでそれを娯《たの》しみあうというのも面白かった。——いや、人生中歳にして、気の合う異性とめぐり合う、というのも、中年初老ニンゲンのこよないたのしみである。——とにかく、私たちはヒマさえあれば、おしゃべりにうつつをぬかしていた。それは共通の友人の情報、〈○○ちゃんがね……〉〈それは○○ちゃんらしい〉と、二人して○○ちゃんへの親愛度が増すような噂、〈人生って、所詮、こうこうだと思う〉という、懐抱する信念の披瀝《ひれき》、見解の相違をただす、いやもう時間がいくらあっても足らない。

いつだか、東京は山の上ホテルの旧館に泊っていたとき、自室でしゃべればいいものを、一階ロビーの奥でしゃべりこんでいた。ついにボーイさんがうやうやしく私たちに頼んだ。

〈おやすみになられますときは、このスイッチを押して下さいますか。そうしますと、ロビーの灯が消えます〉

私たちは深夜すぎてなお、しゃべりつづけていたのだった。

しかし私のほうも〈彼〉という〈万華鏡〉を手に入れて、光彩陸離《りくり》という世界を見た気がする。現実的生活者の中年男を人生の伴走者にしながら、これは何としたこと、私はかえって、大きい虹をつかんだ。——ホントは私は昔から〈夢みる夢子さん〉であったのが、それを、結婚という現実によって、あつかましくも、ほんとうに夢を手にしたのだ。

私はかねて〈匂いのいい恋愛小説〉を書きたかった。私はそのころ、フランソワーズ・サガンにあこがれ、かつ、大阪弁は恋愛小説にいちばん、ふさわしいと信じていたので、

（大阪弁で、サガンしよう！）

と意気ごんでいたのであった。

私は彼の、日常生活的現実主義的腕力に庇護されて、〈夢みる小説〉をいっぱい、書いた。

私は、うち割ったところを白状すると、現実無能力者であった。あるとき、知人から思わぬ高価な贈り物が届けられた。私はそれを嬉しがりながらも、

〈××さん、なんでこんなん、くれはってんやろ？〉

とひとりごとをいった。おっちゃんは新聞を読みつつ、

〈すべて贈り物というものには、裏がある。裏を見んといかん〉

という。私は陶器の飾り皿を裏返してみた。「メイド・イン・イタリー」とあるばかり。

〈お前はアホか〉

というのがおっちゃんの慨嘆であった。

〝おっちゃん語録〟をときどき思い出す。（もはや忘れているのも多いだろう）

しかしこのごろ、よく思い出すのは、おっちゃんとの〝神様《かみさん》〟問答である。神はいるか。神の教えは何か。腹の知れぬ神（運命、といいかえてもよい）に対応するには、人間はどうあらねばならぬか。

あるとき、何かのハナシのついでに彼は言い捨てた。

〈六十すぎたら、ワシが神サンじゃっ！〉

いまの私は、この宣言が気に入っている。

これは、おっちゃんが〈もうやりたい放題、いいたい放題、したるぞう〉という意気込みであろう。意気込みだけに終るのが私、ほんとにそうやって生き、いやなことは一つもせず（病気のリハビリなんかである）言いたい放題をいって、〈しゅっと消えた〉のが彼である。

〈しゅっ〉と消えるのもむつかしい。〈じゅくじゅく〉とみんなを泣かして消えるのはよくない。それは人魂《ひとだま》のしっぽ風である。彼は彗星《すいせい》風に〈しゅっ〉と消えたので、まあ、いい人生の終り方じゃないか、と思うゆえんだ。ポー的、ゴンタの一生と思うゆえんだ。

（「オール讀物」十二月号）

名医の中の名医

浅田孝彦《あさだたかひこ》
（テレビ朝日社友）

名医といわれて真先に頭に浮ぶのは、日本医師会の会長であった武見太郎。彼がボスとしてマスコミを賑わしていた時だからもう昔のことになるが、実業家のT女史からこんな話を聴かされたことがあるからだ。

そのT女史が肝臓を患い、ガンのおそれがあるから手術をしないと命にかかわると主治医に言い渡された。ところが入院などしていては会社が倒産しかねない。悩んだあげく、名医と言われていた武見太郎を知人に紹介してもらい、藁にでもすがる気持で診てもらうことにした。

ところが武見はT女史の病状をじっと聴いただけで診察らしいことは何一つせず「手術はしなくても治ります」と言ってくれたというのだ。

T女史が手術をしなかったのは言うまでもない。

「ね、これが本ものの名医よ。お礼に一〇万円包んで行ったんだけど、手術なんかしていたら費用だけでもその何倍。お礼が少なかったかなあって気にしてるの」

すっかり元気になったT女史のうれしそうな声が、今でも私の耳にしみついている。

そうは言われても、名医とはこんなものなのかという、いささか納得し難い思いがその時にはあった。だが今になって考えてみると、私にもそれに近い体験がなかった訳ではない。

鳩尾《みずおち》の辺りが時々痛むようになったのは、五十歳前後のことであろうか。痛みが消えたあとはケロリとしており、社の診療所で診てもらっても異状はないとのことで放っておいたのだが、五年十年と年が経つにつれて痛みの回数が増えてきた。それも決って深夜の激痛で、枕許のピースの缶を寝ぼけ眼で摑み取り、その上に腹這いになって堪えるほどの痛さだった。ところがそれもいつの間にかまどろみ、朝目が覚めると嘘のように治まっている。

そんな病状を聴いて、診療所の先生が、一度精密検査をしてもらいなさいと、御茶の水にあるJ病院のA先生を紹介してくれた。名医と言われていた大先生である。だが、何日間もかけての精密検査の結果は、どこも悪くはないとの診断であった。

不思議なことに、その診断を聴いてから、痛みは全く起らないようになった。「病は気から」とは、このことを言うのであろう。これこそ名医ではないか。

それから半年ほど後のこと。T病院の院長にお目にかかった機会にその体験を話したら、こんな答が返ってきた。

「痛かったのは、本当ですね」

「そりゃもう、激痛でした」

院長は暫く首をかしげていたが、

「悪くなかったら、痛くはなりません」

不思議にと言っていいかどうかはともかく、その数日後から再び激痛に襲われるようになったのである。

週に一度だったのが二度になり、やがて寝る前に今夜は痛くなるという予感が当るようになった。この院長のほうが、さらに名医だったのだ。

これ以上痛くなってはと、院長に頼んでT病院に入院することにした。レントゲン撮影やエコーなど型どおりの精密検査が続き、最後はMRI（磁気共鳴断層装置）による画像撮影。その結果下された病名が「総胆管結石」であった。胆のうの中にあった結石が輸胆管に詰まった病気である。見せてもらったレントゲン写真には、胸骨の右下に結石の白い影が写っていた。

治すには、この石を取り除くほかはない。それには、切開手術で摘出するか、口から内視鏡のファイバー・スコープを差し込んで抜き取るか、二つの方法があるという。そこで、私は後者を選んだ。

一度で抜き取れると単純に考えていたのだが、いざとなると、輸胆管が十二指腸に開口している部分を抜摘し易いようにあらかじめ切開しておかねばならず、太い管を三度も呑みこまされることになったが、四度目にやっと引っ張り出せた。詰っていたのは拇指の先ほどの、茶色い石だった。

一ケ月近くもこんなことを繰り返している間に、現代の名医は人間ではなく、最新の医学ではないのかという気になってきた。

その時から既に十五年。寝込むどころか風邪ひとつひかずに七十八歳の今日まで生きのびて来たのだが、その間に私の名医に対する定義がまた変ってきた。

《最高の名医は自分自身である》

思い上った考え方であるかもしれないが、八年前に妻に先立たれ、息子たちも家を離れて独り暮しをしている私にとって、今ではそれは確信に近いものになっている。

医学がいかに進歩しようとも、人間の体ほど精密にできているものはない。肉体には、その命を守るための最高のシステムが備わっているのである。その機能は、最新のコンピュータでも、足もとにも及ぶまい。人間に限らずすべての生命体には、己の命を守るための自衛力が生れながらにして備わっているのだ。

痛みは、ここが悪いという信号である。疲れたというのは、無理をするなという予告である。熱が出るのは、治すための自己防衛であろう。○○が食べたい、△△が旨いというのは、その食品に含まれている栄養素を補うための体の欲求である。にもかかわらず、現代人は医療に頼りすぎてはいまいか。医療は自己治癒力の補助でしかない筈だ。野生の動物は、医者などにかからずに生き抜いているではないか。これが自然の摂理である。人間はそれほど必要でもない薬をのみ続けて、自己の免疫力を弱めていることもあるような気がする。

だからと言って私は、現代の医療を否定しているのではない。大きな怪我はむろんのこと、自己の治癒力を超えている病もあろう。ガンもそのひとつである。医学はさらに進歩してほしい。

最近セルフ・メディケーション（自己治療）という言葉をマスコミでもよく見かけるようになった。むやみに病院に依存せず、医師が診断しなくても治る軽医療の分野で、できるだけ自己責任で治すという考え方に基くものだ。私の思いが裏付けられたとも言える、ただその裏に、国民医療費の軽減を名目に、ドラッグ・ストアや大衆薬メーカーが売り上げを伸ばしたいという本音が見えかくれしているのが気になるが……。

とにかく《最高の名医は自分自身である》ことを信じて、これからも無理をすることなく、自然に生きていくことにしよう。人間の体はそのように造られているのだから。

（「凩の声」第四十七号六月二十九日刊）

いやー、役に立つものです

鹿島《かしま》茂《しげる》
（フランス文学者）

大読書家として知られるサミュエル・ジョンソン博士に、あるときエルフィンストンという人物が、これこれの本はお読みになられたかとたずねた。ジョンソン博士が「ちょっとだけ目を通した」と答えると、エルフィンストンは「なんですって、まだ読み通してはおられない？」と呆れた顔をした。すると、ジョンソン博士はぶっきら棒にこう言い放った。「まだ、読んでいない。ところで君は本を最後まで読むのかね？」（ボズウェル『ジョンソン博士の言葉』中野好之編訳）

この逸話は、あの猛烈きわまりない読書家のジョンソン博士でさえ、全部の本を最後まで読み通すことはないという事実を教えてくれる。つまり、一番良いのはたしかに本を最後まで読み通すことだが、しかし、それができない場合には、途中まで読んだり、あるいは飛ばし読みしたりしてでも、読まないよりは読んだほうが良いのである。

では、なぜ部分的にでも本を読んだほうが良いのか？　それは、単純なことで、読書というのは、他の行為、たとえば会話などに比べてはるかに効率的だからである。

同じくジョンソン博士によるならば、会話を通してでもある程度の知識は得られるが、それはあくまで断片的なものにすぎないという。

「会話では決して体系が得られない。或る事柄についての見解は、百人もの人間から集約さるべきだ。一人の者がこうして獲得する真理の一面はそれぞれ互いに掛け離れているから、彼は決して全体を見渡せない」(同書)

対するに、書物というものは、どんなものでも、ある種の抽象化、一般化が行われているから、さまざまな事象に応用可能な一般原理をいきなり教えてくれる。つまり、いたって効率的なのである。

「基礎は必ずや（と彼は言った）読書になければならない」

しかし、ジョンソン博士の言う通りだとしても、われわれの記憶力というのははなはだ頼りないものであるから、せっかく基礎を身につけたと思ったこともすぐに忘れてしまう。

これを防ぐにはどうするか？　読書日記をつけ、どこでもいいから心に響いた箇所を引用しておき、折りに触れてこれを読み返すことである。こうしておくと、ただ漫然と読書しているよりも、記憶への定着率がはるかによくなるし、その書物への理解も深まる。ついでに、本と出会ったときの状況なども書き込んでおくと、備忘録の代わりにもなる。

それどころか、なんとも不思議なことだが、さらなる読書への意欲が湧いてくる。つまり、読書日記をつけたいから読書をするという倒錯も起こってくるのである。この倒錯は決して悪い倒錯ではない。

ただし、読書日記をつける場合は、ひとつだけ、厳に戒めなければならないことがある。それは、ぜったい無理をしないことである。最初から、きっちりとした書評のような読書日記をつけようとすると、それが苦痛になってきて、途中で挫折してしまうことになりかねない。この本末転倒は悪い本末転倒である。その結果、読書すらもいやになるから、元も子もない。

反対に、継続することだけを考え、最小限の情報と短い引用だけの読書日記を気軽な気持ちでつけていくと、そこから、コレクションをするのに似た、別次元の喜びも起こってくる。この作家の作品を二つ読んだから、三部作の残り一つも読みたいとか、このジャンルの本は一通り読み尽くしたから、別のジャンルに移行してみるか、というように、ある種の体系性が生まれ、ひいては批評眼も養われてくる。

これらは、すべて、読書日記の継続によって「量的」な読書の習慣がついたことから派生する功徳である。この「量」を確保するには、まず気軽な気持ちで本に接し、断片的だろうとなんだろうと、自分が読書したというしるしを書き留めておくことが必要なのだ。

ジョンソン博士も言うように、なにも本を最後まできっちりと読む必要はない。それよりも、どんなかたちであれ、その本がなにがしかの痕跡を自分に残したと感じるような工夫を講じることが大切なのだ。それには、著者名と題名、それに少しの引用、遭遇時情報などだけでも、とにかく読書日記をつけてみることが最も有効な方法なのである。

現に、いま、私は、一九九八年夏から二〇〇一年暮れまで、『週刊文春』に発表した三年分の「読書日記」を読み返しているところだが、記載された遭遇時情報と引用のおかげで、読書したときの印象がまざまざとよみがえってくるのを感じる。

読書日記、いやー、これは思いのほか、役に立つものですね。

（「本の話」十一月号）

卑怯を憎む　父・新田次郎と武士道精神

藤《ふじ》原《わら》正《まさ》彦《ひこ》
（お茶の水女子大学教授）

父に張りとばされた記憶がない。三人兄妹の中でとりわけいたずらだった私がぶたれなかったのだから、兄と妹もぶたれなかったはずである。子どもを一度もぶたない明治生まれの父親、というのはむろん珍しいに違いない。

そんな父が私の記憶の中で、「厳しい父」と「優しい父」の半々となっているのは不思議である。父が自分の価値観を毅然《きぜん》と教えこんだから、「厳しい父」があるのだろう。

父の価値観の中枢にあったのは、武士道精神ではなかったかと思う。諏訪《すわ》高島藩の武士、といっても最下級の足軽、であった藤原家は、江戸時代、戦争のない時は、従ってほとんど常に、高島城から一里ほど離れた山里で百姓をしていた。戦ったのは幕末の一八六四年、武田耕雲斎ひきいる水戸天狗党が尊皇攘夷を掲げ中山道を西上した折、下諏訪の和田峠で高島藩が迎えうった時のみである。この戦闘で、父の曾祖父が天狗党の有力武将を弓で射ったのだが、何某が功を横取りした、とさも口惜《くや》しそうに父が語るのを幾度も耳にした。

明治以降も大概百姓をしていたから、実質的に藤原家は百姓なのだが、勇敢に戦った武士でもあること、およびその気概を子どもに伝えたかったのだろう。同じ趣旨で、実家にある三畳の「切腹の間」についてもよく話してくれた。武士の名誉に反する行為をした時に切腹するためのものだが、一度も用いられなかったらしい。

九人兄妹の次男だった父は、幼い頃なぜか父の祖父に目をかけられ、松本市の助役をしていた時は松本で、上諏訪で町長をしていた時は上諏訪で、というぐあいに祖父母の下で育てられた。父には百姓をしていた父母よりも、幕末生まれのこの祖父の影響が大きい。

父の価値観の筆頭は「卑怯を憎む」だった。母が常に喧嘩を制止したのに比べ、父は喧嘩を教材として卑怯を教えた。

私が妹をぶんなぐると、母は頭ごなしに私を叱りつけたが、父はしばらくしてから、「男が女をなぐるのは理由の如何《いかん》を問わず卑怯だ」とか「大きい者が小さい者をなぐるのは卑怯だ」などと諭《さと》した。兄と庭先で喧嘩となり、カッとなった私がそばの棒切れをつかんだ時は、「喧嘩で武器を手にするのは文句なしの卑怯だ」と静かに言った。卑怯とは、生きるに値しない、というほどの重さがあった。学校でのいじめを報告すると、「大勢で一人をやっつけるのはこの上ない卑怯だ」とか「弱い者がいじめられていたら身を挺《てい》してでも助けろ。見て見ぬふりをするのは卑怯だ」と言った。

小学校五年生の時、市会議員の息子でガキ大将のKが、ささいなことで貧しい家庭のひ弱なTを殴った。直ちに私がKにおどりかかって引きずり倒した、と報告した時など、父は相好《そうごう》を崩して喜び、「よし、弱い者を救ったんだな」と私の頭を何度もなでてくれた。

このような事件が起きるたびに、私は父に微に入り細を穿《うが》って報告した。父は、私が啖呵を切る場面では唇をきっと固く閉じ、相手に飛びかかるところでは自分が飛びかかるように目をむいた。相手が降参し謝る段になると、さもうれしそうに笑い、「そうか、よくやった」とほめてくれた。

こんな時、母は横から「何を正義の味方づらしているのよ、バカね。暴力を用いたりして相手に怪我でもさせたらどうするのよ。果物を持って謝りに行くのはもうごめんですからね」と言った。そして「お父さんもお父さんですよ。そんなことをそそのかして、正彦が暴力息子としてマークされたらどんな内申を書かれるか分かったものじゃないわ」と付け加えた。私は国立大学の附属中学を受験することになっていた。

父は苦虫を嚙みつぶしたような表情で黙るのが常だった。ほんの時折、父が反撃し、母と口論になった。「どんな損をしてでも正義を貫く、というのは気高《けだか》い行為だよ」「そんなこと言ってるからいつまでたっても課長にもなれないじゃないの」「お前のような山裏のアンネさ（姉ちゃん）には分からないことだ」。父の郷里は城下町から一里、母の方は隣町から三里である。そのため後者は諏訪地方で低く見られていた。田舎が「ど田舎」を嗤《わら》っていたのである。これが出ると必ず母が激昂《げきこう》した。手許にある箸《はし》やら新聞雑誌類を父に投げつける、という所まで行かねばおさまらなかった。

父は卑怯の他に、勇気と忍耐も教えた。父の祖父は、六歳の父に、一里もある夜道を町まで灯油を買いに行かせたという。提灯《ちょうちん》一つで歩く山道は、キツネが出たりしてとても怖かったらしい。当夜の分くらいはあるのに祖父は武士教育としてわざわざ行かせたらしい。

私もよく使い走りを夜にさせられた。深夜に外で物音がしたりすると、「見てこい」ともよく言われた。夜でなくとも手伝いをさせられた。風呂のために井戸水を屋根上のドラムかんに汲み上げるのは小学生の私にとって重労働だった。太陽光で水を温めるのである。水道料金と石炭代を倹約するためであった。どんなに疲れていてもさせられた。反抗期に入った私が文句を言っても、「命令は命令だ」と取り合わなかった。珍味美味のものが手に入ると、父がまず口にした。「不公平」と子ども達が口をとがらせると、母が「子どもなんて物の数に入りません」と必ず父を擁護《ようご》した。

我が家では親子は、昨今流行の友達関係でなく、完全な上下関係だった。母が様々な日常の出来事に応じ善悪を示したのに対し、父はそれらを統合する価値観を教えた。それは上からの押しつけであった。私はいま押しつけられてよかったと思っている。押しつけられたものを自らの価値観としてとりこむにせよ、反発して新しいものを探すにせよ、あらかじめ何か価値観を与えられない限り、子どもは動きようがないからである。

曾祖父から父に継《つ》がれたものを、私は同じ方法で我が子に伝えようとしている。押しつけに対してしばしば抵抗されるが、父のように意に介さない。父親とは、死んでから感謝されるべきもの、と思っている。

（「文藝春秋」四月臨時増刊号）

モノのあり方

中島誠之助《なかじませいのすけ》
（古美術鑑定家）

もしも骨董の世界が、本物だけの公明正大な世界であったならば、おもしろくもおかしくもないし、これほど世間に話題を提供することも、ないのではないだろうか。

骨董の世界はモノの世界ではなく、きわめて人間臭いヒトの世界なので、さまざまな欲望がむきだしになって現れることがおおく、そのために、損得を忘れて純粋に骨董趣味に打ち込む数奇者のほうが、かえって変人扱いされがちなものである。

困ったことに骨董屋は、本当のことを得てしていわないものである。それは本物を見せられたときよりも、偽物を見せられたときの反応に、よけい現れるように思われる。

骨董屋サイドからいわせれば、本物を出されたときは気楽であり、たとえそれが安物であっても、どこか一ヶ所光るところを見つけて褒めてやればよいのである。もしそれが高価な目筋のよいものであればなおさらに、賞賛するすべにはことかかない。

ところが、これが偽物であった場合は、こうはいかない。真実を述べたがゆえに、怒りをかったり、恨まれることすらあるわけで、まして幸せにしている相手を傷つけたくないために「趣味の深いものですな」とか「時代ものですね」などと、曖昧な返答をして結論を出さず、上手にその場を逃げてしまう。

骨董の世界では、初めから人をだますために作られたものを、偽物にもおよばない最下級におき、嫌物《いやぶつ》と呼んでさげすんでいる。嫌物は、それをこしらえた人の化身であるために、そのもの自体に罪がある。それに対して偽物は、人の心が作り上げたもので、品物自体に罪はないといえる。

私が二十代だった修業時代のことである。先代の父とふたりして、郊外に住んでいる陶磁学者を訪ねたことがあった。感動的な情熱家であるこの人は、江戸時代中期の京焼の陶工である尾形乾山に私淑して、乾山の一大研究家であり、かつ大蒐集家でもあった。

茶人であった私の父も乾山の陶器が大好きで、空襲で焼いてしまった乾山の鉢のことを、生涯くやんでいたくらいであったから、この日はおおいに話がはずんだものだった。

押し入れから学者先生が、次々と自慢の乾山の蒐集品を取り出して、父の前に広げてみせる。手伝いの私は、おびただしい皿や鉢などの陶器を、次から次へと箱から出しては、又、しまう作業に追われていた。

父は次々と並べられる乾山の作品に、いたく感銘して「綺麗ですなあ」とか「珍しいですなあ」と語りかけ、先生の美意識の高さをたたえているのである。箱の後片付けに忙しい私も手を休めては、先生と父の「いいでしょう」「いいですなあ」のやりとりのたびに脇からのぞきこみ、乾山の美しさを知ろうと懸命になって、ふたりの会話に耳をすましたものであった。

先生の家を辞しての帰り道、父に「すごい乾山ですね」と語りかけたところ、父は怖い目付きでキッと私をにらみつけ「ぜんぶモノは悪い」とひとことといって、あとは口もきかずに足早に歩いて駅へ向かったのだった。

苦虫をかみつぶしたような父の横顔から、モノのあり方をズキンと心にたたき込まれた、忘れることのできない若き日の修業であった。

（中日劇場・中村玉緒特別公演「夢の淡雪」カタログ九月）

言葉のこと、さまざま

平《ひら》岩《いわ》弓《ゆみ》枝《え》
（作家）

正月、テレビの前にすわっていて、日本語から敬語がどんどん消えて行くと感じた。

皇室に対してもだが、目上の人、先生、先輩、親への言葉の使いわけが大混乱している。とりわけ気になったのが、言葉の訓練を受けている筈のアナウンサーが、使ってもよさそうなところで敬語を用いない点であった。

まるで敬語を毛嫌いしているか、恐怖感を持っているかのようで、それを聞いている中に、もしかしたら、と思い当ることが一つあった。

昭和三十年代のなかば頃からだったろうか。

料理番組か何かで、やたらと「お」をつける人がいて、それが物笑いの種にされていた。曰く、おバターにお胡椒、おヨーグルトにおケチャップ、お卵にお唐辛子といったあたりが標的にされて落語のまくらにも使われた。

何にでも「お」をつけるな。みっともない。「お」なんぞみんな取っ払っちまえというので、味噌取ってくれ、酢取ってくれ、鍋取ってくれ、け取ってくれ、といわれて、けとは何だ、桶ですといったような噺を従兄達が真似していたのを憶えている。

「おみおつけ」という言葉もその頃、よく例にとられた。「お」と「み」と「お」と三つも敬語がついている。たかが味噌の汁の分際でよくもそこまで成り上ってというわけでもないのだろうが、三つを除去するとつけになる。つけでは具合が悪いと考えたのか、いつの間にか「おみおつけ」とは誰も使わなくなって味噌汁という呼称のほうが市民権を得た。

食べ物の話の後にもって来るには、まことに憚《はばか》り多いが、数年前、私の友人の御母堂で当時九十歳の御高齢にもかかわらず、極めてお達者でどこへでもお一人で出かけられる方がデパートで店員に、

「はばかりはどちら」

と訊かれたら、一瞬の沈黙のあと、

「何にお使いになるものですか」

と反問された。御母堂が絶句なさったら、

「上司に訊いて来ます」

と姿を消した。当方、急を要するのでこれと思える方角へ走って行って首尾よくその所在を知り、ことなきを得たけれども、

「弓枝さん、この節、はばかりって死語になったのねえ」

と慨嘆された。思えば、はばかりどころか御不浄《ごふじょう》も死語だろうし、厠《かわや》や便所も存在が危くなっている。日本語として残っているのは、せいぜいお手洗いぐらいのもので、横文字全盛なのは衆

知の通りであろう。

かと思うと、昨年の春、知人がこんな話をしてくれた。

或る商店でスカーフを買うことになり、いろいろとえらんで一枚を決め、最後まで迷っていた一枚を、

「これも気に入っているけれど、今度は遠慮しておきましょう」

といったら、店員が、

「どうぞ御遠慮なさらず、こちらもよくお似合いでございますから……」

と応じたという。店員がその店の主人で、勧めたものが無料ならば話は別ですけどと知人は笑っていたが、日本語には実に巧みな使い分け方があるので、昔の日本人の大方はそれを自在に使いこなし、受け取る側も正確にその意とするところを判断していたのだとよくわかる。

結構という言葉、本来は構え作ることなんだそうだが、日常、使う場合は見事な、とか満足した状態が多いと思う。

「結構なお召し物ですね」

「お元気で結構です」

ところが、食べ物などを勧められて、

「とても結構ですよ」

といえば、おいしいという意味だし、

「もう結構です」

と応じれば、満腹だから結構で、いいかえるとやんわりした拒絶にも使う。使い分けは声の調子やちょっとした動作で一目瞭然だから便利な言葉だと思うのに、何故か日本語は難かしいという例にひかれたりしている。

古ぼけた話のついでにもう一つ。この節、耳ざわりな言葉の一つが「ゲットする」という奴。チケットをゲットしただの、入手し難いブランド品をゲットする方法だの、音声も品がないが、使い方も卑しげである。

こういう連中が万葉の古歌を直訳すると、

俺は安見児《やすみこ》をゲットしたぞ、みんながゲット出来ねえっていう安見児をゲットしたぜ

とでもいうのかと洒落にもならないことを思いついて、がっかりしている。

（「文藝春秋」三月号）

奇妙な男、石原莞爾

南條《なんじよう》範夫《のりお》
（作家）

昭和十年末、東大経済学部助手をしていた私は、突然、参謀本部に徴用《ちようよう》され、その外郭機関「M――」に於《お》いて調査立案の作業に従事せしめられた。約五年後、該機関は解体されたが、私は陸軍省嘱託として終戦迄《まで》、随時、中国大陸の東西南北各地に於てコキ使われた。

この間、板垣・東条・石原以下多くの軍人を知ったが、特に印象の深いのは石原莞爾《かんじ》である。

戦後、著名軍人について多くの評伝が刊行されたが、その中で断然多いのはこの石原に関するものだろう。私が読んだものだけでも十八冊に及ぶ。他に彼の著作選集十巻も出ている。東条も山本も板垣も遠く及ばない。何故、彼がこれほど多くの興味を人々に抱かせたのであろうか。

M――機関は、当時参謀本部作戦部長であった石原大佐の意図によって設置されたものであるが、彼は間もなく少将に進み、第一部長となった。この頃が彼の全盛時代だったろう。間もなく関東軍参謀副長として満州に転出、参謀長の東条と正面衝突して罷《や》めたことは周知のことであろう。

この直後、M――機関に於て石原に会ったことがある。彼は、満州に於ける軍人や悪徳商人の醜悪な動きについて話していたが、フッと言葉を途切らせ、暫《しばら》くじっと視線を宙の一点に止め沈痛な表情になって、呟《つぶや》いた。

――日本人というやつ――これは下品《げぼん》の民《たみ》だな、亡《ほろ》んでも仕方がないのかも知れん。

それは、満州について彼が抱いていたあまりにもロマンチックな、現実離れのした五族協和の夢を無惨に叩き落された怒りと絶望との咳《しわぶ》きであったのだろう。

石原はその後、舞鶴要塞司令官となり、ついで陸軍中将に昇進、第十六師団長になったが、翌十六年予備役に編入、郷里鶴岡に帰った。むろんこうして在野の一老軍人になった訳だが、その存在は東条内閣にとって最も不気味なものであったらしく、身辺には常に憲兵が眼を光らせており、事実上軟禁状態にあったと云ってよい。

この頃酒田に赴《おもむ》いてひそかに彼に会った腹心のS・M氏から聞いた話で、私の心に深く刻みつけられていることがある。

その時、石原は東条以下の軍部要人や政治家を悉《ことごと》く罵倒し続けていたが、そのうち、

――東条は結局、日本を滅茶苦茶にしてしまうだろう。そして誰もどうしようも無くなった時、私のところに何とかしてくれと持ち込んでくることになるのじゃないかな。それでもまあ、その時は、何とか引き受けてやらなきゃなるまいね。

と、当然のことのように言った。通常人なら、ただ茫然自失してしまっているような亡国寸前の状態を、石原ははっきり直視し、しかもその善後処理を引き受け得るのは自分しかないと思っているのだ。愕《おどろ》くべき激烈な自信である。しかもその後で、石原はさり気なく、つけ加えたとい

う。

――尤《もっと》もその時は、十中八九、私は暗殺されるだろうがね。

終戦後、昭和二十二年五月、極東軍事裁判の酒田臨時法廷が開かれることになった。病体の為出席不能の石原一人に対する証人尋問のための出張裁判に、判事・検事・弁護士・速記者・執行官・通訳・内外記者など総勢八十数名が特別列車で法廷となった酒田市商工会議所に来た。

石原は着古した軍服に古オーバーをひっかけ、病体のまま、青年たちの引くリヤカーに乗って、療養先の西山農場から二キロの道を酒田に向った。

石原は自ら戦争犯罪人と称していたが、マッカーサー司令部と極東裁判所は、石原を戦犯にしないようにつとめ、満州事変に関する極東裁判の証人として法廷に立たせたのだ。

石原が、戦争も大きな政治問題として争うべきだ、戦争に負けたからと云って卑屈になる理由は少しもない、という立場から、自ら戦犯として東京裁判を混乱させ進行不能にしてやろうと考えているのではないかと推測し、彼を戦犯として扱わず、満州事変に関する証人として処理しようとしたらしい。

石原はわざわざ酒田までやってきた検事団に対し、おれを戦犯に指名しろと居直って、痛快放胆な発言を続けたが、米軍は結局、彼の一身には手をつけなかった。

東条以下戦犯として処刑されたが、石原は昭和二十四年八月十五日午前四時五十五分、南無妙法蓮華経の響に包まれて、夫人以下の同志の見守る中に大往生を遂げた。

石原は自分自身の能力について絶大な自信を持っていた。他人からみれば傲慢と思われたのは当然である。彼自身もそれをよく知っていたが全く意に介さなかった。自分のやっていることが国家の為であると確信していたからだ。

彼は、地位・名誉・金の一切に対して極めて冷淡であった。生涯全く清廉潔白《せいれんけっぱく》、見事なほど貧乏生活を続けた。

彼にとって恐らく多くの軍人仲間は少々間の抜けた頭の悪い奴としか思われなかっただろう。だから遠慮なく罵倒し痛烈に批判した。彼の思考は飛躍と直感とによって動いたから、平面的思考に慣れた同僚先輩にとっては、しばしば狂人的だとさえ感じられた。

あいつにはとても敵《かな》わぬ、天才的な凄い奴だと云う愕きの声を挙げる者がある一方、忌々《いまいま》しい奴だ、人をバカにしやがって、と憤る者も多かった。俊敏鋭利に過ぎて、人を大きく包容《ほうよう》する度量に欠けていたことは確かだ。

石原を考えると私はいつも高杉晋作を連想する。高杉も亦《また》、俊敏に過ぎて人を小馬鹿にしたので人に愛されるよりも怖れられる方が多かった。然《しか》しこの二人は全く違った点もある。高杉は放《ほう》蕩無頼《とうぶらい》な生活を送ったが、石原は大尉時代に貰った妻を呆れるほど純粋に愛し続けた。それは、彼が若い時細君に送った手紙を読む機会があって知ったことだが、私はしばらく呆然としていたが、やがて迚《とて》も嬉しくなって微笑したことを覚えている。

（「文藝春秋」十二月臨時増刊号）

なかじきり

池《いけ》内《うち》紀《おさむ》（作家）

その朝、目が覚めると首が廻らなかった。廻そうとすると痛い。腕を突いたとたん、肩に劇痛が走って、はね起きた。

しばらく暗闇のなかでじっとしていた。夢を見てのことであり、まだ夢のなかにいるのではないかと思ったからだ。だが、夢ではない。窓の隙間から薄明かりがさしていた。夜明けが近い。もともと朝型の人間なので、ふだんどおり着換えにかかった。台所に下りてきて水を飲んだ。それから庭に面した居間で籐椅子にすわり、そろそろとわが身の状態を検査した。

まず首である。たしかに廻らないが、左に動かすぶんには何でもない。右にねじると痛いのだ。下を向くのはかまわないが仰向くと痛い。

左腕はなんともない。問題は右腕だ。指はきちんと動く。ただ右腕全体に脱力感があり、握力も落ちている。

時間を待って近所の整形外科へ出かけた。待合室にワンサと人がいて、すわるところがない。世の中に肩や腰や脚の痛い人がこんなにも多いことに気がついた。待合室に特徴がある。どことなくすんでいて灰色の感じ。着古した服、あるいは作業服にサンダルばき。「単純作業」といわれる仕事に従事している人が多いのだろう。おのずと「低所得者層」と分類される階層である。

「いやぁ、参っちゃったョ」

「さっぱり直ンないネ」

やりとりに独特の語調がある。わが身に照らして思いあたる。ペンでものを書く、そのくり返し。単純作業にちがいないし、注文がとだえたら収入ゼロだからリッパな低所得者層というものだ。

一時間あまり待って名前を呼ばれた。レントゲン写真、診察。首のすじがずれている。

「まず冷やして、それからあたためる」

「直りますか?」

おそるおそるたずねた。直ることは直るが、人それぞれで、一ヵ月の人もいれば一年の人もいる。

無口な医者で、言ったのはそれだけだった。無口というよりも、あとがつかえていて、いちいち相手をしていられないのだ。それに医学的には単純きわまる故障であって、説明するまでもないらしい。

首から肩を冷やし、湿布をした。お相撲さんに見かけるようなバカでかいしろもので、サロンパスのような特有の匂いがする。ときおり電車でこの匂いとぶつかって顔をしかめたものだが、自分が発散する身になるとは思わなかった。

生活が一変した。ペンが持てない。酒が飲めない。芝居に出かけてみたが、同じ姿勢で一時間といられず、途中で抜け出した。人と会えない。眠れない。痛みですぐに目がさめる。一日の大半を籐椅子にすわり、もっぱら庭をながめていた。小鳥がつぎつぎにやってくる。これみよがしに羽ばたいて、飛び去っていく。五体のままならない人間にあてつけているかのようだ。

あれこれ原因を考えた。コトが起きたのは四月半ばだが、三月の大半はドイツにいた。一週間ばかりの仕事をすませ、主に北から西を旅行していた。帰ってきたのが四月の初めである。飛行機を乗り継いで十五時間ばかり、すわりっぱなし。そのあとすぐに四国へ行った。たまっていた原稿をホテルで書いた。

無理があったのはあきらかだ。しかし、自分では無理をしているとは思わなかった。体力には自信があった。

「老《おい》は漸《ようや》く身に迫って来る」

なぜか鷗外のエッセイ「なかじきり」の冒頭を思い出した。当年、六十一歳。自分では半分がた世の中から身を引いたつもりでいた。そのはずだった。勤めがない。他人に気をつかうこともない。しているのはおおかた自分の好きなことだけ。

ただどこか余裕がなくなっていた。数年前から個人訳『カフカ小説全集』というのをつづけている。全六巻のうち五巻をすませた。最後の六巻目は七百頁ちかくある。あと十頁までにこぎつけていた。頁がへっていくのがうれしくて、自分ではそれと知らず、しゃかりきになっていなかったか？

そういえば月に一度は山へ出かけていたのに、この半年あまり山の空気を吸っていない。週に一度は夕方にフラリと近くの銭湯へ出かけていたのに、これもすっかりごぶさただ。自分ではそれと知らず、寸暇をおしむ生活スタイルになっていた。

病院通いは十日でやめた。冷やしたあと、あたためる。電気治療というもののむなしさがわかったからだ。それにせっかく痛みを代償にしている。これを機会に体をもっと知りたいと思った。友人の紹介で指圧に通いはじめた。正確にいうと足圧であって、足を使う。一回に一時間あまりかかるので、その間、この道のプロからいろいろ聞くことができる。

体が筋でできており、それがX型に交叉している。そんなこともはじめて知った。首と右肩の痛みは左足のつま先と無関係ではないのである。思えば当たり前のことなのだ。

医者は寝ちがいと言ったが、それだけでないことは本人によくわかっていた。原稿を書くようになって二十五年になる。おもえばその間、ずっと同じ姿勢ですごしてきた。十時間またそれ以上、すわりつづけていてもへこたれない。日ごろはノラクラしているのに、集中すると同じ十時間を三日、四日とつづける。さして苦とも思わなかった。

もはやその時期が終わったのだ。あきらかに体がそれを拒んでいる。もはや引き受けない。痛みのかたちで拒否する何かがおどり出た。

わが身が少しずつわかってきた。老がまさしく体内にいすわっている。しこり、かたまりになり、こわばりをつくっている。精神は目に見えないからごまかしがきくが、体はそうはいかない。

とすると体力があらわに見せたこの惨状を、精神がともにしていないと誰に保証できるだろう？鷗外はたしか「わたくしは何をもしていない。一閒人《かんじん》として生存している」を理想としつつ、生きているかぎり、理想どおりにならないのを口惜しがった。せめてもの言いわけに「なかじきり」を書いたらしい。

あの朝からひと月たった。いま首は自由に廻るし、右腕もほぼ不自由がなくなった。現にペンを握ってこの原稿を書いている。カレンダーのしるしもふえてきた。

だが、やはり何かがちがう。五体がままならなかった先だってと同じように、籐椅子にすわり、庭をながめているのが多くなった。気がつくと、つい右腕を撫でている。精神のこわばりぐあいを指ではかっているかのようだ。

（「新潮」七月号）

本の山から『発禁本』

城《しろ》山《やま》三《さぶ》郎《ろう》（作家）

「クリスマスになっても、正月が来ても、どこへも遊びに出かけず、本ばかり読んでいる。これでは、とても商家の後継ぎにはできん」

そんな風に両親は、長男である私を早くから見放して居り、おかげで、こちらは紆余曲折しながらも、好きな道を歩き続けてくることができた。

家内もそれを承知で結婚したのだが、ふえ続ける本の山には、さすがに悲鳴を上げた。そして、折にふれては、「何とかして」と哀訴。

その間にも、書棚から溢《あふ》れ、床に山脈をつくり、押入にも巣をつくる本、本、本。

このため、身内も同然であるはずの編集者までが、雑誌にのせた私の書斎のグラビア写真に、「チリ紙交換の倉庫か」とキャプションをつける有様。

家内も早速、呼応して、「何とかして！」。

しかし、「これこそ、宝の山」と、私はかぶりを振り続け、さらに買い続けた。

もちろん、読むのが追いつかず、本の多くは新刊のまま古本の様相を呈して行く。

ところが、ときどき、その「宝の山」の中の一冊に私の眼が輝き、休火山が活火山になる。

先日も、それが起った。眠りを覚まされたその本とは、城市郎著『発禁本』(桃源社)で、昭和四十年に購入していた。三十六年ぶりの御開帳である。

そこには、『蟹工船』はじめ発禁となった数々の本の素描と、発禁の理由や前後の模様などが書かれている。

それら発禁本は、左翼関係のいわゆる思想犯ものと、艶本に近くわいせつ罪的な扱いのものとの二種類に大別されるが、それにしても、「おや、また、どうしてこんな本まで」とつぶやきたくなる本が、次から次へと出てくる。

たとえば、谷崎潤一郎の『細雪』だが、「戦争傍観の態度が怪《け》しからん」「不謹慎」ということで、「中央公論」誌に二回発表された後は「掲載差し止め」となったばかりでなく、同じ雑誌に書いていた学者や評論家三人も連座させられる。

いやがらせというか、そういう形で谷崎にも雑誌発行者にも圧力がかけられた。

さらに、志賀直哉も。

「白樺」誌に発表した短篇、『濁った頭』は、あるキリスト信徒が手伝いに来ていた未亡人と関係して頭がおかしくなり、殺傷沙汰に及ぶという話だが、まず内務省に雑誌発行者が呼び出され、短篇集へ収録するに当たっては、部分的な削除を強いられた。

ごくふつうの青春小説ともいうべき石坂洋次郎の『若い人』もまた「皇室に対する不敬」ということで告発された。

東京へ修学旅行の際、皇居前で、「天皇は黄金の箸《はし》を使われるのか」「皇后とお二人の食事のときは、どんな話をなさるのか」と女学生たちが話し合ったという箇所が問題だ、と。

これは不起訴になったものの、作者の石坂洋次郎は、すでに予告まで出ていた朝日新聞連載小説から下ろされ、中学教師の職まで奪われてしまう。

中には立派な裁判官も居たのだが、いばるばかりで無教養というか、お粗末な係官も多く、艶《つや》物《もの》を書いた丸尾 長顕《ちょうけん》も呼び出された。

「十二単衣《ひとえ》の情事《いろごと》とは伊勢物語にもねえ図だなあ」

という作中人物のセリフが不敬罪容疑というのだ。

国文学の古典として有名な『伊勢物語』を、検閲官は『伊勢神宮物語』と受け取っていたためで、その説明をしても係官は聞き入れず、結局、丸尾は代案として『秋の夜長物語』という書名では、と申し出たところ、「それなら結構」と係官。

「実はそれは有名なワイ本ですよ」

丸尾は笑いをこらえて打ち明けたが、係官はその訂正で満足した由。

つまり、限られた法規を拡大解釈しての処罰が多かったが、いま審議中の「個人情報保護法案」は、人物について無許可の取材・執筆・発表を禁止するという全面的な言論弾圧法で、世界にも例の無い悪法。笑いなど消えてしまう世の中になりそうである。

（「小説新潮」一月号）

洋書店文化の黄昏《たそがれ》

奥《おく》本《もと》大《だい》三《さぶ》郎《ろう》
（仏文学者）

銀座に関して、近年いちばん惜しいと思ったのは、「イエナ洋書店」が店を閉めたことであった。

「あす十七日、私が勤める東京・銀座のイエナ洋書店が、五十一年余りの歴史に幕を下ろす……」

という、店長氏の文章を一月十六日の新聞で読んだときは、「えっ」と驚いた。添えられた写真に、ネクタイをきっちり締めたワイシャツ姿の、口をきゅっと結んだ筆者、武内武志氏が出ている。店でよく見かけたお顔である。

初めて私が洋書というものを買ったのは中学一年のとき、日本橋の「丸善」からであった。といっても店頭で選んで買ったのではない。大阪の田舎に住む中学生に、外国の本の買い方なんかわからないから、早稲田を出て父の会社に居た従兄に洋書のカタログというものをもらって、手紙を書いたのであった。この従兄は早稲田のいろいろな学科を転々としながら、学年を裏表、合計八年も丁寧になぞった人物で、読んだかどうかは知らないが本だけはよく買っていた。

中学一年になって英語の初歩を習った私は、英国の蝶のポケット図鑑を買って、知らない単語の海に乗り出したのであった。キプリングの『ジャングルブック』などもその後で取り寄せたけれど、こっちはまるで歯が立たなかった。それでも挿絵を見てキャプションを読み、本の匂いを嗅いだ。パラフィン紙のカヴァーで包んだ英国の本は、なんともいえぬ匂いがした。

カタログを見て本を買う、というのも楽しいけれど、実物が並んでいて直接手に取って見られるのはもっとありがたい。

東京の大学に入って、銀座で「イエナ」の店を知り、動植物の大型図鑑が豊富に揃えられているのを発見したときは、さすが東京、と思った。

熱帯の鳥や蝶、砂漠に棲む奇妙な甲虫などの美しい絵が入った本を見つけると、ポケットのお金を数えなおしてからレジに持って行った。バーゲンのときなぞはこれ以上持てない、というほど買ったこともある。

「イエナ」で待ち合わせをして、あまり正確すぎる時間に相手が来たので、本を見る暇がなくてむっとしたこともある。私のほうがもっと早く来ればよかったのだけれど。

パリに行って、「イエナ通り」などを通ると、銀座の書店のほうを想い出した。パリのほうは、ナポレオンが一八〇六年にイエナでプロイセン軍に大勝を収めたのを記念したものだろう、とよく調べもしないで想っているのだが、日本の本屋さんがなんでまた、ドイツの街の名なんかを付けたのかと、ときどき思わぬではなかった。しかし、まあ、お店の人に訊くほどのこともない。

それが、この書店の元の会社が、光学機器の輸入を手がけていたことから、あのレンズのカール・ツァイスの本家筋の会社の創業の地、イエナに因んだ、ということを、この新聞の文章で知った。

表現はあまりよくないけれど、お葬式の時の話で亡くなられた人のことをあらためてあれこれ知るようなもので、一種の手遅れというものである。

私が大学のフランス文学科に入った昭和四十年ごろ、フランスの文学書を取り揃えてある洋書店は東京にずいぶんたくさんあったようである。サルトルやボーヴォワール、カミュといった現代作家の新刊、旧刊のみならず、古典叢書も、書棚にいっぱい並んでいた。そのころが仏文科の全盛時代だったのかもしれない。方々の大学に仏文の学科、大学院が新設され、教師と学生が増えたのであった。独文のほうもご同様であったと思われる。

それが今は、丸善に行っても紀伊國屋に行っても、独、仏の文学書の売り場は極端に縮小されている。英文のほうは少しましというところだろうけれど、どこの大学でも英、独、仏の学科から「文学」の文字のはずされたところが多いようで、たとえばかくいう私の勤める埼玉大学でも、「フランス文化コース」というような名称になってしまっている。学生はなるべくなら原書は読みたくないらしく、文学は避けて映画やダンスなどを卒論のテーマに選びたがる傾向がある。洋書店に本を見に行くとか、古本屋を漁る学生は少ないし、第一、本は買わない。コンサートのチケット、CDなどは相当高くても買うくせに、千円以上の本なんか、死んでも買いたくない、という顔をする。

その一方で地下鉄内の広告などを見ると、結婚式場の広告とならんで英会話教室の宣伝が非常に多い。英語の本は読まないのに、外国人とぺらぺら喋るほうには興味があるのだろう。しかし流暢な発音で、いったいなにを話そうというのであろう。

もしその話の内容が、「カワイーイ」「ウソ、マジ?」に類するものならむしろ〝神秘的な東洋の微笑〟を浮かべて黙っていたほうが、まだしも奥ゆかしい、ということになる。異文化コミュニケーションとか会話能力とか大事そうにいうけれど、今の、見るからに安っぽい中学高校の英語の教科書などは、欧米人旅行者のためのガイド養成本のようであって、あちらさんのためにはずいぶん便利な教育をしている、という感じがしてならない。

今どきこんなことをいうと、いかにも時代に逆行しているように思われるだろうけれど、仏文とはいわないまでも、少しは英米の優れた文学作品も読ませないと、その文化に対する尊敬の念も湧いてこないのではないか、と思う。幼いときに暗誦して一生の宝になるような英詩とか名セリフ、名文を……と主張したいけれど、それがいかに現状とかけ離れているのか、ちょっと考えてみればわかることである。

なぜか、といえば、肝心の国語の教科書が優れた文章のアンソロジーとはほど遠いものになっているからである。中学教科書から漱石、鷗外の作品をはずすという。現場の先生自身にそれを教える国語力がなくなっているのだそうである。

その代わりに芸能人の手記などが増えている。その印税は芸能人本人にいくのか、それともゴースト・ライターのほうにいくのか、いっぺん訊いてみたい。

国全体としては、「構造改革」を急がねばならないのだろうけれど、教育が今のままでは、銀行の破綻などより、もっと哀しいことが起きるに違いない。洋書店がつぶれるのはインターネットのせいばかりではあるまい。

（「銀座百点」四月号）

最古で最新の手話を人類共通語に

志《し》賀《が》節《たかし》
（元環境庁長官）

ポーランドは強国ロシアとドイツに挟まれ、往復ビンタさながらに侵略侵入を繰り返されて、しばしば亡国の憂き目に遭った東欧の国だ。そこにユダヤ系の医師ザメンホフがいた。二千年来の悲境にあえぐ国家と国民を救うため、さらにはナチス時代以前にもあったユダヤ人に対する差別や迫害をなくすために、人類の共通語を創始して平和で明るい世界を招来しようとしたのがザメンホフだった。それが、エスペラントの誕生につながったことはいうまでもない。

全人類が共通の言語によって情報や意思の伝達が可能となることは、万人共有の願望だろう。災害から身を守りやすくなることも最大の利点である。

天変地異や戦争に際して最も被害を受けやすいのが、女子を含む社会的弱者だ。その打開策がないか、できれば社会的弱者であるがゆえに、かえって有利になる方策はないか、それが、長いあいだ私の懸案だった。全盲の学者・塙保己一が目の見える人を哀れんだという逸話はあまりにも有名だ。

それで心に浮かんだのが手話だった。最古で最新の言語。言語が体系として定まる前の原始時代、人類は身ぶり手ぶりで意思伝達をしたという意味で最古、公的に認知されるようになったのが近年という意味で最新、しかも音声を伴わないので発音下手の人にも好都合の言語だ。

これこそ至近距離にある人類共通語ではないか。鉄は熱いうちに打てという。最も新しいという点を生かして世界語にしよう。成功すれば、音声を伴う世界語形成や成立の先駆として大きく寄与するだろう。

小学生の時から英語を学ばせることは誤った言語教育だ。それでは日本語、英語ともに中途半端に終わるのが落ちだ。

まず日本語をとことん学ばせる。同時に手話を身につけさせて社会福祉に参加させ、新時代を築く自覚とともに国際人としての誇り高い若者を育てることだ。

これこそ万人納得のいくグローバリゼーションでなくて何であろう。


（「産経新聞」五月十七日付）

美しい邦題をふたたび

眞《ま》淵《ぶち》哲《さとし》
（宣伝アドバイザー・元シネマドゥシネマ代表）

映画の題名《タイトル》から日本語がドンドン消えている。「ロード・トゥ・パーディション」「アバウト・ア・ボーイ」「インソムニア」etc。何の情報もなしにこれだけを見るならば、どのジャンルの映画か分からない。題名の記号化が進んでいるのか。

かつてこういう時代があった。午後はさぼって映画でも観ようかと企んでいるセールスマンが、新聞の映画案内欄を開けば「暗黒の大統領カポネ」があり「ガンヒルの決闘」がある。ギャングものか西部劇か、どちらかに決めてやおら男が立ち上がる……。題名の効用とは実はこうしたところにある。しかし今、案内欄を見ても熱心な映画ファンでもない限り、その夥《おびただ》しいカタカナ題名の中から気楽な作品を見出すのは難しい。

映画少年の頃の夢だった「洋画会社の宣伝部」に職を得たのは七〇年のことだ。二十代も後半に入っていた。宣伝の熱い時代だった。映画会社は題名に凝り、その出来を競っていた。原題の方がよい時はそのままにするが、宣伝はまず「邦題」をつけるところから始まる。

私は戦前の題名、例えば「たそがれの維納《ウィーン》」や「鉄路の白薔薇」といった文芸的なものに魅かれていたから、自分もそんな題名《タイトル》をつけたいと考えていた。『車輪』という即物的な原題を「鉄路の白薔薇」とするセンスは、まるでポール・デルヴォーの絵を見るようだし、『仮面《マスカレード》』を「たそがれの維納」とする発想からはピアノ曲の小品を連想する。かくて、私は作品をヒットさせる前提として題名の案出に取り組んでいくことになった。

七二年「カーナル・ナレッジ」。直訳は性交という意味になる。監督は「卒業」のマイク・ニコルズだ。しかし、ここには「卒業」で愛を信じた若者はもういない。醒めた眼で現実を眺める二人の男、ジャック・ニコルソンとアーサー・ガーファンクルの性の渉猟が描かれる。手法的にいえば〝衝撃の問題作〟だから本質を提示してセンセーショナルに売っていくこともあり得た。しかしそれでは女性客が逃げてしまう。そのため、この鋭いテーマを柔らかい語感で打ち出す必要があった。

作品の終わり近くに、こういうシーンが用意されている。倨傲《きょごう》のニコルソン、優柔のガーファンクル、ひとしきりの女漁りのはてに、心の奥底に棲む孤独という病いに気づいてしまった彼らは冬の寒い夜、玲瓏としたニューヨークの大摩天楼を背景に涙ながらに語り合う。ついに満たされることのなかった、愛、その幻影について。ベトナム戦争で傷ついたアメリカ社会の心象風景がそれにオーバーラップする感動的なシーンだ。題名《タイトル》はここに潜んでいた。「愛の狩人」。興行は大ヒット。宣伝の輝ける勝利だった。封切後、ある家電メーカーから、テープレコーダーを発売するのだが、その宣伝コピイを〝音の狩人〟にしたいがよいか、という問い合わせがあったりした。

七五年リリアーナ・カバーニという女性監督の「ザ・ナイトポーター」。夜勤のホテルのフロント係（原題の意味）として世に隠れて暮す元ナチスの将校と、収容所で彼と倒錯した性関係にあった女性が冬のウィーンで偶然に再会する。あろうことか時を遡行して二人に青白い快楽の炎が燃えあがる……。重い雲の垂れこめた街、小さなホテル、ナチスの残影……見せ場はたっぷりだ。頽廃の色濃い作品だからデカダンス好きの人にはたまらない一篇だが売る方にとってこんなに難しい作品《シャシン》もまたない。

背徳の愛欲映画か、はたまたナチスの亡霊に翻弄される男と女の悲痛なドラマか。

でも私はヒロインの側から、愛の映画で売りたいと考えた。インモラルではあるがこれも愛だ。愛は幸福感だけではない。狂気、憎悪、悔恨、堕落、それらもまた愛の領域である——それが、「愛の嵐」という題名に結実する。主役のシャーロット・ランプリングはこれ以上ないという当り役でスターになったし、「愛の嵐」はその後も高い評価を受け、名作の殿堂入りを果たしている。公開後、有名歌手が同名の曲を持ち歌にしたり、テレビドラマなどでも「愛の嵐」を目にすることがある。そして、今でも、この題名が好きだと言ってくれる人がいる。

では、良い題名とは？　私はそれによって半分くらい物語が分るものがよいものだと思う。そんな見方でここ十年程に考えたいくつかを挙げてみると、「フランスの思い出」（表通り／カッコ内は原題の直訳。以下同）、「主婦マリーがしたこと」（女のひとつの事件）、「恋愛小説ができるまで」（慎み）、「BAR《バール》に灯ともる頃」（いま何時ですか?）、「コーリャ　愛のプラハ」（コーリャ）など。以上の作品を映画館《コヤ》でご覧下さった方々に感謝です。

分り易い邦題は観客の皆さんにとっては、観賞の初めの一歩になる。意味不明のカタカナを前にして立ち止まるようなことがあってはならない。興行としてより多くの観客増を望むならば、戦略としてもそれは大切なことだ。

（「文藝春秋」十二月号）

からだで味わう動物と情報を味わう人間

伏《ふし》木《き》 亨《とおる》
（京都大学教授）

おいしさといえば、もちろん舌の感覚だが、のどごしなんて言葉もあるから咽頭あたりの感覚まで含まれる。温度も重要である。大阪名物のたこ焼きはやけどするほど熱くなくてはおいしくないし、渇きを癒す夏のビールはよく冷えてなければいけない。

おいしさには鼻へ抜ける風味も大切だ。鼻をつまむと味が変わるばかりでなく、何を食べているのかわからなくなるものも多い。ぱりっとした漬け物の嚙みごたえは歯ぐきへの衝撃で、これもおいしい。弾力のあるスパゲティーが口の中で暴れるおいしさは口の中全体の物理的感触である。口の中の多くの感覚機能が、おいしさの解析に動員されている。

これだけでも、味わうというのはなかなか大層なことだと思わせるが、実はもっとダイナミックで複雑なものであることが明らかになってきた。おいしさは、からだでも味わっているのである。

もちろん、指先をスープにつっこんでおいしさを感じるなどという意味ではない。食べ物が消化吸収され、代謝される頃にはその栄養価が明らかになる。栄養素のバランスやカロリーなども情報となって脳に伝えられ、おいしさの判断や記憶に大きな影響を与えるのである。栄養価値の高いものをおいしく感じる。このおいしさは食べるという行為の本質に関わるものである。

おいしいのにカロリーがない脂肪を開発したい。菓子や食品企業の研究者の夢である。脂肪はコクがあって旨いが、カロリーが高いのが玉にキズである。カロリーなんか全く気にせず思う存分チョコレートやクリームを食べてみたい、と密かに願っている人は多いだろうけれどやっぱり無茶はできない。全くカロリーがなくてしかもおいしい脂肪が作れたら爆発的に売れるに違いない。それほど、切実な問題である。

世間には、カロリー半分以下のマヨネーズ（JAS規格ではマヨネーズとは呼ばない）やドレッシングなどが売られている。カロリーを低く抑えるのにはいろいろなテクニックがあるが、脂肪とよく似た食感の多糖類などで増量することによってカロリーが削減されている場合が多い。結構、おいしくて満足感がある。しかし、これとてカロリーがゼロというわけではない。半分である。欲張りな人はまだ満足していない。

食品中の脂肪は脂肪酸という分子が三つグリセロール分子に結合したものである。小腸の中でこの結合が切断されてから体内に吸収される。結合が切れなければ吸収されないからカロリーはない。ゼロである。この夢のような素材は実は米国の食品会社によって開発されている。米国の一部の州では、ポテトチップスなどの形で試験販売されている。少し前に、これを輸入して食べてみたが、普通のポテトチップスと変わらない。脂溶性のビタミンを排泄してしまうことなどが指摘されているが、味の面ではうまくできている。

これとよく似た原理で試作された別の脂肪が手に入った。見た目は普通の油である。熱にも安定で、天ぷらもフライもうまく揚げられる。実験動物は、この試作品の油を最初喜んで食べた。市販のコーン油と比較しても実験動物の嗜好性には差が見られないほどよくできている。しかし、三〇分を過ぎる頃から事情が変わってきた。実験動物が次第にこの油を好まなくなったのである。それからは動物はコーン油ばかりに群がって、試作品の油を選ぶことはなかった。わずか三〇分で見破られてしまったのである。からだもおいしさを感じていると悟ったのは、この実験の結果であった。

動物実験で三〇分というのは、深い意味のある時間である。油を摂取して三〇分ほど経つと、脂肪は消化吸収され、からだの中でエネルギーに変わる。ここで、おそらく内臓からネガティブな信号が出たのである。油としてはおいしいけれど、エネルギーにならないぞ、という情報が、一挙に実験動物の嗜好性を失わせたと考えられる。舌は騙せても、からだには嘘はつけない。

動物は本来、脂肪に対して執着する。モルヒネなどの依存性のあるドラッグと同じメカニズムで本能の快感を生じ、もっと食べたいという執着を抱くことが明らかになっている。おいしさの快感はβエンドルフィン、もっと食べたいという欲求はドーパミンが主に関係することも明らかになっている。

同じ方法で実験すると、この試作品に動物は執着の行動を示さなかった。本能はこの油に執着することを許さなかったのである。理由は一つ、食べてもカロリーがないものは役に立たない、こんなものに執着するとカロリーが不足して命が危ない、である。シビアというかドライというべきか、動物の選択には迷いがない。食べることは、動物にとっては一大事である。彼らの食行動は本能に忠実で、食の選択は必要な栄養素の獲得にとって有利な方向に限られる。動物にとってはノンカロリーなんてとんでもない食品なのである。栄養価値のない食物に騙される動物は、厳しい生存競争の過程でとっくに死に絶えているであろう。少なくとも実験動物にはカロリーのない油に執着する余裕はない。

カロリーさえ補ってやれば執着は復活した。例の試作品の油を口に入れて、同時に胃の中に市販のコーン油を投与すると、こんどは試作品に対する執着が起こったのである。胃の中のコーン油が吸収されてカロリーを補給したのだが、動物はそんなことは知らない。もっとも、口の中に何を入れてもカロリーさえ高ければ執着するかというとそうでもない。苦味のある物質では、同時に胃の中に油を入れても執着しない。好ましい味は必要である。

この結果は、おいしさという概念の見直しを迫るものである。おいしさは確かに口の中で感じられる。味覚だけでなくて、多くの感覚が総動員されて、安全で納得のできるものを食べようとすることは冒頭に述べたとおりである。しかし、その後でからだから栄養価の情報が追加される。口の中と吸収されてからの少なくとも二種類の信号が脳ですり合わされる。味覚の判断と栄養の判断とが合意に達しないと、おいしいと記憶されることはないのである。からだもおいしさを主張する。

味の情報と、カロリーがないぞという内臓からのネガティブな情報には時差がある。消化吸収に要する時間である。こんなに時差があってもすり合わせが起こるのは不思議である。動物はかなり用心深い。舌からの味覚情報は、短期記憶として一時的に保存され、内臓からの情報を待つと想像される。脳内には、舌からの神経と内臓からの神経が非常に近くを走行する部位があるので、この近くの脳部位ですり合わせが行われるのかも知れない。この結果が食経験の記憶ファイルとして、脳に保存される。

どのような形で、味覚の修正が行われるのかは、まだ明らかではないが、カロリーのない油を使った食品は、二度目には最初の感激がないのかも知れない。あるいは、すぐに飽きが来るのかも知れない。

動物としての機能は人間にも残っている。全くカロリーのない油は人間にもやはり受け入れられないかも知れない。からだが「まずい」と拒否する可能性がある。

　しかし、幸か不幸か人間は動物ほど純粋ではない。人間は、からだによる味覚や栄養価値の判断の他に新たな手段を持ったのである。それは、情報の活用である。

動物には拒否されても、ノンカロリーはいわゆるダイエットしている人には好ましい。このような特殊な機能が情報として頭から入った場合、人間は葛藤する。おいしいものも食べたいけれど美容や健康も捨てがたい。動物には決して見られない人間の特徴である。人間の大脳は多様な情報処理のために巨大に肥大してきたと考える人もいる。

人間には味や栄養効果以外に情報による高度な判断基準があるから、味や栄養で総てが決まるわけではない。まずくても健康増進に良さそうなら平気で食べ続けることもできる。「まずいっ、もう一杯」という有名なCMはこの間の事情を端的に語っている。安全や健康・栄養といった情報は、本来は味覚による判断を補助するために獲得されたものである。しかし、情報は爆発的に進化した。スーパーから買ってきた食品のパックに書かれている文字情報のおかげで、中身をいちいち真剣に味見して安全性を確かめなくてもすむ。安全は大いに高まったが、その結果として逆に味覚は鈍くなったということもできる。

情報の発達と味覚の後退は、人間の食生活に大きな影響を及ぼしている。食品の受容性にとって情報はあくまで予備知識や事前調査の役割を果たすもので、最終的には食べることによって確認されるはずであった。しかし、味覚は進化した情報に追いつかない。ブランドの食材だといわれれば妙に納得してしまう。ワインのように最初に情報があって、味覚がそれを学習するという動物としては本末転倒も随所に見られる。昨今、食品の表示に皆が異常な関心を持つのも、自分の舌に自信がないうしろめたさの現れかも知れない。

うまいかまずいかよりも、太らないというフレーズが人間には有効である。おいしいステーキやチョコレートよりも、情報がもっとおいしい。人間とは奇妙な動物である。

（「學鐙」十一月号）

「北の国から」

倉本《くらもと》聰《そう》（脚本家）

二十二年間、殆んどそれだけを書いてきた「北の国から」が終ってしまった。今、どうしようもない虚脱感の中にいる。

富良野に移住して来た二十五年前、僕はひたすら近隣を歩いた。近隣といっても東京よりはるかに大きく、その殆んどが原野と森である。その荒れ果てた原野と山林に、僕はいくつもの廃屋を見た。廃屋は異様な暮しの遺蹟である。一軒一軒の中へもぐりこむと、夫々の家族がその家を捨てた日の何とも生々しい時が浮かんでくる。散乱した食器、箸。まさに食事中だったと思われるその離散の瞬間。ふたの開いたランドセル、片隅に放られた少女フレンド。その表紙にある少女の写真が、子役時代の小林幸子であるのを見れば、この家の悲劇の発生が二十年程も前だったことが想起できる。山村に散在するかかる廃屋を暇にまかせて廻っているうちに、「北の国から」の発想が生まれた。変ってゆく時代。失なわれていくもの。そして新たに現われるもの。

このドラマを書き始めた頃、富良野になかったものを考えてみると時代の変遷が実によく見える。ファックス、ワープロ、パソコン、ケイタイ、ヴィデオ屋、ケンタッキー、マクドナルドにモスバーガー。それに対して消滅したものを数えるなら、農耕馬、馬蹄屋、鍛冶屋、映画館、郵便ポスト、エトセトラ。漢字のものがこの町から消え、代りに横文字が横行している。

時の流れを僕は書きたかった。それもある種の怒りをこめて。

テレビ番組である以上、エンタテイメントでなければならない。それは勿論判っていた。しかしそれまでの都会生活から山村の暮しに転向してみて、これまでテレビの中核にいながら日本というもの、日本人というものを余りに知らなかった己れの無智にゾッとする程の恥かしさを感じた。日本の哀しみ、日本の笑い、日本の苦しみ、痛み、明るさはむしろ都会より地方に色濃く生きて、ある。そんなドラマを低い目線からじっくり腰を据え探してみよう。それがまず発想の原点にあった。だからこのドラマに書いてきたことは、脚色があるとはいえ殆んど事実であり、地方生活者の一つの日記である。

大型機械に追われて消える馬。経済社会に巻きこまれ敗れ、家も土地も捨て夜逃げする農家。吹雪にまきこまれて遭難する人間、開拓期のように井戸を掘る老人。トラクターの下敷きになって死ぬ若者の挿話。常に父親の背中を見て育つ子供。

中畑和夫という登場人物の夫人の癌での死も事実そのままを書いてしまった。中畑のモデルとなっていた仲世古さんという親友の身辺につい昨年起こった悲劇である。ところが台本を仕上げて提出した段階で、その役を演じる地井武男自身が、夫人の癌を宣告されたという事態を僕は知らされて愕然とする。こうした不条理がしばしば発生した。

「北の国から」に惹かれて集った若者を中心に、富良野塾というものを発足させた。シナリオライターと役者の為の塾だが、それ以前に生きて行くことを考える塾であり、塾生たちと試行錯誤して家を建てたり作物を作ったり、その実験を即ちそのまま、主人公の行為としてドラマの中に書いて来た。廃屋に住むこと、丸太小屋を建てること、捨ててある石で家を創ること、更には現代の大量廃棄の中で、廃棄物から住居を創ること。「北の国から」に組み入れてきた主人公五郎の生き方の流儀は、その殆んどが実践したものである。テレビの批評家には通じなかったようだが、真の視聴者はその部分をこそ見逃さずにしっかり見て下すったように思う。

二十余年の中で感動したことがある。

塾生たちに、生活必需品は何か、というアンケートをとったところ、一位が水。二位がナイフ。三位が食料という結果が出たことである。あるテレビ局が興味を持って渋谷の若者から同じアンケートをとったら、一位が金、二位がケイタイ、三位がテレビという答が出た。このことを諸氏はどのように受けとめられるだろうか。

同じ塾生のアンケートの答の、十四位に、「人」というのが数票入っていて僕は奇妙な感動を覚えた。人を必需品といえるかどうかは別としてたしかに僕らは一人では生きられない。人とのつながりということは確かに生きることの重大要素である。

もしかしたら僕はこのドラマの中で、必需品というものを探したかったのかもしれない。

（「文藝春秋」十一月号）

皮算用

六田《むった》靖子《やすこ》（主婦）

趣味を聞かれると、夫は必ず「工夫、工作」と答える。

彼は、何を見ても、また何を扱っても、反射的に「もっと便利に」「もっと簡単に」と思うらしい。そして、手先の器用なところから、いろんな物を改造したり、拵えたりする。従って、我が家では、コンセントのコードが畳の下を這い、お菓子の空き缶が電気スタンドになり、車のバックシートには「く」の字形のバックミラーが取り付けられ……彼の趣味の成果があちこちに散在する。

また、パンティーストッキングが実験用の心臓マッサージ機に化けたり、エキスパンダーのバネが手術道具の一部に利用されるなど、思いもよらぬ物が思いもよらぬ変身を遂げている。

パテントを取得した物もあるのはあるが、お金にならないまま期限切れとなった。妙案が浮かんだと思ったら先を越されていて残念がったこともあるし、名案の筈が迷案に終わったことも少なくない。その最たるものは、十数年前、注射針の改良を思いついた時であろう。

ちょうどその頃、注射針による肝炎の感染が問題になっていた。注射後、針の始末をする時に、指先などに刺さり、そこから肝炎が伝染するのである。それを防ぐための針の改良方法を思いついたのだ。

同僚の中には、「これはいい。儲かるぞ」と煽《おだ》てる人もいて、得意満面の夫は、特許を申請した。と同時に、計算を始めた。

平素は極めて利に疎い人であるが、この時ばかりは熱のこもった口調で、「もし売れたら、使い捨てだから、一日〇〇〇個は使うだろう。一本××円として、日本中の病院で使うとしたら……うーん」と、何度も計算を重ねた末に、友人と海外旅行の相談を始めた。

私は私で、「ハワイに別荘を建てて招待するわ」と妹や友人に吹聴し、義姉は出資を申し出て、株主となる日を楽しみにし始めた。まさにバラ色の日々であった。

ところが、もっと確実に感染を予防できる注射器が売り出されて、膨らむだけ膨らんだ皮算用は三ヶ月でご破算になってしまった。

その時はかなりガックリした様子を見せた夫だったが、間もなく立ち直り、今度は、気管支鏡を用いる際、麻酔薬を霧状にして噴霧出来ないかと考え、工夫することに成功した。現在、麻酔薬は薬液のまま気管へ注入しているので、霧状にして噴霧することで、患者にも医者にも負担が少なくなり、同僚の間でもなかなかの好評である。

それを知った長男が食いついた。ネット会社を作って事業化を図るべきと唆《けしか》けたのだ。

のり易いのが我が一族の特徴である。肝心の夫を蚊帳の外に、早速お茶の間サミットが開かれ、役割分担が決められた。社長は次男。長男は営業部長。夫は職人。そして嫁と私は「何もセンム

(専務)」。孫達までが、将来の社長、副社長の椅子を夢に描き始める。ワンルームマンション住まいの次男に3LDKのマンションを買い与え、そこを東京本社のオフィスにしよう。設立資金が足りなけりゃ僕(長男)が家を提供するよ、等と具体的な話まで飛び出して、賑わしいことこの上ない。

家族の熱気に当てられて夫は、特許を申請した。申請書を出した後から、改良を思いつき、更に工夫を凝らして短期間に三件の申請書と申請料ウン万円が特許庁へ送られた。家計の赤字のことなど到底口をはさめぬ雰囲気であった。小学生の孫までが水鉄砲で霧を飛ばそうと懸命になる始末で、我が家の「霧」フィーバーは沸点に達した。

しかも、あるメーカーから、「お話を伺いたい」と言ってきたのだ。いよいよ夢の実現！早くも夫は長男に、製品化した場合の契約の仕方を相談した。そんな動きはたちまち一族に広がり、二人のセンムの頭には、ダイヤの指輪がちらちらし、ヴィトンだのシャネルだのという横文字がやたら目に付くようになった。

さて先日、帰宅するや夫は、一枚の印刷物を目の前につきだした。それは、某会社の気管支鏡用噴霧器の広告であった。

現物を持たない夫は以来、自作の噴霧器との仕組みの違いを探そうと「考える人」になっている。そして、日頃は不信心を標榜しているのに、「どうか、同じ仕組みでありませんように」と口走ったりする。

今回も虹色の夢は皮算用に終わってしまうのかと思うと、何だか夫がかわいそうだ。いつもより優しい口調でお茶を勧める私に、夫は言った。
「なあ、宝くじと同じだよ。皮算用になってもいいんだ。もう充分楽しんだからモトは獲れてる」

（「随筆春秋」第十七号）

半日ラマダン

サンプラザ中野《なかの》
（ミュージシャン）

万病の元といわれる「便秘」。ほとんどの女性が苦しめられている。男性でもヤツに苦しめられている人は少なくないはず。かくいう俺もお仲間だ。その俺が苦しみの末にたどり着いた、とっておきの便秘解消法を今回伝授しよう。それが「半日ラマダン」なのである。

「ラマダン」とは、あのイスラム教のラマダン（断食）のことだ。「日の出から日の入りまでの間、一切食べ物を口にしてはいけない」というあれである。イスラム教の信者の方々は、年に一度一カ月ほどの間、これを行う。

一日三食が決まりごとのようになっている我々の耳には、とんでもない事のように聞こえる。しかし、さすがに超厳しい自然環境の中で生まれた教義である。俺も最近気付いたのだが、この「ラマダン」は実に理に適っているのだ。つまり、非常に健康的な教えなのである。

人の胃腸は三つの仕事をこなしている。それは「消化・吸収・排泄」である。

考えてみてくれ。どんなに優秀なビジネスマンでも、毎日毎日、三つの違う仕事を抱えていては疲れきってしまう。しかも一日三回クライアントから依頼が来るのである（三回の食事のことね)。

このビジネスマン君を休ませてあげよう、というのがラマダンなのだ(と私は睨んでいる)。

これとまったく同じ健康法が日本でひそかに流行《はや》っている。それは「半日断食」という。これは断食の良さを活かしつつ、その辛さ(空腹感)を最小限に抑えるというものだ。実に画期的健康法なのである。

断食の良さ、つまり効能は「整腸はもちろん、解毒・排毒、そして頭の働きも良くなる」のである。素晴らしい事ばかりである。おまけにダイエットにも当然効果が大なのだから、文句なし。

では、なぜ断食にこのような効能があるのかを説明しよう。

ウンコが出ないというのはどういうことなのだろうか?

腸の中の温度は約四十度。食べ物のカスが大量に詰まっている腸の中は、まさに「真夏の生ゴミ捨て場」! 腐敗臭とガスが充満している。

そいつが腸壁から血液に侵入し体中を駆け巡る。これが頭痛やら肩こりやら、その他色々な不調を作り出しているのだ。そんなものを常にお腹に抱えているのが「便秘」なのだ(便秘は腸の癌の原因にもなるという)。

こんな状況が身体に良いわけがない。これを解決できるのが断食なのである。断食はある程度の期間、食べ物を取り込まない。つまり胃腸の三大機能のうちの二つ「消化・吸収」がまったくお休みとなるのである。すると胃腸はもう一つの大事な機能「排泄」の仕事に専念できるということだ。つまり断食をするとウンコが出やすくなるのである。そして体調が良くなるのだ。

しかし、長期の断食は危険だ。おまけにフルタイムで働く人には実際無理がある。そこで「半日断食」である。

一日のうちで、なるべく長い時間食事を取らないようにする。胃腸の機能を排泄に仕向けること。これなら無理なくできるのだ。

人は一日八時間ほど寝る。一日の三分の一だ。これを利用しよう。例えば夕飯を八時に取る。そして十二時に寝る。八時におきる。朝起きるまで十二時間食事を取っていない。そのまま朝食を抜き、お昼まで我慢する。昼食を十二時に取る。これで食べ物を取り込まない空白の時間は、なんと十六時間ということになるのである。これが「半日ラマダン＝半日断食」なのだ。

とにかく現代人は食べすぎている。一日三食取らなくても死ぬわけではない。「生き返る」といってもいいくらいだ。

便秘は治り、頭がすっきりする。血圧も下がる。朝食を抜いても、ふらふらするのは最初のうちだけだ。食費も浮くし、家事労働も減る。ああ、良いことずくめだ。ぜひやってみて欲しい。

こんないいことをイスラムの人々は年に一カ月もやっているのだ。さすがだね。

イスラム教のお祈り方法も健康的だ。立ち上がり、ひざまずき、ひれ伏し、また立ち上がる。これはスクワットなのではないだろうか？　筋肉にも心臓にも大変良いと考える。

イスラムの教えはいろいろと深いのだなあ。

（「文藝春秋」七月号）

いらぬオマケ

長谷川平蔵のこと

逢《おう》坂《さか》剛《ごう》（作家）

池波正太郎さんの、〈鬼平犯科帳シリーズ〉に出てくる長谷川平蔵が実在の人物だったことは、今ではよく知られている。

ただし、そのキャラクターは池波さんが頭の中で創造した、虚構のものであるはずだ。

どこかで書くか話すかされていたことだが、池波さんが火盗改の長谷川平蔵なる人物の存在を知ったのは、小説に手を染め始めた一九五〇年代の半ばごろだった、という。

にもかかわらず、池波さんが実際に〈鬼平シリーズ〉を書き出すまでに、十数年のブランクがあった。その間、池波さんはずっと〈鬼平〉の構想を、温めておられたらしい。おそらく、平蔵という人物が自分の中で十分に熟成され、一個の完成された人格として立ち上がってくるまで、辛抱強く育てられたに違いない。

池波さんが平蔵に興味を持ち始めたきっかけは、三田村鳶魚の捕物に関する諸著作、あるいは松平太郎の『江戸時代制度の研究』に記載された、火盗改に関する記述あたりではないか、と思われる。

それまで、捕物帳といえば南か北の町奉行所があたりまえだったのを、火盗改という隠れた組織に光を当てたのだから、その着想だけでも新彗星発見に等しい価値がある。しかも、その中でとくに長谷川平蔵に目をつけられたのは、さすがとしか言いようがない。

平蔵については、というより鬼平については、という方が正しいかもしれないが、とにかくたくさんの人が、いろいろなことを書いている。シャーロッキアンにも比すべき、鬼平研究家も珍しくない。

したがって、これから書くこともそうしたファンは先刻ご承知かもしれないが、わたしはわたしなりに同じ作家として、実像としての長谷川平蔵と虚像としての鬼平の間に、どのような因縁があるのかをたどってみたいと思う。

まず平蔵については、法学博士瀧川政次郎による『長谷川平蔵　その生涯と人足寄場』(一九七五年・朝日新聞社刊)という、やや学術的な著作がある。博士は、それより前の一九六一年に刊行された『日本行刑史』(青蛙房)でも、平蔵のことをかなり詳しく書かれた。平蔵の経歴、業績を知る上で、欠かせない資料といえよう。

しかし、平蔵の人柄や当時の世評に関する情報を得るためには、どうしても水野為長の『よしの冊子』をひもとかなければならない。

水野為長は、寛政の改革で知られる松平定信の側近で、城中や御府内の噂話を丹念に書き留め、それを定期的に定信に提出した。その膨大な記録が『よしの冊子』で、当時の政情や幕閣人事の動きを知るのに、もっとも興味深い資料といってよい。これは、おそらく耳目となるべき隠密のたぐいを使わなければ、とうてい集められないような量と質を、誇っている。

その中に、平蔵の評価や人気に関する噂話が、数十か所も出てくる。そこに書かれた、論調の変化と推移をたどるだけでも、平蔵の人となりが彷彿と浮かび上がってくる。

天明七年九月、平蔵が初めて当分加役（半年勤務の火盗改）に任じられたときは、こう書かれている。

〈長谷川平蔵がヤウナものをどふして加役ニ被仰付候やと疑候さた。姦物のよし〉

つまり、平蔵のような者をなぜ火盗改にしたのか、首を捻ってしまう。あれは姦物らしい、というのである。

翌八年四月、平蔵は一度加役を免じられるが、半年後の十月にふたたび御用をおおせつけられ、今度はなんと寛政七年五月に病死するまで、七年近くも勤めることになる。

その間に、平蔵の評価が少しずつ変わってくる。ときどきは悪評も出るが、しだいに市中の人気を得ていくさまが、よく分かる。

寛政元年四月中旬の項には、次のような記載がある。

〈長谷川先達中ハさして評判不宜候所、奇妙ニ町方ニても受宜く西下（注、定信のこと）も平蔵ならバと申候様に相成候よし。町々にても平蔵様々々々と嬉しがり候由〉

同じく、四月下旬。

〈長谷川ますます評判よろしく相成り、松左金（注、同時期に何度か加役を勤めた、松平左金吾のこと）ハかげもかたちも無之よし〉

寛政二年正月の項。

〈長谷川平蔵、町方ニて今迄ニ無之御加役だと悦び不怪《けしからず》御じひ深い御方じゃと悦候由〉

寛政三年四月下旬の項。

〈長谷川ハ何と申ても当時利もの丶由。尤至て大術者ニ御座候へ共、夫を御取用ひ有となきハ宰相御賢慮ニ御ざ候事、殊ニ町方ニても一統相服し、本所辺ニてハ始終ハ本所の御町奉行ニなられそふナ、どふぞしたいと御慈悲ナ方じゃと歓候由〉

寛政三年十二月、北町奉行の初鹿野河内守が病死して後任人事が噂されたとき、平蔵の名前も挙がっている。

〈町奉行にハ長谷川平蔵ニて、人足寄場只今迄之通持居候積り、被仰付候さた仕候由〉

しかし、すぐにこうなる。

〈町奉行長谷川平蔵と申さたハ相止、中川勘三郎か根岸肥前守ならんと申沙汰のよし〉

結局北町奉行は、小田切土佐守に決まってしまう。

どうやら平蔵は、松平定信に好かれていなかったらしい。定信の自伝『宇下人言《うげのひとごと》』の中でも、あまり好意的には書かれていない。

〈(人足寄場は)いづれ長谷川の功なりけるが、この人功利をむさぼるが故に、山師などいふ姦なる事もあるよしにて、人々あしくぞいふ〉

しかし、『よしの冊子』を丹念に読めば、平蔵が探索や捕物のわざにたけていたこと、下情に通じて市民の間に人気があり、盗っ人にも一目置かれていたことが、よく分かる。定信が、平蔵を町奉行に起用しないまでも、なぜもっと優遇しなかったのか、理解に苦しむものがある。

平蔵が捕らえた大盗の一人に、大松五郎という男がいる。押し込み強盗が頻発した、寛政三年四月のことである。この盗賊については、定信も前述の自伝で触れているほどだから、かなりの大物だったと思われる。

ところが、三田村鳶魚が随筆で書き残した怪盗葵小僧に関しては、『よしの冊子』にも『宇下人言』にも、まったく記述がない。

鳶魚によれば、葵小僧は葵の御紋つきの高張提灯を押し立て、公儀と勘違いさせて悪事を働いたらしい。その葵小僧を平蔵が捕らえたのだが、あまり詳しく取り調べるとあちこちに不都合が出るので、早々に処刑してしまった。したがって、裁判記録も何も残っていない、というのである。

それだけ読むと、大松五郎よりよほど話題になっていい大物だと思うのだが、葵小僧に触れた資料はほかに見当たらない。記録が残っていない怪盗の消息を、鳶魚はいったいどこで知ったのだろうか。

聞くところによれば、どこかに『御加役代々記』と称する火盗改の記録があるらしく、あるいはその中に載っているのかもしれない。しかし、これは刊本になっていないので、まだ確かめるにいたらない。鳶魚が、一言でも出典を書いておいてくれさえすれば、これほど悩むこともないのだが……。

ちなみに、鳶魚の著述はほとんど出典を明らかにしないため、学界からは黙殺されることが多い。それでも、最近は東大史料編纂所の山本博文氏のように、鳶魚の業績を評価する学者も現れた。さらに山本氏は、稗史の部類に属する『よしの冊子』のような史料にも注目し、積極的に著作に活用しておられる。

このように、きわめて断片的ではあるが、『よしの冊子』に散らばった点描を寄せ集めると、長谷川平蔵の人物像がおぼろげに浮かび上がる。そのイメージは、まさに池波さんが創造した魅力的な鬼平像と、そっくり重なるようにみえる。

ところで、この『よしの冊子』が刊本（随筆百花苑の第八巻、第九巻に収載・中央公論社刊）になったのは、一九八〇年から八一年にかけてのことで、〈鬼平シリーズ〉が始まってから十年以上もたっている。池波さんがそれを読まれたとしても、鬼平を書き出したずっとあとのことになる。原本は、国立国会図書館に所蔵されているそうだが、刊本以前にそれを池波さんが閲覧された、という話は聞かない。

つまり、池波さんはそうした史料に目を通すことなしに、冷徹にして人間味あふれるあの鬼平像を、自分の中に作り上げたのだ。

それがみごとに、長谷川平蔵の実像と重なり合ったわけだが、わたしはそこに作家池波正太郎の本能的、動物的とでもいうべき、鋭い嗅覚を感じるのである。

（「オール讀物」二月号）

私の遇った革命家

柴《しば》田《た》 翔《しょう》
（作家）

何ヵ月か前の新聞に、アンゴラの反政府勢力ＵＮＩＴＡの議長が戦闘で死亡したという記事が載った。死亡年齢は六十七歳。私の年齢と同じである。もっとも「私の遇った革命家」と言っても、その議長に遇ったという話ではない。

アンゴラという地名を初めて耳にしたのは四十年ほど前、六〇年代初めに留学していたドイツ・フランクフルトの学生寮でのことだった。同じ五階の並びの部屋にアンゴラからの留学生がいたのである。漆黒という言葉を使えばいいのだろうか、光るように深く黒々とした肌を持つ大男だった。

敗戦国だった日本で育った私は、アンゴラという土地がアフリカのどの辺にあるのか、またどの植民地であるのかも知らなかった。身近に黒人を見るのも初めての経験だった。

見上げるような体軀と濃い黒の肌、鮮やかに赤く分厚い唇、そして喉からくぐもり唸るように出てくる声でドイツ語を話す彼の姿は、初対面の私に強い印象を与えたらしい。夜、寝入りばなに、巨大な黒人が私の部屋の入口に立ちはだかっている夢を見た。浅い眠りから目覚めると、それは壁に掛けた冬用の分厚い黒のオーバーコートだった。

あるとき、弟が彼を訪ねてきた。小柄で細面の青年の肌の色は褐色を帯びた白で、私には南欧系白人に見えた。

「君の弟は父違いなのかい？」弟が帰ったあと共用の台所兼食堂で出会った彼に、若い学生同士の無遠慮さで訊ねてみた。その頃には私も、アンゴラがポルトガルの植民地であることは漠然と知っていた。

「いや。何故さ？」彼は太い陽気な声で答えて、私の顔を見た。

「兄弟でも肌の色が全然違うことって、よくあるのかい？」私が重ねて訊ねると、彼は大きな声で笑った。

「あるさ！　同じ両親でも、祖先の遺伝がときどき、あっちこっちに出るのさ」

そのとき、大きく笑い飛ばした大男の彼の表情には、何か微妙なものがあった。照れ隠しではないが、照れ隠しに似たもの――。何も知らない無知な相手への優越感でありながら、その優越感で自分の中の何かを押し隠そうとしているような気配――。

それが何であったかは、いまの私にも判らない。あれは、祖先に白人の血が混じっていることへの複雑な感情だったのだろうか。いずれにせよ、大きく笑ったときの彼の、何かを隠しているような表情だけは覚えている。

記憶とは、おかしなものだ。同じ階に並んだ六つの個室に男の学生六人、一つ下の階に女の学生六人、その十二人が同じ台所兼食堂を共用していて、毎日のように顔を合わせていた。そして四十年後のいま、名前の大半は記憶から脱落したのに、彼らの若々しい風貌、表情、しゃべり方、感情の陰影は、一緒に暮らしていたのがついこの間だったかのように甦ってくる。

彼にはいつも週末になると訪ねてくるドイツ人の恋人がいた。痩せて背が高い十九歳の高校生で、陽気な彼に似合わず、寮で私たちに会ってもめったに笑顔を見せなかった。もともと無愛想な性格だったのか、それとも当時のドイツで黒人の恋人を訪ねてくることに、それなり緊張感があったのだろうか。彼女は訪ねてきて、台所兼食堂で簡単な夕食を作って二人で食べると、部屋に引きこもり、そのまま泊まって行き、翌朝になると無愛想な表情のまま、首に赤く黒ずんだキスマークを付けて現れた。

彼女がきているときに、同じような黒人と白人のカップルが訪ねてきたことがあった。アフリカへの旅行から帰ってきたばかりだと言って、白人の女性の皮膚は赤く日に灼けて、ほとんど火傷をしたかのようだった。彼はその相手の黒人の男と台所兼食堂の片隅で、珍しく何か真剣に話し込んでいた。

夏休み、彼は姿を消した。一ヵ月以上が過ぎて、久しぶりに戻ってきた彼は台所兼食堂に座り、居合わせた連中に、暫く東欧へ行ってきたのだと説明した。何で東欧なんだ、と怪訝に思ったが、話は別のほうへ流れた。

「あいつは資金集めに東欧を廻ってきたのさ」あとでみなにそう教えてくれたのは、やはり同じ階に住むドイツ人学生だった。彼は学生左派組織ＳＤＳの中心的活動家だった。

「あいつはアンゴラへは帰れない。帰ると、ポルトガルの警察に逮捕される」

アンゴラがポルトガルの植民地であることさえ漠然としか理解していなかった私は、そのとき初めて、アンゴラに反ポルトガルの抵抗運動があることを知った。東欧が社会主義圏で、世界各地の反植民地運動を支援していた頃の話である。

それから四十年が過ぎた。一九七五年にアンゴラはポルトガルから独立したが、それと前後して、今に至る泥沼のような内戦が始まった。ソ連派のMPLAと西欧派のUNITAとの間の激しい軋轢やダイヤモンド利権の話などを、私は日本の新聞で知った。遠い国の遠い攻防を読みながら、私は時折、漠然と、むかし同じ寮で暮らした彼のことを思い出していた。

結局権力を掌握したのはソ連派のMPLAだったから、若い時から東欧諸国と接触していた彼は、政府の要人になっていても不思議ではない。だが年月は人間の立場も変え、運命も変える。社会主義圏もとっくになくなった。

UNITA議長の死亡を伝える新聞によれば、カリスマ的指導者の死で長年の内戦が終わるかも知れないという。あのフランクフルトの寮での生活以来、私は随分長い時間を生きてきた気がするが、あの若き黒人の革命家は、それと同じだけの長い年月、どういう立場で生き、どういう毎日を生き、いまどういう場所にいるのだろうか。もし途中で死んでいなければ、の話だが。

そしてまたあの無愛想な高校生の恋人は、陽気な彼に付き合って、一緒にアンゴラへ行ったのだろうか。それともドイツのどこかの町で、私と同じように新聞で遠いアンゴラの記事を読み、遠い昔の恋人のことを思い出してでもいるのだろうか。

死亡記事の脇には死んだＵＮＩＴＡ議長の写真も載っていた。それはもちろん彼の写真ではない。だが議長も彼も同じような年頃の青年だった六〇年代、二人はそう違った場所にいたわけではないだろう。私はその写真の背後に、格別親しくもなかった若い黒人の姿をつい探してしまう。それはことによったら、自分にも彼にもその議長にも、みな等しく過ぎたはずの四十年という時間の、それぞれの内実を探しているのかも知れない。

（「新潮」十月号）

ぼくはホシだった

久世《くぜ》光彦《てるひこ》
（演出家）

〈ぼくはホシだった〉というと、サン・テグジュペリの有名な童話や、川上弘美さんのこころ優しい短篇を想う人もあろうが、実はそうではない。もう二十何年も昔になるが、寒い冬のある日、ぼくは一日〈ホシ〉と呼ばれて過ごしたことがある。

〈ホシ〉はテレビの刑事ドラマによく出てくる〈犯人《ホシ》〉で、つまりぼくは犯罪の容疑者として、警視庁の本庁で丸一日、取調べを受けたのだ。もちろんいけないことなのだが、事件としてはつまらない小博奕《こばくち》だったし、ネタはしっかり上がっている上に、こっちはハナから恐れ入っているのだから、そんなに手間はかからないだろうと高を括《くく》っていたら、とんでもない話で、東洋のスコットランド・ヤードと言われるだけあって、取調《こうべ》べは入念を極め、そのころ新しく建った桜田門の庁舎に出頭したのが午前九時で、疲れ切った頭を垂れて出てきたら、夜の街に小雪が降っていた。

担当の刑事さんに付き添われて、確か八階にあった取調べ室に入る。入って右側に受付があって、制服の警官が二人、鍵束を持って立っている。ぼくの担当刑事は、大杉漣《れん》みたいな風貌だったが、この二人は誰と例えようのない個性のない顔である。大杉漣がぼくを顎でしゃくりながら叫んだ台詞《せりふ》を聞いて、ぼくは卒倒しそうになった。彼は受付の警官たちに、ぼくのことを「ホシです！」と言ったのである。

後にも先にも、〈ホシ〉と呼ばれたのはこの日だけである。ぼくは、この話を老母にだけはすまいと、そのとき思った。ぼくより気の小さい母は本当に気を失うに違いない。――〈ホシ〉と呼ばれる度にドキドキしながら、どうしてそんなに時間がかかったかというと、理由は二つある。まずは、ぼくたちがお咎《とが》めを受けたポーカー賭博のルールが、ちょっと複雑で、なかなか大杉漣に理解してもらえないのだ。ぼくたちがやったのは、西洋伝来のスタッド・ポーカーと、日本古来の〈一、二、三〉と俗に言われる二つのゲームをミックスしたもので、なるほどここで説明しようとしても、ちょっとややこしい。だが、外国の小説にもちゃんと登場している古典的なゲームである。ジョン・コリアというイギリスの作家の「あゝ大学」という短篇がそれで、日本では昭和三十六年に早川書房から出た、〈異色作家短篇集〉に入っている。亡くなった伊丹十三さんも褒めていた面白い小説である。

大杉漣は、ポケットから〈日本賭博必携〉という取調べ用のアンチョコを取り出して、こっそりページを捲《めく》るが、ぼくたちの〈ハイ・アンド・ロー〉というゲームは載っていないらしい。とうとう彼は、席を立ってカードを持ってきた。実際にカードを配って、実戦的にやってみようというのだ。二人ではできない、最低四人は要ると言うと、受付の警官まで呼んできた。それから何時間、ぼくたちはポーカー賭博をやっただろう。後にも先にも、制服警官と博奕をしたのはこのときだけである。――大杉漣はあきらめた。ルールは省略して〈俗称ハイ・アンド・ロー〉ということで、調書を作ることになった。小型の〈明解国語辞典〉を手にした、中尾彬《あきら》によく似た刑事が入ってきた。大杉漣が口述する調書を、中尾彬が筆記するのである。大杉は腕を組んで瞑目し、「＊＊以下七人は、去る十二月十七日夜七時ごろより、都内＊＊ホテルに参集し……」――そこで中尾が「ちょっと待ってください」と、上司を制して辞書で〈サンシュウ〉という字を調べる。「胴元の＊＊を中心に、一同は車座になって……」「ちょっと待ってください」――こんどは〈車座〉を引いている。とうとうぼくは辛抱できなくなり、中尾さんの横に侍《はべ》って、メモ用紙に大杉さんの発音する漢字を、一つ一つ楷書で書いてあげた。大杉さんもなかなかの人物で、腕を組んだまままそれを黙認している。四時間かかってめでたく調書は完成し、翌日ぼくは検察庁へ出向いて罰金を払った。――冬になると大杉さんと、中尾さんを思い出す。お二人ともちゃんと出世しているだろうか。

ぼくはホシだった。――仮処分で罰金を払って、ぼくに前科がついているかどうかは、怖いから調べていない。橘外男《たちばなそとお》みたいに「私は前科者である」と名乗るほどのことでもない。ただ、「ホシです！」と呼ばれたときの驚愕だけは、この歳になったいまでも、忘れない。

（「小説新潮」一月号）

自由への翼に乗って

佐《さ》藤《とう》雄《ゆう》一《いち》郎《ろう》
（日本水晶デバイス工業会広報委員会アドバイザー）

東ベルリンからドレスデンを経由してプラハへ向う国際急行列車のコンパートメントには、私を含めて四人の乗客がいた。喪服を着た年配の女性、労働者風の青年、それに引き締った身体にインテリジェンスを感じさせる風貌の壮年男性であった。女性と青年が途中駅で降りて二人だけになってから、その男性が遠慮がちに私へ問いかけた。

「日本の方ですか？」

「そうです。お国へ仕事で来ています」

私たちの長い友情のきっかけはこんな形で始まった。

政治体制の違う国にいることを十分に意識して、初めはあたりさわりのない、お互いの趣味を話題にした。彼はテニスをやっているといった。私はアルペンスキーを楽しんでいると答えた。二人ともクラシック音楽が好きなことがわかってからは一転して話がはずんだ。二時間ほどの汽車の旅が終りに近づいたころ、突然彼は意を決したようにいった。

「今晩、ドレスデンで音楽会があるのです。よろしかったらご一緒にいかがですか？」

私は思いがけない親切な申し出に、一瞬戸惑いながらも感謝してこれを受けた。

ドレスデンの中心街にあるコンサートホールの入口には、フォルクマール氏が正装して美しい夫人エバと共に私を待っていた。コンサートが終ってから私は誘われるままに二人の家庭を訪ねた。エンジンのかかりのよくないチェコ製の小型車で静かな住宅街にある集合住宅に着くと、長男で医学生のズベン君、次男で音楽学校生のディルク君が迎えてくれた。私たちは皆で夜半のお茶を楽しんだ。

私は当時、ドレスデン近郊の町で技術者の仲間たちと協力してプラントの立ち上げに携わっていた。市内でホテル暮しをしていたがこの日を境にして、私たちとフォルクマール一家との交流が始まった。私の若い仲間たちは、体育教師であるエバの好意で、彼女と一緒に休日の公営プールで泳ぎを楽しんだりして、外国生活のストレスを発散させた。

夫妻は住居にさほど遠くない所に、小さな土地を借りていた。そこは幾つかの区画にしきられていて、借り受けた市民たちはそれぞれに野菜や花作りを楽しんでいた。また、気のおけない隣人との情報交換をする場でもあった。「シュタージ」と呼ばれる東独秘密警察の耳目を逃れて、国営テレビや検閲された新聞には載らない「本当の」ニュースがささやかれることもあったようだ。フォルクマールやエバにとって、外国人である私たちとつきあうことは、大きな勇気とリスクを伴うものであることに私は気付いており、心の中で感謝していた。

私たちの仕事は順調に進み、クリスマスを前にして帰国できることになった。フォルクマールとエバは、私たち全員をお茶に招いて、別れを惜しんでくれた。

私は帰国後も仕事で東欧圏との関係が続いていた。ある時、急に欧州出張が決まり、私は時間的なゆとりがないまま、国際電報で東独での日程をフォルクマールへ送った。当時の東独では自宅に電話があるのはごく限られた人であった。電話架設の申込みは、車の購入待ちと同様、ウェイティング・リストに溢れていた。一般家庭に電話は引かれていなかったのである。

ドレスデン空港に着いて、深夜、彼の家に直行、ブザーを鳴らすと、パジャマ姿のフォルクマールがいぶかしげに二階のテラスから路上の私を注視した。私たちは再会を喜び合ったが、

「日本から電報を打ったのだけれど…」と私がいうと、彼は、

「その電報はこの国では永久に届かないよ」といって深い吐息をもらした。国際電報はしかるべきチェックポイントで握りつぶされたのである。

「時代は移り変わるから、東独にもきっと陽が差し込む時がやってくる。そうしたら、こんどは日本の私の家を訪ねてきてほしい…」といって私は彼を慰めた。

「ありがとう。嬉しいけれどそれは私の世代では無理だ。息子、いや、その次の世代になるかも…」と彼は暗い顔でつぶやいた。

誰もがまったく予想さえしなかったことが起った。ベルリンの壁は崩壊した。東西ドイツはひとつになった。ズベンは、自由を求めるドレスデン市民のデモに参加して警察で一夜を明かすと

いう体験をしただけに、その喜びは大きかった。打楽器を専攻したディルクは、歓喜のドラムを打ち鳴らした。

体制崩壊のあおりは一家にも押し寄せた。フォルクマールは医科学系の有能な技術者として国営施設で働いていたが、その職場は閉鎖された。職種こそ変ったけれど彼は民間の医療機関に仕事を得て失職を免れた。妻のエバは統一ドイツ国家による厳しい教職審査をパスして引き続きその職にとどまった。

優秀な二人の息子は見事に成長した。ズベンは歯科医師として数年後に個人医院を開業した。ディルクは世界にその名を知られたドレスデン国立歌劇場管弦楽団のオーケストラ・メンバーとして活躍していた。

ある日、ドイツから嬉しい便りが届いた。ディルクが、訪日公演するオーケストラのメンバーとして選ばれ、婚約者をつれてやってくるという。私たち夫婦は、急いで狭いマンションに二人を迎え入れる準備をした。ディルクの婚約者マルティーナは、童話の世界から抜け出したような純粋で優しい女性であった。二人は初めて接する日本の風景や文物のすべてに興味を抱き、柔軟な若い頭脳にヨーロッパ文化との違いを吸収して帰っていった。

翌年二人は結婚した。私たちは招かれて教会の結婚式に出席した。披露宴は、ドレスデン近郊の湖畔にある古城レストランで行われた。近親者とごく少数の友人が列席して若い二人を祝福した。新郎新婦の爽やかな笑顔が新緑の湖面に映えて美しかった。

やがて「サラ」と名付けられた可愛い女の赤ちゃんの写真が送られてきた。一歳の誕生日を前に、サラはプロテスタントとして幼児洗礼を受けることになった。私は、若い両親の望みでサラの洗礼立会人となるため妻洋子と共にドレスデンを再訪した。サラの洗礼式のもうひとりの立会人は、マルティーナの友人であるフランス人女性であった。

私たち夫婦はこうしてフォルクマールの家族と親、子、孫三代にわたる縁《エニシ》を結んだのである。日本からの国際電報が届かなかったあの夜、フォルクマールを力づけようとしていった私の言葉は、数年後まったく幸せにも現実の姿となった。自由の翼に乗ってまず若い二人が日本へやってきた。今度はフォルクマールとエバを迎える番である。私たちはその日が来るのを心待ちにしている。自由への翼が育んだ友情の絆は強い。

(「水晶デバイス」第三号十月刊)

日印泰中を巡る鐘の音

田村能里子《たむらのりこ》
（画家）

不思議な縁で、絵描きと梵鐘とが繋がった。

今年の十二月、千葉県白井《しろい》市にある真言宗豊山派延命寺にて、開基千年の記念行事の一環として三百五十貫（タテ約二メートル）の大梵鐘の開眼（撞き初め）が執り行われる。梵鐘の「池の間」と「草の間」（胴回りの中央と下部分）には通常は天女や経文や龍の模様が入るが、この梵鐘には私の壁画を原画としたレリーフが入る事になった。

平面で完成した絵を立体化すること自体、京都太秦《うずまさ》にある梵鐘つくりの老舗（？）でもまったく初めてのことだそうだ。まず彫師の方々と壁画制作者である私とが、原画の感覚をできるだけ損なわないように綿密に打ち合わせながら、粘土で立体化し、プラスチックの成型を経て鋳型にかたどりするといった、手間と時間をたっぷりとかけた。

この六月に梵鐘の火入れ式（鋳造）が行われた。千数百度の高熱で溶かされた銅と錫との混合液が、読経の響き渡る中、オレンジ色の輝きを放ちながら、鋳型の母型と中子（凹凸）の間に流し込まれる瞬間は、命の誕生を思わせる厳粛な一瞬だった。

梵鐘の原画となった私の壁画は、中国・西安にある。十四年前にオープンした、日中合作のホテルのロビーにある全長六十メートルの「二都花宴図」は、現在四十作を越える私の壁画制作の第一作目の作品でもある。二都とは、壁画のテーマである唐の国都長安（現在の西安）と大和の都との交流を表している。

ロビーの東西南北の四面にはそれぞれ「大和の里で遊ぶ童」「西域の隊商や駱駝」「宮園の貴妃官女」「都の馬人競技」が描かれており、面と面とを菊、桜、向日葵、牡丹といった国花などが繋ぐ図柄となっている。寺の鐘楼にも東西南北を同じにして梵鐘が吊り下げられるので、大きな壁面が大重量の鐘の胴間に埋め込まれるような、CGアートのような感覚を味わっている。

ホテルは大雁塔《だいがんとう》に隣接した広大な庭園の中に建つ、低層の本格的な唐代様式の建築である。壁画もそれら周辺の文物と違和感のない色調とモチーフでと、中国側の設計責任者から厳しい注文がついた。

大雁塔は玄奘三蔵が難行苦行をして天竺から仏典を持ち帰って納めた塔として知られるが、日本人にとっては、空海上人（弘法大師）が若き日に留学僧として二年ほど長安にとどまり、仏典を学び学問を修めたのを象徴する仏塔として有名である。建設途上のホテルの現場で、結局は一年半に亘って壁画を描き続けることになった私が、描くのに疲れて息抜きに散歩がてらよく登ったのがこの塔だった。

人ひとりがようやくすれ違うことができるような狭い階段を登りきると、見晴らしが開けた。が、今自分が塔の上から眺めている都の景色と同じ景色を、千年以上昔にみたであろう日本の留学僧がいたと想像すると、自分が宙を舞って時空を超えてここにいるかのような、不思議な気分になった。新緑に萌える都大路、黄砂に覆われた空、炎熱の太陽、雪のなかについた碁盤の目のような市街の道など、四季それぞれの幻の古都長安を大雁塔からこの目でみた気がした。

冒頭のお寺のご住職が塔を訪れ、隣にあるホテルの壁画に出会ったのは、今から十年ほど前のことである。ご住職は塔と溶け合ったたたずまいの壁画に大変感じるものがあったと、作者の私にお手紙をくださった。壁画の仕事を始めてから、こうした偶然で私の壁画と出会い、心を動かされたり、感じるものがあったという方々から思いがけないお便りや、ご連絡を頂く喜びを初めて知った。アトリエから作品を送り出しているだけでは味わえなかったものであり、自分の世界が拡がった感じである。

ご住職との交流がきっかけとなって、自分のデザインの散華（仏さまをお迎えする散らし）をお寺に奉納したりしていたのが、梵鐘に壁画を入れることに繋がっていった。もともとお寺には天明の大飢饉《ききん》（一七八二）の際に寄進された梵鐘があったのだが、先の太平洋戦争時に国に供出し、その後もどってこないままになっていたのを、開基千年を期して入れようとのご住職の念願がかなったものである。

信仰心のうすい私でさえ、何かしら仏縁めいたものを感じるのは、三十五年間続いている自分の絵画航路の出発点が、仏教の発祥の地インドでの四年間の滞在からはじまったことからだけではない。

アジアに魅せられ、それがその後四十歳をすぎて中国への絵画留学へと繋がり、その留学がきっかけとなって西域への旅を繰り返すようになり、その旅が西安のホテルでの自分の処女作壁画を呼び込んできたという海路を振り返ってみると、何か大きな手のなかでの糸の縁を感じないわけにはいかない。おまけに五年前までは、連れ合いの仕事の関係で、仏教信仰のあついタイに三年暮らしていた。

そんなこともあって、この十二月の鐘の初撞きは自分の絵画航路が今度は風に乗って、鐘の音として往路に還っていくような感じがするのではないか、と今からわくわくしている。

「ゴーン・ウイズ・ザ・ウインド」。オツカレサマ。

（「文藝春秋」十月号）

仁義なき闘い

林《はやし》　望《のぞむ》
（作家）

親友に恋人を紹介したら、その親友に恋人を取られてしまったとか、妹の恋人を姉が奪ったとか、そういうことをよく聞く。そのような場合、人は、その奪った方の人を指して悪人呼ばわりすることが珍しくない。もしそれが「もの」を取ったということであれば、たしかにそれは悪行であって、指弾されても仕方がないと思う。けれども、こと「色恋」について言えば、そういう道徳的非難は当たらないと私は思っている。なぜならモノと違って、一方的に奪うなんてことはできないからである。つまり双方好きになっちまったものは仕方ないじゃないか。

かつて、佐藤春夫は谷崎潤一郎の夫人に恋いわたって、散々に恋慕の詩などを天下に公表しつつ、結局その人を奪い去った。その時佐藤を非難する人もないではなかったが、歴史的に見れば、その悪行たる色恋沙汰からわが詩壇の宝ともいうべき佳什《かじゅう》が幾多詠じ出されたのだから、いっそありがたいというものである。

また、私の知るさる大学教授は、年若い妻を、出入りの若者に寝取られて離縁のやむなきに至ったが、そのことについて尋ねると、「まあ、好きになっちゃったってんだから、仕方ないよ」

と、まことに恬淡《てんたん》たる趣であったのは、はなはだ感銘を受けた。

同じくまたある役者がその妻をなにがしという高名な役者に取られてしまったという事件もあったが、だからといってこの同業者と言ってもよい二人が絶交したとも喧嘩したとも聞かない。それはそれで仕方ないさ、と円満なる大人の解決に赴いたのである。

こういう話はいくらでもある。その取った方を悪人、取られた方は被害者、というふうに見るのがまあ通俗の見というものであろうけれど、ほんとを言えばそういう見方は間違っている。よろず、色恋については、好きになったら法律も道徳もありゃしないのである。すなわち、もしこの男を取られては困ると思ったら、親友でも恩人でもめったと紹介なんかしないことだ。あるいは妻を寝取られては不都合だと思ったら、妻が寂しさを心に抱くようにならぬように夫たるもの日々出精すべきところであって、その努力もなく釣った魚に餌はやらんなどとうそぶいていて、それで妻がほかの男に心を移したとて、非難するのは当たらない。むしろ己の不行き届きを反省してしかるべきところである。要するに、恋は思案の外ともいい、恋は曲者ともいい、昔から恋は無分別の上盛りなる行状だと知れてあること。そもそもが仁義なき闘いなのだ。それを、道徳だの仁義だの、まして法律なんかを持ち出してきて、人の心に鎖を懸けようなんてこと自体がそもそも大間違いというものだ。

私の見るところ、世の中の「夫婦」ってものは、たいてい空洞化していて、外から見ればオシドリ夫婦、よくよく見れば仮面夫婦なんてのがさらに珍しからぬ。それでも日本ではそれほど多くの夫婦が離縁に至るわけでもない。これは日本人が夫婦愛に満ちているからではなくて、要するに「女の自立・男の自立」が進んでいないことの証左である。女は一人では経済的に立ち行かぬから気に入らぬ男でも随従していよう、男は一人では朝飯一つ作れないからしょうことなくこんな妻でも離縁せずにおくか、とこんな共犯関係の仮面夫婦が多いのが、案外その根本の理由であろうと私は睨んでいるのである。

一方で日本人は大昔からほぼフリーセックスと言っていいくらい、色事には寛容な民族であった。昔の人は道徳的で、今どきの若いものは堕落した、なんて寝言を信じている人はまことにおめでたい。昔も今も、私たち日本人は盛大に色恋に身を焦がしつつ、豊かなめでたい人生を送ってきたのである。

とこう書くと、なかには柳眉を逆立てて、「うちはそんなことはないわ」と憤激する人もあるだろう。けれども、そう憤激する人がほんとうに夫婦理解しあって幸福な生活をしているという保証などどこにもない。案外奥方の独りよがりかもしれない。

もしそういう不服を申し立てたい人あらば、ぜひ拙著『私は女になりたい』を一読されたい。私はここに、色恋には仁義のなき趣を委曲を尽くして書いておいた。これを読んでもなお信じない人は、まことに幸福なる少数の一人であるから、これは私が謝りますが、しかし、それはあくまでも例外的少数なのだということを、どうしても言っておかなくてはならぬ。

『私は女になりたい』という題名はたしかに十分にアヤシイけれど、別に女装癖の告白でもなければ、男色のカミングアウトでもない。これはまったくそういう意味で、この世がいかに色恋の仁義なき闘いに満ちているかということを、あっちからこっちからつくづくと眺めつくした、そういう正直至極なる書物にほかならないのである。

（「青春と読書」五月号）

受け身　あいまい　その力

杉《すぎ》山《やま》平《へい》一《いち》
（詩人）

韓国のエッセイスト呉善花《オソンファ》氏によると、日本に来て驚いたのは、受け身の言葉の多さだったという。

そういえば私自身も「雨に降られた」「風に吹かれた」「泥棒に入られた」といい、「雨が降った」「風が吹いた」といわず、「させて頂きます」などを乱発する。

この日本語の受け身表現は相手の力を利用する柔道にも見られる日本人の気質からくるのであろうが、それはまた大阪の商人気質に発揮されている。相手の主張をまず認め、同調してみせてもてなす。大阪は柄が悪いといわれると、柄の悪いところを誇張してみせ、相手を喜ばすのである。アホといわれて、関東の人は「何を」と反撃するが、大阪人は一時ＴＶで流行したように「アホちゃいまンねン」、もっと下の「パアでンねン」と過剰に同調してみせて応酬する。つまり「死んでやる！」と被害を大にして相手を困らせようという昔の女性の負の攻撃法である。

何となさけない人種かと思えるが、外国へ行くと、戦いに勝ったり国を救ったりしたヒーローの雄姿の銅像がやたらに目につくのに、わが国のド真ん中ともいうべき東京・上野公園に立って人気を博しているヒーローは、寝間着のような着物に草履をはいて犬を連れている姿として、長く慕われつづけている。あれを見ると、日本は「和を以《もっ》て貴し」の平和の国なのだな、と思い返してしまう。

受け身とか、負ける姿に人気があり、文明文化もすべて輸入によって消化し、国を富ましてきている。自衛隊と呼称するのは日本の文化だといったら、友人に、戦争好きのアメリカでも国防総省というぞ、言葉にだまされるな、と反論されたが、これは言葉の成り立ちからもきているのではあるまいか。

外国語に当惑するのは、動詞がさきにくるからである。イエス・ノーを冒頭にきめつけて動詞を出し、あとから説明する。我が国は動詞を最後にもってくる、つまり結果や解答や判断をあとにする。もっとも、近ごろは要注意など動詞をさきに置く真似《まね》をして使う人もいるが、気質的には同調できない。外国では手紙のあて名でも、さきに結果、つまり番地を書き、あとから州や国名を出す。配達人は日本式の方が配達しやすいというそうだが。

イエスかノーを最後まできかなければ分からないわが国の文脈は、相手の顔色を見て結果を変えていく商人には都合がよく、極端にいえば、最後をぼかしたり、消したりする。「……」の面白さだが、論理の組み立てにはならない。

昔、友人に大阪弁で論理的な考えは出来ないとからかわれ、社会科学とか歴史的必然など、理屈で割り切る科学に振り回された。

このあいまいの気質を、町のおばさんが八百屋で、リンゴ三つばかりミカンを四つほどという日常を例に若い人に話したところ、若い人が私たちはそんなことはいいません、三つ下さい四つ下さいとはっきりいいます、と反撃されて引き下がったことがある。

ところが近年になって若者が「とか」や「ナニナニ的」を乱発しはじめたのに驚き、占領軍が日本の伝統を刈りとって人工国家に仕立てたつもりだったのに、根は残っていたらしいと、妙に安心した。

つまり、科学や理論の世界は、時代によって変化進歩などするが、恋愛や文学など感性の世界は古代より波風はあるが変わらないものである。

真実は、むしろイエス・ノーの間に隠れており、争いは相手をたてる受け身の妥協によって真実に達するのであるまいか、ズバッと直行してきめつけるものでない。

私は以前、迷う若い人のために「木ねぢ」という詩を呈したことがある。

右に外《そ》れたり
左に行ってみたり
まわり道ばかりしているが
のぞみは失わず
目標をめざして
グイ　グイ
進んでいるのだ
前へ

ゆっくり

前へ

勇ましく、ピシャリと打ち込んだ釘《くぎ》より、逃げてばかりいるようなねぢ釘の方が、確固として強いのである。

負ける美しさを知る日本人は、受け身で結局本当の力を獲得するのである。

（「朝日新聞」夕刊六月二十八日付）

寡黙と饒舌

浅田次郎《あさだじろう》（作家）

亡き父母は口を揃《そろ》えてこんなことを言った。

「おまえはバカだけれど、ただひとつの取柄は寡黙なことだ」

寡黙が美徳だというのはつまり、口数が少い分だけ信用ができ、舌禍を巻き起こすことも、あらぬ誤解を招くこともあるまい、というほどの意味である。

私を親しく知る人々は、早くも爆笑であろう。さきの一文の「寡黙」は、まさか「饒舌《じょうぜつ》」の誤植ではない。また、父母の曰《いわ》く「ただひとつの取柄」が誤てる評価であるとするなら、私は「ただのバカ」ということになる。

ことさら父母の前で猫をかむっていたわけではなかった。要するに父も母も、この私を「寡黙」と思うほど饒舌だったのである。

わかりやすく言うと、ゴジラはたぶん自分の息子を、「きゃしゃなゴジラ」と考え、「チビゴジラ」とか呼ぶ。「おまえはきゃしゃで頼りないけれど、そのぶん人間に迷惑をかけないからいい」などと褒《ほ》めるかもしれぬ。

そうしたチビゴジラでも、ふつうの人間が通う小学校では「おしゃべり次郎」と呼ばれ、長じては今も周囲の人々を辟易《へきえき》させている。

私がピストルならば、父母は機関銃であった。弾数、射程、命中精度等すべての諸元において劣るピストルは、機関銃の前では沈黙するほかはなかった。

ちなみに江戸前の祖父母は、口を揃えてこんなことを言っていた。

「おまいさんのおやじとおふくろは、どっちも口数が少いから夫婦仲も良かないんだ」

今にして思えば、おそろしい家であった。

しごくスタンダードに言うなら、私はおしゃべりである。それも相当なレベルであろうと思われる。もしかしたら祖父母も父母も亡き今日、世界一じゃあるめえかと思うこともある。

こういう私が五分間ぐらい黙っていると、家族はひどく気を揉《も》む。私の五分間の沈黙は五分間の無呼吸と同様に考えているらしい。様子がおかしい、というわけである。救急車を呼ばれても困るので物を言う。かくて私の思いついた小説の構想は破られてしまう。

相手が編集者の場合、この反応はさらに顕著である。私が三分間ぐらい黙っていると、何かしら不用意な発言で機嫌を損ねたと思うらしい。打ち合わせや会食の席で、顔を合わせたとたんにこの「三分間の沈黙」をやらかすと、その日は仕事の話がいっさい出ぬことも、近ごろになって気付いた。

物言わぬ私は、それくらい周囲の目には異常と映るらしい。

いったいに小説家は、「饒舌」と「寡黙」にきっぱりと分別されるような気がする。むろん作品が、ではなく、人間が、である。

これはそもそも、彼が小説家を志した動機と深い関りがあるのではなかろうか。

子供のころからおしゃべりで、休み時間には作り話をあれこれと吹聴《ふいちょう》して級友たちの人気を博し、ついにしゃべるばかりでは飽き足らず、書くようになった「饒舌型」。

そしてもう一方は、生来が言葉少なで社会参加がうまくできず、ひたすら手紙や日記や作文で自己表現をくり返してきた「寡黙型」。

いずれにとっても結果としての小説家は天職で、作品から類型を推理することはできない。

しかしふとしたきっかけで、ふたつの類型の簡単な鑑別法を発見した。前者「饒舌型」は執筆のほかに講演をよくし、後者「寡黙型」とおぼしき作家は、ほとんどもしくはけっして、講演を引き受けないのである。

もちろん私は前者である。あれこれと勿体《もったい》をつけながら、昨年は三十回も演壇に立ってしまった。

講演に先立って送られてくる主催者側の資料には、たいていそれまでの演者の名簿が添えられている。作家は仕事の一部として公平に講演をしていると思っていたのだが、データを分析してみると実は同じメンバーの持ち回りなのであった。

さらなる分析によれば、一世代前の先輩諸先生方には「饒舌型」が圧倒的だが、私の世代になるとむしろ稀少《きしょう》なのである。下の世代には皆無と言ってもよい。しかし小説家に対してなされる講演の要請は、時代とともに増えはしても減ることはあるまい。だとするとごく自然のなりゆきとして、将来の私はまったく書かずにしゃべり続けているのであろうか。

寡黙な倅《せがれ》の老後としては、あまりに切ない。

（「小説新潮」一月号）

『阿弥陀堂だより』を書いたころ

南木《なぎ》佳士《けいし》
（作家・内科医）

出版された自分の本を読み返すことはまずない。私の場合、小説を発表するのはほぼ「文學界」にかぎられている。その掲載までにゲラを二、三回直し、さらに本にする段階でおなじくらい読み、書き直す。さかのぼれば原稿も数度の推敲を経て編集者に送っているので、十回近くおなじ作品を最初から最後まで精読していることになる。

疲れ、飽きる。

だから、本になったものを手に取っても、ただその装丁の出来映えにいつもながら感心させられるばかりで、開いて読む気にまではとてもなれない。ちなみに、これまで十七冊出ている私の本の装丁は対談集と岩波新書の二冊以外はすべて菊地信義さんにお願いしている。文庫になった七冊もおなじ。

言葉では伝えきれなかった作品全体の雰囲気をうまく表現してくれるセンスの良いデザインの表紙をながめていると、なんともありがたくなってくる。お礼を言わねばと思いつつ、出無精、人見知りの質《たち》が歳ごとに深まってきているゆえ、処女作品集『エチオピアからの手紙』の装丁を引き受けてもらってから二十年近く経つのに一度もお会いしていない。菊地さん、不義理者をお許し下さい。

そんなわけで、『阿弥陀堂だより』も映画化が決まったのをきっかけに一、二度本棚から引っぱり出し、灰色と茶色の混じった背景に質素な阿弥陀堂が浮かび上がる上品な表紙をしみじみ見つめたのみで読んではいない。

作品が映画化されるにあたって原作者がどういう立場に立てばいいのかを教えてくれるマニュアルはないから、私はいまのマンネリの生活リズムを崩されないことにのみ注意を払った。

脚本は見ない。記者会見には出ない。撮影には立ち会わない。試写会には行かない。

こんなわがままを通し続けることができたのはひとえにプロダクションの担当者や間に入ってくれた編集者のおかげと感謝している。映画関係者のみなさん、意固地な作家をお許し下さい。

『阿弥陀堂だより』を書いた一九九四年から九五年にかけて私の体調は最悪だった。パニック障害からうつ病に移行し、一日一日を死なずにやり過ごすだけで精一杯だった。妻に付き添われて同僚の心療内科医の外来を月に一回受診していた記憶だけがおぼろげに残っている。

生きて在り続けることの困難さに打ちのめされ、周囲の山を見あげれば首をくくるのに都合のよさそうな枝ぶりの木ばかりを探してしまう悲観の堂々めぐりに疲れ果て、とにかく自分が読みたいものだけを書こうと決めた。それは死なずにいるための唯一の手段だった。

いくらか体調もよくなり、山を歩いたりプールで泳げるようになったいまになってみればいかにも大仰な思い込みだったと知れるが、そのころは懸命だった。日帰り登山で下山するとき、急な登りであえいでいた余裕なき己の姿を鮮明に思い出すが、笑う気にはなれない。それに似た感情をあのころの自分に対して抱く。人生の山を登りきる直前の苦しさだったのかもしれない。

だから、いまは肩の力を抜いてゆっくり景色を見ながら下ってゆく心地よさを何よりも大切にしたい。それを支えるのはマンネリを好むからだの声に逆らわずに暮らすことなのだと五十歳になってようやく気づいた。旧黒澤組による映画化の話をもらったとき、光栄に思いながらも参加する気になれなかったのは以上のような理由による。

日々の医者としての診療と、休日の早朝から取りかかる原稿書きができるようになっただけでも儲けもので、これ以上を望んだらまた罰が当たりそうな気がする。


阿弥陀堂は生まれ育った群馬県吾妻郡嬬恋村大字三原の下屋と称される五軒あまりの集落の裏山にある。そのすぐ下の墓地には私が三歳のときに死んだ母や、以後十三歳の春までこの集落で私を育ててくれた祖母の墓がある。

弱りきった精神は退行を好む。あのころの私は底上げなしの、あるがままの存在を許されたふるさとの自然や人のなかに還りたかった。しかし、実際に還ったところで懐かしい人たちはみな死者であり、ともにながめる人を亡くした風景は色あせて見えるだけだろう。ならば言葉でふるさとを創り出すしかない。そんな想いで『阿弥陀堂だより』を書き始めた。

祖母は村の広報誌のことを「村だより」と呼んでいた。「阿弥陀堂」と「村だより」、小説の題名はこの二つをくっつけたのだ。祖母たち老人が先祖供養の念仏をもうしながら数珠を回していた阿弥陀堂。その小さな庭からは向かいの崖と谷底の川と狭い集落が見渡せた。それが幼い私にとっての世界の景色のすべてだった。

もし生きのびられるのなら、もう一度この世界から歩き出したかった。切実に、誠実にその世界を創りあげたかった。

うつ病による罪業妄想と言ってしまえばそれまでだが、末期の癌患者さんたちを看取ることの多い生活をしてきた私は夜ごとに亡くなった人たちの顔を思い出し、彼、彼女たちの訴えの十分の一も理解できていなかったことを悔い、ひたすら詫びた。悪夢で深夜に目覚めるたびに「天罰」という言葉が天井から降ってきた。

書くことで供養ができるなら……そんな想いを先祖の霊を守る老婆に託した。

記憶に刻まれた人や風景を寄せ集め、仮想の村、集落を創り、それらを忠実に描写していったら一つのおとぎ話ができあがった。この物語を誰よりも読みたかったのは私自身なのだった。完成したとき、これが小説たりえているのかどうか判断できなかったからとにかく編集者に送り、大丈夫ですよ、の回答をもらって安堵のため息を何度もついた。

しかし、ある新聞に載った文芸時評では、その内容の甘さをこっぴどく批判された。そんなにひどいことを書くならなんでこれほど大きく時評に取り上げるんだよ、と涙ぐみつつ送られてきた新聞を庭の隅の焼却炉で燃やした。ものを書くことを仕事にしてから、他者が私の作品について評した文章を燃やすのは初めてだったが、いかにも後味の悪い体験だった。

都会の病院勤務で心を病んだ女医が小説家である夫のふるさとの村で癒されてゆく。たしかに安易と言われればそれまでのプロットだが、そのころの私には企んだ小説を書ける余力がなかった。細部をていねいに書き込むことしかできなかった。『阿弥陀堂だより』には私の存在の世話をしてくれた人たち、底上げされた私のいたらなさを口に出して責めぬまま静かに逝った人たち、そして、ただの存在にもどった私の目に映った自然の生なましさなどが詰め込まれている。甘く書くしかなかった酷薄な事実が隠されている。

書きあげ、本になった時点でこれらのものはすべて本のなかに大事に封印した。表紙の阿弥陀堂の戸はしっかり閉じている。そうすることでなんとか今日まで生きてこられた。少なくともいまのところこの封印を解くつもりはない。他者の解釈を観たり聞いたりする勇気もない。いつか、どこかの映画館の片隅で『阿弥陀堂だより』を観る機会があったら、私はこの懐かしいタイトルを観ただけで泣き出してしまうかもしれない。

そんなことを書きながら、流れに乗れば気軽に観終えてしまうのも私の根性なしのところで、実はもうそういうつっぱりはどうでもよくなっている。それにしても、試写会に行かない原作者なんて他にも誰かいたのだろうか、と気にしてしまう小心さだけはいかんともしがたい。

（「本の話」九月号）

二十四分の一秒の相撲

髙《たか》橋《はし》治《おさむ》
（作家）

某紙に大相撲の観戦記を書き続けている。

最初は、一九九一年五月場所の初日、十八歳九カ月の貴花田が名横綱千代の富士に挑む一番で、若武者がどんな相撲を取るかを書いてほしいとの依頼だった。これが、御存知の通りの歴史的な一番で、しかも敗者千代の富士が若武者に次代を託し微笑みかけるという内容の濃いものになってしまう。この敗北が原因のひとつになり、千代の富士は引退の道を歩む。

展開が余りにも劇的だったせいもあって、新聞社からの注文は初日の一番だけではなく、五月場所十五日間を通じてというものに変更された。それが次の場所、更には年六場所という形で延長され、現在まで十一年余、病気と外国旅行で、一場所半〝休場〟した以外は連日土俵を〝つとめ〟て来ている。

無論、年間九十日場所に通いつめることは出来ないから、テレビ放送に頼ることの方が多い。ところが、相撲人気の衰退を象徴するように、中継をテレビで見せる場所が減って来ている。昔は方々の喫茶店で見せていたものだが、このところそんな店はとんと見つけられない。結果として、場所中放送時間に外出する時には、どこで相撲を見せてもらうかで四苦八苦する。

一方で、そのテレビ放送のおかげでと、私には感謝しないではいられないこともあるのだ。皮肉な成り行きである。私の仕事は観戦とそれに伴う雑感を書くことなのだから、滅多に予想の領域には踏み込まない。しかし、主として優勝の行方を左右するような力士の相撲内容から、予想に近い範囲に筆を伸ばすことがある。これがしばしば話題になって来た。直接私の耳に入るものではないが、プロ出身の自分たちにも見えない点が、なぜ相撲に無縁の人間にわかるのかというようなことだったらしい。

たとえば五月場所（二〇〇二年）で十一回目の優勝を果たした武蔵丸である。私は二日目の闘牙戦が終ったところで、〝今場所は武蔵丸打倒の草刈場〟という見出しで、体重過剰から来る下半身の脆弱さを書き綴った。闘牙には完勝したが、自分の上半身を支えきれずに土俵に腹這いになったところを見逃がさなかったのだ。そして、バランスの崩れを誘発するような攻め方をすれば、必ず武蔵丸打倒につなげることが出来ると書いた。

結果としてこの予想は当たらなかった。星取表を見ればすぐにわかる通りである。残念ながら盛りを過ぎていたり、真正直な相撲を取る力士ばかりが対戦相手として並んでいる。その結果十三日目にも優勝がきまりかねない、その上、全勝というおまけまでつきそうな勢いだった。だが、それが無残に崩れる。星も十三勝二敗の平凡なもので、対大関戦は一勝二敗の敗け越しである。ケレン味のない対平幕戦には勝ったが、実力派大関には馬脚を出したというところだろう。

こんな大胆な予想が立てられるのが実はテレビによる映像のせいなのだ。私は松竹大船撮影所の助監督時代、小津安二郎作品の編集者として名高かった浜村義康に厳しい鍛え上げ方をされた。わけても忘れられないのは、一秒間に二十四コマの速さで動くフィルムの流れからあるコマを取り出す訓練だった。フィルムの隅に色鉛筆で印を打ち、そのコマを二本の指でつまんで引き出す。最初は出来るはずがないと思えたものだが、練習をする中にそれが次第に可能になった。大袈裟ない い方になるが、この技を身につけることによって、映像の流れを二十四分の一秒程度には、分割意識することが出来る。これは動体視力とも関連があるのだろう。私は学生時代の野球リーグ戦で、年間五割以上の打率を残したことがある。

青年時代から見たら、そうした能力は落ちているに違いない。だが、大ざっぱに考えて半分になったとしても、映像の流れを十分の一秒程度で捉えることが出来るのではなかろうか。その分、私には踏み出す足の微妙な遅れが見える。そこが動きを分割しないで、流れそのものとして見ている人と、私との違いなのだろう。

小錦横綱昇進問題が持ち上がった時、今場所こそ曙の全勝優勝が成し遂げられると人々が騒いだのをよそに、私は新聞連載の文中で笑いとばしていた。武蔵丸の五月場所の通り、とめどなく増やした彼らの体重が重大なブレーキとして働き、出さなければならない足の動きを制限することを知っていたからである。

但し、この能力は四角いフレーム(画面の枠)の中に映るものにしか効果を発揮しない。だから、国技館で相撲を見る時にはなん分の一秒では見ることが出来ない。三次元の動きと、数字に置き換えられる平板な世界とはまた別なものなのだ。「映画とは枠だ」と喝破した名監督がいるそうだが、恐らくこの辺のことをいっているのではなかろうか。

（「文藝春秋」八月号）

いまを〝ときめく〟人たち

高《たか》見《み》澤《ざわ》たか子《こ》
（ノンフィクション作家）

子どもは、案外大人の話をよく聞いていて、またそれをずっと後々まで覚えているものだ。私がまだ中学生だった頃、母が親しい友人と交わしていたひそひそ話を聞いてしまった。その内容はあまりにも衝撃的だった。母の友人の娘の姑にあたる人が、突然マッコイさんというアメリカ人と、駆け落ち同然でアメリカへ行ってしまったというのである。「孫までいる人が、よくもねぇ」、母たちは、幾度も繰り返し、噂し合っていた。そういう〝おばあさん〟と恋をしたマッコイさんとは、いかなる人物なのか、ませた少女にとっては実に興味津々の話題であった。

しかし、時は移り、いま自分が六十代、孫なる者も一人いる。だが、私は〝おばあさん〟ではない。七十二歳の遊び友だちがいるが、彼女だって、〝おばあさん〟というイメージとはまったくかけ離れている。もしも彼女がマッコイさんとアメリカへ駆け落ちしても、のけぞって驚くことはない。いま、女たちのなんと若いこと！

つい最近もいとこの娘の結婚式で、同世代同士おしゃべりをしながら、五十代、六十代を迎えた女たちの人生に対する果敢な姿勢にちょっと感動してしまった。みんな親世代の介護の厳しい体験はあるものの、ごくごく平凡な日常を送ってきた主婦たちである。しかし、そのまま静かに人生の残り時間を過ごそうという人は皆無であった。それぞれがこれからの計画を持っていた。たとえマッコイさんが誘惑しても、たやすくなびきそうもない。

夫の転勤で、ずっと東京と地方を往き来していたいとこは、三人の子どもを育てながら、フラワーアレンジメントを学んだ。転勤先で、花屋のパートで働いたりするうちに結婚式場と契約して、いまや趣味を仕事につなげている。その日も、花嫁のブーケからテーブルの花に至るまで、すべて彼女がコーディネイトした。夫が定年を迎えたら、勉強をかねて、ヨーロッパへ花の旅に出かけるつもりだとか。

また、もう一人のいとこは、六十代にしてバレエの舞台に立っている。

「するとあなたがトウシューズを履いて踊るわけ?」、私のぶしつけな質問にも、相手は少しもたじろがず、「そのトウシューズを履くまでの基本レッスンが大変なのよー」と、おっとりとほほえんだ。六十歳を過ぎると、一週間も稽古をさぼると、硬くなった筋肉をほぐすのにかなり辛い思いをするらしい。

そもそも、彼女のバレエへの傾倒は、娘のバレエ教室に通ったのがはじまりだ。「いつか私も……」と夢見るようになり、五十代の終わり頃から挑戦したのだそうだ。元バレリーナ志望の娘も同席していたが、彼女はもう、バレエとは無縁の生活、いまや母親の発表会を見に行く側にまわっている。

「女の人は元気だねぇ。ぼくなんか定年後のことを考えると、これから十年、二十年が不安だな」。私たちのおしゃべりを聞いていた男どもの一人がこうぼやいた。すると、それまでもっぱら聞き役で人の話にあいづちを打っていた彼の妻が、突然発言した。

「あら、これから十年、二十年だなんて、女はね、いま輝きたいのよ。いまじゃなきゃ、明日輝きたいの。それだけの覚悟はずっと前からしてるわ！」

おとなしい彼女が、こう断言したのは、実に迫力があった。なごやかな立食パーティーの会場を眺めながら、私は時代が大きく変化していきつつあるのを感じていた。私たちの父や母の晩年のことを考えると、五十、六十という年齢に、新しい挑戦などまずあり得なかった。だからまたマッコイさんの話は大事件たり得たのである。

女たちばかりではない。男も遅まきながら、人生の第二、第三のステップを踏み出そうとしている。数年前に突然連れ合いを亡くしたいとこは、まったくの会社人間だったから、どうなることかと心配していた。しかし、地域の生涯学習の講座で、「古文書を読む」というコースに出席したのがきっかけとなって勉強を始め、いつのまにか古文書の調査グループのメンバーになってしまった。

いとこたちの話を聞きながら、私は奇妙な錯覚にとらわれた。化粧をバッチリとした若い娘たちよりも、この親世代の人たちの表情のほうが、ずっと生き生きと輝いて見えるような気がしたのだ。

「そうだ、いま、ときめいているのは、若者ではなく、この人たちではないだろうか……」

胸の底から、ふつふつと湧いてくるような新鮮な気持ち、自分の人生を人まかせにはしたくないというきっぱりとした覚悟、そして何よりも、これからの時間を大切に、いとおしんでいこうという熱い思いが表情を豊かにしているのだ。単に長寿をめでる時代は、終わった。ようやく私たちの社会が成熟へと向かいつつあるとき、「青春」、「熟年」、「老後」という区切りは、あまり意味をなさなくなってしまった。いまや私たちはエイジレスの時代を生きはじめている。自分らしさを求めたそのときから、人は〝ときめき世代〟にはいるのだ。

（「青春と読書」九月号）

四百冊に達せず

笹《ささ》沢《ざわ》左《さ》保《ほ》
（作家）

昭和三十五年（一九六〇）、二十九歳のときに、作家としてスタートした。以来、多作型と評されながらひたすら、原稿用紙に立ち向かい続けてきた。

当然のことだが最初のうちは、著作が何冊になったかなどと興味も抱かなかった。たまに思い出したように書棚に並ぶ自著の本に、チラッと目をやる程度であった。

ところが十年もするとそれらの本の数を、ちょいちょい指先で確かめるようになる。すでに何冊の本が世に出ているのかと、はっきりとした理由もなく気になり始めていたのだ。そのうちに刊行された本の数の増えることが、楽しみに感じられるようになった。

昭和五十六年（一九八一）、友人と編集者諸君から愉快な提案があった。「今年、二百冊目の本が刊行された。二百冊記念パーティーをやろう」という声だった。

このパーティーの計画は、実行に移された。当時としては、珍しい「著作二百冊記念」である。いまになってみると、五百人からの招待客も催し物の主旨が、よくわからなかったのではないかと思われる。

しかし、ぼくにとって著作二百冊記念は、生きる使命感のように重大な意味を持つことになる。ぼくは著作四百冊を、生涯の目標にすることを決めたのだ。

発想そのものは、約二十年間で著作が二百冊になったのだから、もう二十年間で四百冊だという単純計算であった。計算上は、実現可能である。著作四百冊となると前例はないという激励もあって、具体化した夢が生き甲斐となっていく。

五十七歳になって、九州の佐賀県に移住した。佐賀県の空の美しさに魅せられて、ここならば存分に仕事ができると思ったからだった。

事実、佐賀県で著作に没頭した十一年間には、百十五冊の本が新刊されている。平成二年（一九九〇）には、「著作三百冊記念」のパーティーを行った。平成七年（一九九五）、ついに三百五十冊に到達する。

四百冊まで、あと五十冊。ぼくは三十六年かかって登りつめた山の頂上を、眼前に見出したような思いであった。七十一、二歳には四百冊という人生の目標を極めることができると、ひそかに自信を得ていたのである。

新刊本は一冊、二冊と増えていた。三百五十五冊、三百六十冊と確実に、四百冊への距離が縮まっていく。小説を書こうと思えば、ぼくにはいくらでも書ける。書き上がれば、すぐ本になって出版される。そうした作業を邪魔するものは、この世に存在しない。

したがって四百冊という頂上までの道は、平坦な舗装道路とぼくは決め込んでいたようである。つまり、これ以上の障害はないといえる大岩石が行く手を塞いでいることを、見逃していたというわけなのだ。

本来ならば、見逃すほうがどうかしている。それなのに、異変が起きないと忘れてしまう。そうした大障害とは、いったい何なのか。年老いて、体力と気力が衰えることであった。

ぼくも例に洩れず二年前から体調を崩し、かつてのように仕事に挑むことが難しくなった。著作四百冊は嘲笑するかのように、遠ざかっていく。

こうなっては長年の夢も生涯の目標も、あったものではない。四百冊達成は、あきらめるしかなかった。佐賀県にも別れを告げて、十三年ぶりに東京の自宅へ引き揚げて来た。

現在、著作は三百七十七冊でストップしている。

四百冊まで、あと二十三冊。

わずか二十三冊という数を考えると、胸が痛くなるほど悔しい。昨年、一昨年とそれまでどおりのノルマを守っていれば、いまごろ四百冊が詰まった書棚を眺めているだろうと、未練たらしく思ったりする。

さて、残り二十三冊はどうすればいいのか。一日の労働時間が十時間でも、二十三冊の本を書き上げるには最低で二年はかかる。そんな重労働は、七十すぎの老人にとって不可能というものである。ではもう、目標を減らすほかはない。

東京は都《みやこ》、ミヤコは三八五。あと八冊の本が出れば三百八十五冊で目標に届くと、近ごろは負け惜しみを言うようにしている。いずれにしても残念無念、われ四百冊に達せずである。

（「文藝春秋」七月号）

天井裏、天井男、幻の同居人

春日《かすが》武彦《たけひこ》
（精神科医）

　およそ十年ばかり前に、わたしは天井男と接近遭遇したことがある。北区にある老朽化した木造モルタル・アパートの一階、そこの薄暗い六畳間でのことであった。部屋の主は独り暮らしの老婆で、小さな水槽に金魚を飼っていた。

　いきなり天井男といわれても、読者は当惑するかもしれない。

　この言葉は、折原一の造語である。彼の新作『倒錯のオブジェ』では、東十条の傾きかけた木造家屋で生活する孤独な老婆が、区の福祉課の職員へ向かって、自宅の天井を指差しながら「あそこから天井男があたしを監視してるんだ」と告げる。天井裏に棲み節穴から老婆を監視する得体の知れない人物が、すなわち天井男なのである。

　読者としては、光の届かぬ天井裏で息をひそめて暮らす天井男など果たして実在するのかと首を傾げたくなる。しかし荒唐無稽な存在の筈の天井男であるのに、彼の独白が小説中に頻繁に登場し、前後関係からこれを妄想の産物と切り捨てることが困難な様相を呈してくるのである。

　わたしが遭遇しかけた天井男の件は、そもそも老婆が暮らすアパートの大家へ、彼女が奇妙な訴えをしたことが発端であった。アパートの二階にいる無職の男性が、しばしば老婆の部屋へと侵入して物を盗んだり（それも古い記念写真だとか、洗濯したハンカチだとか、価値のないものばかり）、箪笥の位置をずらすといった類の悪戯を繰り返していくというのである。もちろん犯行を直接目にしたわけではない。直感で老婆は言っているのである。

二階の男性が忍び込んでくるという話は、現実味を欠く。妄想としか思えない。もしかすると彼女は痴呆になりかかっているのかもしれない。そんな経緯があって、精神科医であるわたしが、彼女を直接訪問してみることになったのであった。

実際に訪ねてみると、老婆に「惚け」の様子は窺えない。わたしは男の侵入経路について聞いてみた。すると彼女は、奥の部屋へとわたしを連れて行き、押し入れの襖を開けながら「ここから入ってきたんですよ」と断言する。老婆が指差しているのは、押し入れの中の天井であった。天井の一部にガムテープで、和菓子の紙箱を広げたものが貼り付けてある。その紙箱を剝がすと、天井板が一枚外されてぽっかりと矩形の穴が開き、天井裏の闇が黒々と広がっているのが見えた。老婆が主張するには、二階の男は彼にとっては床下、彼女にとっては天井裏の空間へとするする入り込んで潜伏し、巧みに隙を突いて押し入れから室内へと侵入するのだという。

老婆が、明らかに精神を病んでいたり痴呆であったりするのだったら納得がいく。しかし正常としか思えない彼女が大真面目に天井男の存在を主張し、しかも天井裏の闇を指し示したとき、わたしはそれが老婆の心の闇に通底していることをありありと感じ、息を呑んだのであった。キッチュな想像力が現実に持ち込まれたとき、それは苦笑ではなく生々しい恐怖を呼び寄せたのである。

天井裏に何者かが潜んで監視をしたり盗みを働いたり悪戯をするといった突飛な訴えは、実は決して稀なものではない。ことに独り暮らしの老婆（しかも精神的にはほぼ正常）においてそうした苦情を呈することが知られている。本邦では天井裏、欧米では屋根裏、地下室、納屋といった普段は意識されることのない空間へ、何者かが潜入したり棲みついてしまう。興味深いことに、彼女たちは危険であるとか不気味であるとは主張せず、迷惑がりつつも半ば天井男を容認するかのような発言をする。米国の精神科医ローワンが十八年ほど前に学術誌へ『幻の同居人 Phantom boarders』と命名して発表したのが嚆矢《こうし》とされる。

天井男なる奇想には、作家のきまぐれなアイディアではなく、ある種の精神病理学的な見解が裏打ちされていたのである。あえて説明するなら、老婆の孤立した生活がもたらす現実離れした心理状態や、脳機能の脆弱化を基盤に、家と自己とを同一視する心性が他人に対する違和感や警戒心とあいまって、天井男なるイメージを結実したということであろうか。

折原一は、B級ニュース的な題材を作品に取り入れることが多い。また往々にして本格ミステリであるにもかかわらずホラーの肌触りを強く感じさせる。これら二つの要素が独特な魅力となっているわけだが、それは決して浮ついたものではない。むしろヒトの心の普遍性に根差し、あるいは隠蔽された記憶といったものに相似するからこそ、我々の好奇心を惹きつけるのである。そうした点からすれば、精神分析医の登場する凡庸なサイコ・ミステリなどより、折原作品のほうがよほど心の深淵をストーリーに織り込んでいるといえるだろう。

天井男の正体をどのような形に納めて決着をつけるのだろうかと、わたしは作品を読み進めながら気を揉まずにはいられなかった。そして結末に息を吐いた。この作品を読みながら、我々はある種の懐かしさと不安と当惑とに翻弄されるだろう。それこそがミステリの快楽である。ストーリーの整合性も考え抜かれ、決して興ざめすることのない傑作である。

（「本の話」十二月号）

クリスマス嫌い

岩城《いわき》宏之《ひろゆき》（指揮者）

クリスマスには、数々の恨みがある。食い物のウラミだ。四十年来、クリスマスのたびに、食生活の悩みをかかえてきた。

一九六〇年から、ぼくは外国で指揮の仕事をするようになった。最初のうちはチョボチョボだったが、だんだんヨーロッパ各国で売れてきて、しまいにはドイツに住むようになった。八〇年代までは、一年間で十一ヵ月は外国、日本には一ヵ月というような時期もあった。

日本に戻っても、いつもホテル滞在だった。もっともドイツに家を持っていたころだって、その自宅には年間、合計二〜三週間いただけだったから、一年のうちほとんどが、地球上のどこかのホテルにいたわけである。

どこの国で仕事をしていても、毎年必ずぼくの嫌いな週がやってくる。クリスマスだ。特に、クリスマスイブと、その翌日の食生活で、つらい目にあうのだ。日本も含めて、この日ばかりはどこの国にいても、よほど早くレストランの予約をしておかないと、食い損なうおそれがある。

クリスマスの週は、ぼくのようなタイプの指揮者にはヒマな一週間である。ヘンデルの「メサイヤ」とか、バッハの「クリスマスオラトリオ」等々の、宗教音楽専門の指揮者たちは、忙しいだろう。

もっとも仕事がないことはない。特に日本では、なぜか俳句歳時記に載ってしまったベートーベンの「第九交響曲」も、クリスマス音楽みたいなものだ。クリスマス音楽に熱心ならば、結構忙しい週になるわけだ。

しかしぼくは「ジングルベル」とか、「ホワイトクリスマス」などの響きに、国中が占領されている時期に、わざわざクリスマス音楽を演奏したくない。

「メサイヤ」を、生涯一度も指揮することのないぼくのような指揮者が、存在してもよいかどうか、ときどき心配になる。

仕事をしないのはいいが、なにしろ食べなければならない。収入のことではなく、食生活の問題である。

クリスマスに、ヨーロッパやアメリカで知人の家に招かれ、静かに宗教的なクリスマスの雰囲気で、ご馳走になるのは、どうも気が重い。しかもぼくは、七面鳥が嫌いなのだ。

結局、どの招待も断って、ホテルでさびしくルームサービスをとるとか、昼間買ってきたパンやハムを、ワインで口に流し込む。

どのテレビチャンネルもクリスマス特集だ。イマイマしいが見てしまう。

戦争末期の東京大空襲で焼け出され、入学したばかりの東京の中学から、金沢や岐阜の学校を転々とし、東京に戻ってきたのは、中学三年の二学期だった。三年間で四つの中学を経験した。新しい東京の中学の二学期はすぐに終わり、クリスマスになった。住んでいた四谷から、都電一本で夢の銀座まで行けることがわかり、東京の人がみんな行くという、クリスマスの銀座探検に、勇気を出して一人で出かけた。電車から降りた銀座四丁目は、オソロシイほどの人間の洪水だった。

銀座通りの歩道や、横の道のどこもかも、ぎっしり人で埋めつくされていて、満員電車の押し合いへし合いよりももっとすごい、まわりからの圧力で、身動きできなかった。コワかった。呼吸困難になった。

自分の意思とは関係なく、人々の氷河の動きにジリジリ押されて、新橋まで運ばれてしまった。多くのおじさんたちが、酔っぱらっていて、ケーキの箱を持ち、変な帽子をかぶっていた。

五十年以上前のことである。ほとんどの東京の人々の暮らしが貧しすぎたのだ。せめてクリスマスだけは、数年前まで防空壕にしていた地下の部屋や、焼け跡のバラックにいたくなくて、銀座や新宿で押しくらまんじゅうをしていたのだろう。

あの何十万の人間の大蛇たちが、銀座のあらゆる通りを蛇行したオソロシイ光景を思い出すと、現在の美しいクリスマス風景のテレビを見て、なんとあのころのわが国は貧しかったのかと、あらためて涙が出る。

食い物のウラミの話にもどるが、世界中、運良くクリスマスにレストランを予約できても、どこもかしこもクリスマスディナーだけだ。やはり、パンとハムとワインかなんかを買ってくるしかない。

嫌いなクリスマス風景でも、例外の国が一つある。オーストラリアだ。クリスマスイブのころは、南半球の初夏である。かなり暑い。でも、あらゆる商店のウインドーは、クリスマスデコレーションで、見事にヨーロッパの冬風に飾ってある。クリスマスツリーにはちゃんと綿の雪が乗っているし、サンタクロースのアルバイトたちは、汗だくでサンタをやっている。街の人たちの、真夏のTシャツや半ズボンのコントラストとが、おかしい。

最近は、十二月末の夏の不自然なクリスマスは、セールのためにそのまま残し、別に六月の二十四日が、季節的にはクリスマスにあたるとして、冬のオーストラリアのクリスマスもおこなわれるようになった。要するに国中が、クリスマスセールで景気を盛んにしたいからである。クリスマスが二つに増えたのだ。

一九六〇年以来、いくつの国のクリスマスを経験しただろう。日本でのクリスマスは、十五回ぐらいになる。もっともオーストラリアの六月のクリスマスも何度か見ているから、人さまよりはクリスマス経験が多いかもしれない。

今年のクリスマスは東京にいる。行ってみよう。銀座のクリスマスは一九四八年以来だから、五十四年ぶりということになる。


(「銀座百点」十二月号)

江戸の富士山

高階《たかしな》 秀爾《しゅうじ》
（大原美術館館長）

東京がまだ江戸と呼ばれていた頃、富士山は今よりはるかに身近な、大きな存在であったようだ。

わが庵は松原つづき海近く
富士の高根を軒端にぞ見る

という太田道灌の歌は、そのことを端的に示している。江戸城をはじめて築いたこの風流の戦国武将は、静勝軒と名付けたその居室から雪をいただく富士の秀峰を間近に見ていた。その静勝軒に寄せた補庵景三の詩のなかに、
「三州の富士、天辺の雪／収めて青油幕下の山となす」という句がある。青油というのは唐はぜの木の葉から作った油のことで、それを塗った幕は将軍だけが使うものだったというから、これは道灌が三国一の富士を自分の幕屋に取り込んでしまったという意味になる。その気宇の大きさ

を讃えたものには違いないが、同時にそれは、富士がそれほどまで近くにあったということも物語っているだろう。

実際、高層ビルやスモッグに遮られた今日とは違って、江戸の人びとは毎日のように富士の姿を眼にしていた筈である。幕末に作られた広重の『名所江戸百景』冒頭の「日本橋雪晴」の図には、画面上部に白く輝く富士の秀麗な姿が描かれている。正月三日、日本橋の上から初富士を拝するというのは、江戸人の好んだ年中行事のひとつであった。上を見上げれば薄汚れた高速道路の裏側しか見えない今の日本橋とは大違いの爽やかな光景である。

この日本橋の図だけにかぎらない。『百景』シリーズのなかには、はっきりと富士山の登場して来る画面が十九点もある。例えば「する賀てふ」（駿河町）の図では、西欧風の遠近法表現によって左右の家並みが手前から奥へとずっとのびるちょうどその正面に、町全体を覆う巨大な笠のような富士の姿が見える。通りの正面にたまたま富士があったというのではなく、まっすぐ富士に向かうように町づくりがされたのである。富士は江戸の人びとにとって、絶好のランドマークであり、都市計画の基準点でもあった。富士見町とか駿河台といった地名が今も残っているのは、その名残りにほかならない。

それには、富士が単によく目立つ高い山だというだけではなく、神州第一の霊峰として古くから人びとの信仰の対象となって来たという事実ともかかわりがあるだろう。富士はまた、神の宿るところであった。

内藤昌氏の『江戸と江戸城』（鹿島出版会刊）によれば、江戸の町は、京都の平安京に倣って「四神相応の地」として形成されたという。「四神相応」というのは、もともと陰陽学にもとづく考え方で、東に流れ、南に沼畔、西に街道、北に山があってそれぞれが青竜、朱雀、白虎、玄武という四神に対応していることを言う。例えば西に向かう東海道が開けているところをかつては白虎の門と呼んだ。これが現在の虎ノ門という地名に残っている。

ただし平安京では、南へ向かう朱雀大路が正しく南北の軸線に沿っているのに対して、江戸では地形上、江戸城の大手門から常盤橋の方向を朱雀と見做したから、軸線は大きくぶれて、東海道は真西ではなく、うんと南の方に向かうようになってしまった。その先にまさしく、人びとの仰ぎ見る富士が聳えている。逆に言えば、江戸の町は富士山に向かって開かれていた。富士が重要なランドマークとして親しまれていたのも、驚くにはあたらない。

神の宿る山としての富士への信仰と憧れがいかに強かったかは、江戸期における富士講の隆盛を見ればよくわかる。富士講は富士登山のための仕組みである。実際に登れない人のためには、町中に富士塚が造られた。富士は江戸の人びとにとっては、それほどまで大きな存在であった。広重の画面は、その心情を正確に反映している。人は眼だけでものを見るわけではない。

今日でも、正月の晴れた日など、東京から富士を望み見ることがある。だがその姿はいかにも遠く、小さい。われわれは江戸人の眼と心を失ってしまった。それを嘆いても仕方がないであろう。だがせめて、日本橋の上のあの鬱陶しい高速道路だけは消えてほしい。ある日、雪晴れの明るい空に、富士の姿が戻って来るかもしれないのだから。

（「文藝春秋」六月号）

私の東京、原点

田《た》丸《まる》公《く》美《み》子《こ》
（イタリア語通訳）

北区西ヶ原、ここが私の東京、原点である。巣鴨から染井墓地を抜けて徒歩二十分、または大塚から迫る軒下を走り抜けるような都電に揺られて到着する。

昭和四十四年、広島から上京して入学した東京外国語大学は、この、戦前にタイムスリップしたかのような場所にあった。夢いっぱいであこがれの東京に来たはずが、大学近辺で住まいを探すときからどんどん気分が落ち込んでいった。前年父が事業に失敗して家屋敷を失っていたので、送金してもらえる金額はたかが知れている。予算内で見てまわる物件はいずれも日当たりの悪い古アパートで、窓の外には隣のおしめが翻っていたりする。やっと大学の紹介で見つけた下宿は、壊れそうな木造住宅二階の三畳である。ここまでして東京の大学に行くことにこだわったのは、母が自らのかなわぬ夢を娘に投影したからに外ならない。

幼稚園の参観日、大きくなったら何になりたいかを発表させられたときのこと、大半の女の子同様、私も迷うことなく「お母さんになります」と発表した。その後、家に帰る道すがら母はこう言ったのである。「なんでお母さんなんて言ったの？　そういうときはお医者さんとか大学の先生とか仕事を言うものよ。お母さんなんて誰でもなれるわ。つまんない」〝お母さんだけじゃつまんない〟という言葉は、私の母であることをしあわせと思っていないのでは、というショックとともに幼児の頭にしっかり刷り込まれた。

勉強好き、女学校で常に首席だった母は、東京の大学に進学し仕事を持つ女性になりたかったのだ。しかし下には大学にやるべき四人の弟もおり、不承不承お見合いで資産家の商家に嫁いだのだった。母はこの結婚生活に満足したことがないようだったし、度重なる夫婦喧嘩は、いつも父の「いったい誰に食わしてもらっとるんじゃ?」という決まり文句で終わっていた。

こうして手に職ならぬ、口に職、語学を身につけ自立するために、私はイタリア語科に入学したのである。当時の外語大は八割が男子学生。六年間厳格なカトリック系女学校で純粋培養されてきた私の男に対する免疫は皆無。すぐに熱をあげたのは、教室で隣にいた男の子。なにかを尋ねたとき、「知らねえよ」とかったるそうに答えられ、その東京弁が「まー、やくざっぽくてかっこいい」と思ったのがきっかけである。まったく男を見る目は中学くらいから養っておかないと危険きわまりない。そのうち、彼もおぼこの田舎娘の私を心憎からず思うようになり、デートを重ねるようになった。といっても当時の国立二期校外語大の生徒はいずれも貧しく、近場の喫茶店の一杯百円のコーヒーで数時間おしゃべりするのが精一杯であった。

一年生の晩秋、その彼と思い立って銀座に行くことになった。西ヶ原界隈しか知らない私の「原爆の後都市計画で美しく復興した広島のほうがうんと都会だ。金のほうが銀より上、きっと銀座より広島の目抜き通り金座のほうが進んでいると思う」という一言がきっかけだった。川崎育ちの彼も負けていず、ほんものの都会を見せてやるということになったのだ。しかし有楽町に降り立った後、案内役の彼は日比谷公園の方向に足を向けた。公園なら慣れてるし、薄暗くなればキスくらいできるかも、という下心もあったのかもしれない。

それに銀座ではコーヒーもいったいいくらするのか見当もつかず、喫茶店に入る勇気もない。暮れなずむ公園を散策し、少しお腹もすいた私たちは路上のおでんの屋台に吸い寄せられた。いちばん安そうでお腹も膨れそうなこんにゃくを一本ずつ食べた後、値段を聞いて二人とも青くなった。愛想よかったおやじさんは、突然能面のごとく無表情になり、心なしか声まで低めて「七百円」と言い放ったのである。バイトの日当が千円の時代である。やくざっぽさが身上の彼とて十九歳、「おやじさん、そりゃねえよ」と抗弁する気概もない。言われるままに二人のあり金を供出し、早々にその場を後にし、きまずいまま別方向の帰路につく。私もほぼ文無し、暗くなった染井墓地を歩くのも怖く、大塚で降り都電沿いに三十分も歩いて帰るとお腹もぺこぺこである。賄い付き下宿の部屋には夕食のお膳が置いてあった。冷めきっていてもありがたい。すぐにかぶせてあった布巾を取った私は、その日の緊張が解け初めて小さな声を出して笑った。メーンのおかずがよりによってこんにゃくのみそ田楽だったからである。

その後、万博を契機に二年生のときからイタリア人団体観光客のガイドを始めるようになった。破格の日当のおかげで親に頼らず生活できるようになり、私は二十にして自立した。帝国ホテル、インターナショナルアーケード、歌舞伎座、わが庭のごとくイタリア人を案内できるようになり、着るものも派手になった私には、同級生の男の子たちが物足りなくなり、彼とはほんとうの銀座を歩くことなく自然消滅した。そして卒業後はフリーの通訳として今日まで、幸か不幸か誰にも〝食わせてもらう〟こともなく生きてきた。

働き始めて十数年経ったとき、親を東京に招待した。若いころ日産に勤めていて東京出張もしていた父にとってほぼ三十年ぶり、とげ抜き地蔵の都電駅で別れた母にとっては十六年ぶりの東京である。着いたその日の夜銀座に連れて行った。資生堂パーラーで食事し、カフェ・ド・ランブルで気難しいママが丁寧に入れるコーヒーを飲む。飲んだコーヒーは十五年前のこんにゃく二本と同じ値段であるが、もうお金の心配をすることもない。これも苦労して東京の大学にやってもらったおかげである。親子三人はそれぞれの思いをかみしめながら言葉少なに夜の銀座を歩いた。その二年後、父が病に侵され旅も叶わなくなった。父母と見た最初で最後の銀座は、遠く自立の一歩を踏み出した西ヶ原の荒涼とした原風景につながっている。

（「銀座百点」二月号）

いらぬオマケ

赤《あか》瀬《せ》川《がわ》原《げん》平《ぺい》
（作家）

最近、プロ野球の中継を見ていていらいらすることがある。いや最近だけじゃなくて昔からそうか。

昔あったのは、中継場面にいきなりCGの汚ない線がグリグリと出てきて、ストライクゾーンに何か印をつけて解説する。野村克也元監督が元祖だったと思う。人の食べようとしている鮨の上に、いきなりミミズか何かのせられたみたいで、不愉快だった。ああいうことは自分の鮨でだけやって欲しい。

それは不評だったようで一時姿を消したが、最近また同様のものが出てきている。ホームベース上のストライクゾーンを九等分して、その部分ごとの打率を入れてみたりして、あれもうるさい。せっかく鮨の松一人前が出てきたのに、また鮨だが、トロとかウニとか赤貝とか、そういうにぎりの上に全部シールが貼ってある。いりもしない栄養価の数字が書いてある。そんなの食べる気しますか。

別に栄養を食べたいのではないのである。美味しいから食べるのである。よほどの病人ならそれもあるだろうが、国民全員が病気ではない。いやそれとも、いまは全員が病気持ちなのか。

　最近の中継で多いのは、やたらにVTRでのリプレイを見せること。打者が打席に立つたびに、第一打席のリプレイ、第二打席のリプレイ、という具合に全部おさらいをしている。だからぱっと見て、せっかくの生中継がナマに見えない。なーんだ、前の試合の再放送かと思ってしまう。せっかくのにぎりたての鮨を、また鮨にしてしまって申し訳ないが、あれこれ向きを変えたり、ライトを当てたりして、ぬるーい鮨にしてしまって、これもまた食べる気がしなくなる。

　でもそういうぬるぬるの鮨にしてでも、ごってりと情報を入れたいようなのだ。データを盛りだくさんにしたいのである。テレビ局ではそれをサービスだと思っているのだろう。まあ一回くらいはまだしも、毎回それをやられると、何だかプロ野球を勉強しているみたいで嫌になる。勉強の好きな人もいるだろうが、でもこれからプロ野球選手になるわけではないし。

　テレビでいろんなことが出来るのはわかる。電子世界は何でもそうだ。カメラが電子化したころ、あれも出来るこれも出来るに舞い上がり、やたらに多機能を詰め込んでうんざりするカメラが出来た。いまのカメラ世界ではさすがに反省の気運がある。昔の本当に貧しいときなら、あれもこれもというのは有難いものだった。でもいまはうんざりの時代だから、何もない透明な水が有難く思ったりする。ミネラルウォーターが売れたりするのも、昔なら考えられないことだった。でもうんざりを呼吸すると、よくわかる。

　スーパーでブルーチップとか、小さなオマケの印紙をくれる。あれを溜めておくと景品がもらえる。うちでもたしか長年の蓄積でホットプレートか何かもらったが、最近はもううるさくなった。景品といってもしようがない物ばかりと気がついたのだ。もらわない方がよほどいい。

賢いスーパーではそれに気づいて、最近は景品をもらえるオマケ印紙はやめにして、ポイントカードにしている。割引き競争は企業の宿命でやむを得ないとしても、価値のないオマケはやめて、現金に還元することにしている。水に還元するようなことで、その方がいい。

賢くないスーパーはまだそれに気づかず、オマケの景品制度をつづけている。まだ水よりも物がいいと思っているのだ。

プロ野球中継でリプレイを盛んに流したり、画面を切り刻んで情報を詰め込むのも、あれは賢くないスーパーみたいだ。オマケをたくさん出すのがサービスと心得て、せっかくの生中継をどんどん腐らせている。水よりも情報がいいと思っている。情報には栄養があると思っているのだ。でもドブ川が何故ドブ川かというと、あれはいらぬ栄養過多で水が腐った状態である。

ちょっと鮨が出てこなくなった。もののたとえは食べ物が一番で、とくに高級感を登りつめた鮨がはっきりとわかりやすい。でも話がドブ川になってしまえば、やはり出番がなくなる。

もう一つもののたとえはプロ野球が一番である。日本人は好きだし、よく見るし、ほとんど共通言語になっているから、やはりテレビのプロ野球中継は大切にして欲しいと思う。もっともらしい情報で汚さずに、すっきりと生の勝負を見せて欲しい。

（「文藝春秋」九月号）

'03年版の作成に際しては、二〇〇二年中に発表されたエッセイから二次にわたる予選を通過した百三十二篇が候補作として選ばれ、日本エッセイスト・クラブの最終選考によって六十六篇のベスト・エッセイが決まりました。今回は、斎藤信也、佐野寧、十返千鶴子、村尾清一の四氏が選考にあたりました。

2004年版ベスト・エッセイ集作品募集

対象　二〇〇三年中に発行された新聞・雑誌（同人誌・機関紙誌・校内紙誌・会報・個人誌など）に掲載されたエッセイ。雑誌は表示発行年を基準とします。なお、生原稿、単行本は対象外とさせていただきます。

字数　千二百字から六千字まで。

応募方法　自薦、他薦、いずれのばあいも、作品の載っている刊行物、または作品部分の切抜き（コピーでも可）をお送りください。その際、刊行物名・その号数または日付・住所・氏名（必ずフリガナも）・年齢・肩書・電話番号を明記してください。但し同一筆者の推薦は一篇に限ります。採用作品の筆者に原稿掲載料をお送りします。応募作品は返却いたしません。尚、書籍の発行をもって、発表に替えさせていただきます。

締切　二〇〇四年一月二十三日（金）（当日消印有効）

送り先　〒102-8008　東京都千代田区紀尾井町三ノ二三　文藝春秋出版局　ベスト・エッセイ係

うらやましい人《ひと》
——'03年版ベスト・エッセイ集——

二〇〇三年七月三十日第一刷

編　者　日本エッセイスト・クラブ
発行者　寺田英視
発行所　株式会社文藝春秋
〒102-8008　東京都千代田区紀尾井町三ノ二三
電　話　〇三—三二六五—一二一一
印刷所　精興社
製本所　中島製本

PRINTED IN JAPAN　ISBN 4-16-365200-0

日本エッセイスト・クラブ編

'84年版ベスト・エッセイ集　午後おそい客

'85年版ベスト・エッセイ集　人の匂ひ

'87年版ベスト・エッセイ集　おやじの値段

文藝春秋刊

日本エッセイスト・クラブ編

'88年版ベスト・エッセイ集　思いがけない涙

'94年版ベスト・エッセイ集　母の写真★（単行本品切）

'95年版ベスト・エッセイ集　お父っつあんの冒険★（単行本品切）

文藝春秋刊　（★は文春文庫版もあり）

日本エッセイスト・クラブ編

'96年版ベスト・エッセイ集　父と母の昔話★（単行本品切）

'97年版ベスト・エッセイ集　司馬サンの大阪弁★

'98年版ベスト・エッセイ集　最高の贈り物★

文藝春秋刊（★は文春文庫版もあり）

日本エッセイスト・クラブ編

'99年版ベスト・エッセイ集　木炭日和★

'00年版ベスト・エッセイ集　日本語のこころ★

'01年版ベスト・エッセイ集　母のキャラメル

文藝春秋刊（★は文春文庫版もあり）

日本エッセイスト・クラブ編

'02年版ベスト・エッセイ集

象が歩いた

文藝春秋刊